U0124668

汪曾祺谈吃大全

汪曾祺

著

浙江人民出版社

只 为 优 质 阅 读

好
读
Goodreads

目 录

辑一　蔬菜水果系列

辑二 故乡的味道

辑三 吃遍四方美食

辑一

蔬菜水果系列

果蔬秋浓

中国人吃东西讲究色香味俱全。关于色味，我已经写过一些话，今只说香。

水果店

江阴有几家水果店，最大的是正街正对寿山公园的一家。水果多，个大，饱满，新鲜。一进门，扑鼻而来的是浓浓的水果香。最突出的是香蕉的甜香。这香味不是时有时无、时浓时淡、一阵一阵的，而是从早到晚都是这么香，一种长在的、永恒的香。香透肺腑，令人欲醉。

我后来到过很多地方，走进过很多水果店，都没有这家水果店的浓厚的果香。这家水果店的香味使我常常想起，永远不忘。

那年我正在恋爱，初恋。

果蔬秋浓

今天的活是收萝卜。收萝卜是可以随便吃的——有些果品不能随便吃，顶多尝两个，如二十世纪明月（梨）、柔丁香（葡萄），因为产量太少了，很金贵。萝卜起出来，堆成小山似的。农业工人很有经验，一眼就看出来，这是一般的，过了磅卖出去；这几个好，留下来自己吃。不用刀，用棒子打它一家伙，"棒打萝卜"嘛。咔嚓一声，萝卜就裂开了。萝卜香气四溢，吃起来甜、酥、脆。我们种的是心里美。张家口这地方的水土好像特别宜于萝卜之类的作物生长，苤蓝有篮球大，疙瘩白（圆白菜）像一个小铜盆，萝卜多汁，不艮，不辣。

红皮小水萝卜，生吃也极好（有萝卜我不吃水果），我的家乡叫作"杨花萝卜"，因为杨树开花时卖。过了那几天就老了。小红萝卜气味清香。

江青一辈子只说过一句正确的话："小萝卜去皮，真是煞风景！"我们有时陪她看电影，开座谈会，听她东一句西一句地漫谈，开会都是半夜（她白天睡觉，夜里办公），会后有一点夜宵。有时有凉拌小萝卜。人民大会堂的厨师特别巴结，小萝卜都是削了皮的。萝卜去皮，吃起来不香。

南方的黄瓜不如北方的黄瓜，水叽叽的，吃起来没有黄瓜香。

都爱吃夏初出的顶花带刺的嫩黄瓜，那是很好吃，一咬满口香。嫩黄瓜最好攥在手里整咬，不必拍，更不宜切成细丝。但也有人爱吃二茬黄瓜——秋黄瓜。

呼和浩特有一位老八路，官称"老李森"。此人保留了很多农民的习惯，说起话来满嘴粗话。我们请他到宾馆里来介绍情况，他脱下一只袜子来，一边摇着这只袜子，一边谈，嘴里隔三句就要加一句粗话。他到一个老朋友曹文玉家来看我们。曹家院里有几架自种的黄瓜，他进门就摘了两条嚼起来。曹文玉说："你洗一洗！""洗它做啥！"

我老是想起这两句话："宁吃一斗葱，莫逢屈突通。"这两句话大概出自杨升庵的《古谣谚》。屈突通不知是什么人，印象中好像是北朝的一个很凶恶的武人。读书不随手做点笔记，到要用时就想不起来了。我为什么老是要想起这两句话呢？因为我每天都要吃葱，爱吃葱。

"小葱拌豆腐——一清（青）二白。"每年小葱下来时，我都要吃几次小葱拌豆腐，盐，香油，少量味精。

羊角葱蘸酱卷煎饼。

再过几天，新葱——新鲜的大葱就下来了。

我在一九五八年被定为右派，尚未下放，曾在西山八大处干了一阵活，为大葱装箱。是山东大葱，出口的，可能是出口到东南亚的。这样好的大葱我真没有见过，葱白够一尺长，粗如擀面杖。我们的任务是把大葱在木箱里码整齐，钉上木板。闻得出来，这大葱味甜不辣，很香。

新山药（土豆、马铃薯）快下来了，新山药入大笼蒸熟，一揭屉盖，喷香！山药说不上有什么味道，可是就是有那么一种新山药气。羊肉卤蘸莜面卷，新山药，塞外美食。

苤蓝、茄子，口外都可生吃。

逐臭

"臭豆腐、酱豆腐，王致和的臭豆腐！"过去卖臭豆腐、酱豆腐是由小贩担子沿街串巷吆喝着卖的。王致和据说是有这么个人的。皖南屯溪人，到北京来赶考，不中，穷困落魄，流落在北京，百无聊赖，想起家乡的臭豆腐，遂依法炮制，沿街叫卖，生意很好，干脆放弃功名，以此为生。这个传说恐怕不可靠，一个皖南人跑到北京来赶考，考的是什么功名？无此道理。王致和臭豆腐家喻户晓，世代相传，现在成了什么"集团"，厂房很大，但是商标仍是"王致和"。王致和臭豆腐过去卖得很便宜，是北京最便宜的一种贫民食品，都是用筷子夹了卖，现在改用方瓶码装，卖得很贵，成了奢侈品。有一个侨居美国的老人，晚年不断地想北京的臭豆腐，再来一碗热汤面，此生足矣。这个愿望本不难达到，但是臭豆腐很臭，上飞机的检查，绝对通不过，老华人恐怕将带着他的怀乡病，抱恨以终。

臭豆腐闻起来臭，吃起来香。有一位女同志，南京人。爱人到南京出差，问她要带什么东西——"臭豆腐干"。她爱人买了一些，带到火车上。一车厢都大叫："这是什么味道？什么味道！"我们在长沙，想尝尝毛泽东在火宫殿吃过的臭豆腐，循味跟踪，臭味渐浓。"快了，快到了，闻到臭味了嘛！"到了眼前，是一个公共厕所！据说毛泽东曾特为到火宫殿去吃了一次臭豆腐，说了一句话："火宫殿的臭豆腐还是好吃！"

其实油炸臭豆腐干不只长沙有。我在武汉、上海、南京，都吃过。昆明的是烤臭豆腐，把臭油豆干放在下置炭火的铁箅子上烤。南京夫子庙卖油炸臭豆腐干，用竹扦子串起来，十个一串，像北京的冰糖葫芦似的。穿了薄纱的旗袍或连衣裙的女郎，描眉画眼，一人手里拿了两三串臭豆腐，边走边吃，也是一种景观，他处所无。

吃臭，不只中国有，外国也有，我曾在美国吃过北欧的臭起司。招待我们的诗人保罗·安格尔，以为我吃不来这种东西。我连王致和臭豆腐都能整块整块地吃，还在乎什么臭起司！待老夫吃一个样儿叫你们见识见识！

不臭不好吃，越臭越好吃，口之于味并不都是"有同嗜焉"。

食豆饮水斋闲笔

豌豆

在北市口卖熏烧炒货的摊子上，和我写的小说《异秉》里的王二的摊子上，都能买到炒豌豆和油炸豌豆。二十文（两枚当十的铜圆）即可买一小包，撒一点盐，一路上吃着往家里走。到家门口，也就吃完了。

离我家不远的越塘旁边的空地上，经常有几副卖零吃的担子。卖花生糖的，大粒去皮的花生仁，炒熟仍是雪白的，平摊在抹了油的白石板上，冰糖熬好，均匀地浇在花生米上，候冷，铲起。这种花生糖晶亮透明，不用刀切，大片，放在玻璃匣里，要买，取出一片，现约，论价。冰糖极脆，花生很香。卖豆腐脑的，我们那里的豆腐脑不像北京浇口蘑渣羊肉卤，只倒一点酱油、醋，加一滴麻油——用一支一头缚着一枚制钱的筷子，在油壶里一蘸，滴在碗里，真正只有一滴。但是加很多样零碎作料：小虾米、葱花、蒜泥、榨菜末、药芹末——我们那里没有旱芹，只有水芹（药芹），我很喜欢药芹的气味。我觉得这样的豆腐脑清清爽爽，比北京的勾芡得黏黏糊糊的羊肉卤的要好吃。卖糖豌豆粥的，香粳晚米和豌豆一同在铜锅中熬熟，盛出后加洋糖（绵白糖）一勺。夏日于柳荫下喝一碗，风味不恶。我离乡五十多年，至今还记得豌豆粥的香味。

北京以豌豆制成的食品，最有名的是"豌豆黄"。这东西其实制法很简单，豌豆熬烂，去皮，澄出细沙，加少量白糖，摊开压扁，切成5寸×3寸的长方块，再加刀割出四方小块，分而不离，以牙签扎取而食。据说这是"宫廷小吃"，过去是小饭铺里都卖的，很便宜，现在只仿膳这样的大餐馆里有了，而且卖得很贵。

夏天连阴雨天，则有卖煮豌豆的。整粒的豌豆煮熟，加少量盐，搁两个大料瓣在浮头上，用豆绿茶碗量了卖。虎坊桥有一个傻子卖煮豌豆，给得多。虎坊桥一带流传一句歇后语："傻子的豌豆——多给。"北京别的地区没有这样的歇后语，想起煮豌豆，就会叫人想起北京夏天的雨。

早年前有磕豌豆木模子的，豌豆煮成泥，摁在雕成花样的模子里，磕出来，就成了一个一个小玩意儿，小猫、小狗、小兔、小猪。买的都是孩子，也玩了，也吃了。

以上说的是干豌豆。新豌豆都是当菜吃。烩豌豆是应时当令的新鲜菜。加一点火腿丁或鸡茸自然很好，就是素烩，也极鲜美。烩豌豆不宜久煮，久煮则汤色发灰，不透亮。

全国兴起了吃荷兰豌豆也就近几年的事。我吃过的荷兰豆以厦门为最好，宽大而嫩。厦门的汤米粉中都要加几片荷兰豆，可以解海鲜的腥味。北京吃的荷兰豆都是从南方运来的。我在厦门郊区的田里看到过正在生长着的荷兰豆，搭小架，水红色的小花，嫩绿的叶子，嫣然可爱。

豌豆的嫩头，在我的家乡叫豌豆头，但将"豌"字读成"安"。云南叫豌豆尖，四川叫豌豆颠。我的家乡一般都是油盐炒食。云南、四川加在汤面上面，叫作"飘"或"青"。不要加豌豆苗，叫"免飘"；"多青重红"则是多要豌豆苗和辣椒。吃毛肚火锅，在涮了各种荤料后，浓汤之中推进一大盘豌豆颠，美不可言。

豌豆可以入画。曾在山东看到钱舜举的册页，画的是豌豆，不能忘。钱舜举的画设色娇而不俗，用笔稍细而能潇洒，我很喜欢。见过一幅日本竹内栖凤的画，豌豆花，叶颜色较钱舜举尤为鲜丽，但不知道为什么在豌豆前面画了一条赭色的长蛇，非常逼真。是不是日本人觉得蛇也很美？

黄豆

豆叶在古代是可以当菜吃的。吃法想必是做羹。后来就没有人吃了。没有听说过有人吃凉拌豆叶、炒豆叶、豆叶汤的。

我们那里，夏天，家家都要吃几次炒毛豆，加青辣椒。中秋节煮毛豆供月，带壳煮。我父亲会做一种毛豆：毛豆剥出粒，与小青椒（不切）同煮，加酱油、糖，候豆熟收汤，摊在筛子里晾至半干，豆皮起皱，收入小坛。下酒甚妙，做一次可以吃几天。

北京的小酒馆里有盐水煮毛豆，有的酒馆是整棵地煮的，不将豆荚剪下，酒客用手摘了吃，似比装了一盘吃起来更香。

香椿豆甚佳。香椿嫩头在开水中略烫，沥去水，切碎，加盐；毛豆加盐煮熟，与香椿同拌匀，候冷，贮之玻璃瓶中，隔日取食。

北京人吃炸酱面，讲究的要有十几种菜码，黄瓜丝、小萝卜、青蒜……还得有一撮毛豆或青豆。肉丁（不用副食店买的绞肉末）炸酱与青豆同嚼，相得益彰。

北京人炒麻豆腐要放几个青豆嘴儿——青豆发一点芽。

三十年前北京稻香村卖熏青豆，以佐茶甚佳。这种豆大概未必是熏的，只是加一点茴香，入轻盐煮后晾成的。皮亦微皱，不软不硬，有咬劲。现在没有了，想是因为费工而利薄，熏青豆是很便宜的。

江阴出粉盐豆。不知怎么能把黄豆发得那样大，长可半寸，盐炒，豆不收缩，皮色发白，极酥松，一嚼即成细粉，故名粉盐豆。味甚隽，远胜花生米。吃粉盐豆，喝百花酒，很相配。我那时还不怎么会喝酒，只是喝白开水。星期天，坐在自修室里，喝水，吃豆，读李清照、辛弃疾词，别有一番滋味。我在江阴南菁中学读过两年，星期天多半是这样消磨过去的。前年我到江阴寻梦，向老同学问起粉盐豆，说现在已经没有了。

稻香村、桂香村、全素斋等处过去都卖笋豆。黄豆、笋干切碎，加酱油、糖煮。现在不大见了。

三年困难时期，对十七级干部有一点照顾，每月发几斤黄豆、一斤白糖，叫"糖豆干部"。我用煮笋豆法煮之，没有笋干，放一点口蘑。口蘑是我在张家口坝上自己采得晒干的。我做的口蘑豆不仅自家吃，还送人，曾给黄永玉送去过。永玉的儿子黑蛮吃了，在日记里写道："黄豆是不好吃的东西，汪伯伯却能把它做得很好吃，汪伯伯很伟大！"

炒黄豆芽宜烹糖醋。

黄豆芽吊汤甚鲜。南方的素菜馆、供素斋的寺庙，都用豆芽汤取鲜。有一老饕在一个庙里吃了素斋，怀疑汤里放了虾籽包，跑到厨房里去验看，只见一口大锅里熬着一锅黄豆芽和香菇蒂的汤。黄豆芽汤加酸雪里蕻，泡饭甚佳。此味北人不解也。

黄豆对中国人民最大的贡献是能做豆腐及各种豆制品。如果没有豆腐，中国人民的生活将会缺一大块，和尚、尼姑、素菜馆的大师傅就通通"没戏"了。素菜除了冬菇、口蘑、金针、木耳、冬笋、竹笋，主要是靠豆腐、豆制品。素这个，素那个，只是豆制品变出的花样而已。关于豆腐，应另写专文，此不及。

绿豆

绿豆在粮食里是最重的。一麻袋绿豆二百七十斤，非壮劳力扛不起。

绿豆性凉，夏天喝绿豆汤、绿豆粥、绿豆水饭，可祛暑。

绿豆的最大用途是做粉丝。粉丝好像是中国的特产。外国名之曰玻璃面条。常见的粉丝的吃法是下在汤里。华侨很爱吃粉丝，大概这会引起他们的故国之思。每年国内要运销大量粉丝到东南亚各地，一律称为"龙口细粉"，华侨多称之为"山东粉"。我有个亲戚，是闽籍马来西亚归侨，我在她家吃饭，她在什么汤里都必放两样东西：粉丝和榨菜。苏南人爱吃"油豆腐线粉"，是小吃，乃以粉丝及豆腐泡下在冬菇扁尖汤里。午饭已经消化完了，晚饭还不到时候，吃一碗油豆腐线粉，蛮好。北京的镇江馆子森隆以前有一道菜——银丝牛肉，将粉丝温油炸脆，浇宽汁小炒牛肉丝，刺啦有声。不知这是不是镇江菜。做银丝牛肉的粉丝必须是纯绿豆的，否则易于焦煳。我曾在自己家里做过一次，粉丝大概掺了不知别的什么东西，炸后成了一团黑炭。"蚂蚁上树"原是四川菜，肉末炒粉丝。有一个剧团的伙食办得不好，演员意见很大。剧团的团长为了关心群众生活，深入到食堂去亲自考察，看到菜牌上写的菜名有"蚂蚁上树"，说："啊呀，伙食是有问题，蚂蚁怎么可以吃呢？"这样的人怎么可以当团长呢？

绿豆轧的面条叫"杂面"。《红楼梦》里尤三姐说："清水下杂面，你吃我看见。"或说杂面要下在羊肉汤里，清水下杂面是说没有吃头的。究竟这句话是什么意思，我还不太明白。不过杂面是要有点荤汤的，素汤杂面我还没有吃过。那么，吃长斋的人是不吃杂面的？

凉粉皮原来都是绿豆的，现在纯绿豆的很少，多是杂豆的。大块凉粉则是白薯粉的。

凉粉以川北凉粉为最好，是豌豆粉，颜色是黄的。川北凉粉放很多油辣椒，吃时嘴里要嘘嘘出气。

广东人爱吃绿豆沙。昆明正义路南头近金碧路处有一家广东人开的甜品店，卖绿豆沙、芝麻糊和番薯糖水。绿豆沙、芝麻糊都好吃，番薯糖水则没有多大意思。

绿豆糕以昆明的吉庆祥和苏州采芝斋最好，油重，且加了玫瑰花。北京的绿豆糕不加油，是干的，吃起来噎人。我有一阵生胆囊炎，不宜吃油，买了一盒回来，我的孙女很爱吃，一气吃了几块，我觉得不可理解。

扁豆

　　我们那一带的扁豆原来只有北京人所说的"宽扁豆"那一种。郑板桥写过一副对联："一庭春雨瓢儿菜，满架秋风扁豆花。"指的当是这种扁豆。这副对子写的是尚可温饱的寒士家的景况，有钱的阔人家是不会在庭院里种菜种扁豆的。扁豆有紫花和白花的两种，紫花的较多，白花的少。郑板桥眼中的扁豆花大概是紫的。紫花扁豆结的豆角皮色亦微带紫，白花扁豆则是浅绿色的，吃起来味道都差不多。唯入药用，则必为"白扁豆"，两种扁豆药性可能不同。扁豆初秋即开花，旋即结角，可随时摘食。板桥所说"满架秋风"，给人的感觉已是深秋了。画扁豆花的画家喜欢画一只纺织娘，这是一个季节的东西。暑尽天凉，月色如水，听纺织娘在扁豆架上沙沙地振羽，至有情味。北京有种红扁豆的，花是大红的，豆角则是深紫红的。这种红扁豆似没人吃，只供观赏。我觉得这种扁豆红得不正常，不如紫花、白花有韵致。

　　北京人通常所说的扁豆，上海人叫四季豆。我的家乡原来没有，现在有种的了。北京的扁豆有几种，一般的就叫扁豆，有上架的，叫"架豆"。一种叫"棍儿扁豆"，豆角如小圆棍。"棍儿扁豆"字面自相矛盾，既似棍儿，不当叫扁。有一种豆角较宽而甚嫩的，叫"闷儿豆"，我想是"眉豆"的讹读。北京人吃扁豆无非是焯熟凉拌、炒，或焖。"焖扁豆面"

挺不错。扁豆焖熟，加水，面条下在上面，面熟，将扁豆翻到上面来，再稍焖，即得。扁豆不管怎么做，总宜加蒜。

我在泰山顶上一个招待所里吃过一盘炒棍儿扁豆，非常嫩。平生所吃扁豆，此为第一。能在泰山顶上吃到，尤为难得。

芸豆

我在昆明吃了几年芸豆。西南联大的食堂里有几个常吃的菜：炒猪血（云南叫"旺子"），炒莲花白（北京的圆白菜、上海的卷心菜、张家口的疙瘩白），灰色的魔芋豆腐……几乎每天都有的是煮芸豆。府甫道菜市上有卖芸豆的，盐煮，我们有时买了当零嘴吃，因为很便宜。芸豆有红的和白的两种，我们在昆明吃的是红的。

北京小饭铺里过去有芸豆粥卖，是白芸豆。芸豆粥粥汁甚黏，好像勾了芡。

芸豆卷和豌豆黄一样，也是"宫廷小吃"，白芸豆煮成沙，入糖，制为小卷。过去北海漪澜堂茶馆里有卖，现在不知还有没有。

在乌鲁木齐逛"巴扎"，见白芸豆极大，有大拇指头顶儿那样大，很想买一点，但是数千里外带一包芸豆回北京，有点"神经"，遂作罢。

红小豆

红小豆上海叫赤豆，赤豆汤，赤豆棒冰。北京叫小豆，小豆粥，小豆冰棍。我的家乡叫红饭豆，因为可掺在米里蒸成饭。

红小豆最大的用途是做豆沙。北方的豆沙有不去皮的，只是小豆煮烂而已。豆包、炸糕的馅都是这样的粗制豆沙。水滤去皮，成为细沙，北方叫"澄沙"，南方叫"洗沙"。做月饼、甜包、汤圆，都离不开豆沙。豆沙最能吸油，故宜做馅。我们家大年初一早起吃汤圆，洗沙是年前就用大量的猪油拌了，每天在饭锅头上蒸一次，沙色紫得发黑，已经吸足了油。我们家的汤圆又很大，我只能吃两三个，因为一咬一嘴油。

四川菜有夹沙肉，乃以肥多瘦少的带皮臀尖肉整块煮至六七成熟，捞出，稍凉后，切成厚两三分的大片，两片之间肉皮不切通，中夹洗沙，上笼蒸。这道菜是放糖的，很甜。肥肉已经脱了油，吃起来不腻。但也不能多吃，我只能来两片。我的儿子会做夹沙肉，每次都很成功。

豇豆

我小时最讨厌吃豇豆，只有两层皮，味道寡淡。后来到北京，岁数大了，觉得豇豆也还好吃。人的口味是可以变的，比如，我小时不吃猪肺，觉得泡泡囊囊的，嚼起来很不舒服。老了，觉得肺头挺好吃，于老人牙齿甚相宜。

嫩豇豆切寸段，入开水锅焯熟，以轻盐稍腌，滗去盐水，以好酱油、镇江醋、姜、蒜末同拌，滴香油数滴，可以"渗"酒。炒食亦佳。

河北省酱菜中有酱豇豆，别处似没有。北京的六必居、天源，南方扬州酱菜中都没有。保定酱豇豆是整根酱的，甚脆嫩，而极咸。河北人口重，酱菜无不甚咸。

豇豆米老后，表皮光洁，淡绿中泛浅紫红晕斑，瓷器中有一种"豇豆红"就是这种颜色。曾见一豇豆红小石榴瓶，莹润可爱。中国人很会为瓷器的釉色取名，如"老僧衣""芝麻酱""茶叶末"，都甚肖。

蚕豆

北京快有新蚕豆卖了。

我小时吃蚕豆，就想过这个问题：为什么叫蚕豆？到了很大的岁数，才明白过来：因为这是养蚕的时候吃的豆。我家附近没有养蚕的，所以联想不起来。四川叫胡豆，我觉得没有道理。中国把从外国来的东西冠之以胡、番、洋，如番茄、洋葱。但是蚕豆似乎是中国本土早就有的，何以也加一"胡"字？四川人也有写作"葫豆"的，也没有道理。葫是大蒜。这种豆和大蒜有什么关系？也许是因为这种豆结荚的时候也正是大蒜结球的时候？这似乎也勉强。小时候读鲁迅的文章，提到罗汉豆，叫我好一阵猜，想象不出是怎样一种豆。后来才知道，嗐，就是蚕豆。鲁迅当然是知道全国大多数地方是叫蚕豆的，偏要这样写，想是因为这样写才有绍兴特点，才亲切。

蚕豆是很好吃的东西，可以当菜，也可以当零食。各种做法，都好吃。

我的家乡，嫩蚕豆连内皮炒。或加一点碎切的咸菜，尤妙。稍老一点，就剥去内皮炒豆瓣。有时在炒红苋菜时加几个绿蚕豆瓣，颜色既鲜明，也能提味。有一个女同志曾在我家乡的乡下落户，说房东给他们做饭时在鸡蛋汤里放一点蚕豆瓣，说是非常好吃。这是乡下做法，城里没有这么做的。蚕豆老了，就连皮煮熟，加点盐，可以下酒，也可以白嘴吃。有人家将煮熟的大粒蚕豆用线穿成一挂佛珠，给孩子挂在脖子上，一颗一颗地剥了吃，孩子没有不高兴的。

江南人吃蚕豆与我们乡下大体相似。上海一带的人把较老的蚕豆剥去内皮，重油炒成蚕豆泥，好吃。用以佐粥，尤佳。

四川、云南吃蚕豆和苏南、苏北人亦相似。云南季节似比江南略早。前年我随作家访问团到昆明，住翠湖宾馆。吃饭时让大家点菜。我点了一个炒豌豆米，一个炒青蚕豆，作家下箸后都说："汪老真会点菜！"其时北方尚未见青蚕豆，故觉得新鲜。

北京人是不大懂吃新鲜蚕豆的。北京人爱吃扁豆、豇豆，而对蚕豆不赏识。因为北京人很少种蚕豆，蚕豆不能对北京人有鲁迅所说的"蛊惑"。北京的蚕豆是从南方运来的，卖蚕豆的也多是南方人。南豆北调，已失新鲜，但毕竟是蚕豆。

蚕豆到"落而为萁"，晒干后即为老蚕豆。老蚕豆仍可做菜。老蚕豆浸水生芽，江南人谓之为"发芽豆"，加盐及香料煮熟，是下酒菜。我的家乡叫"烂蚕豆"。北京人加一个字，叫作"烂和蚕豆"。我在民间文艺研究会工作的时候，在演乐胡同上班，每天下班都见一个老人卖烂和蚕豆。这老人至少有七十大几了，头发和两腮的短髭都已经是雪白的了。他拎着一个腰圆的木盆，慢慢地从胡同这头走到那头，哑声吆喝着："烂和蚕豆……"后来老人不知得了什么病，头抬不起来，但还是折倒了颈子，埋着头，卖烂和蚕豆，只是不再吆喝了。又过些日子，老人不见了，我想是死了。不知道为什么，我每次吃烂和蚕豆，总会想起这位老人。我想的是什么呢？人的生活啊……

老蚕豆可炒食，一种是水泡后砂炒的，叫"酥蚕豆"。我的家乡叫"沙蚕豆"。一种是以干蚕豆入锅炒的，极硬，北京叫"铁蚕豆"。非极好牙口，是吃不了铁蚕豆的。北京有句歇后语："老太太吃铁蚕豆——闷了。"我想没有哪个老太太会吃铁蚕豆，一颗铁蚕豆闷软和了，得多长时间！我的老师沈从文先生在中老胡同住的时候，每天有一个骑着自行车卖铁蚕豆的从他的后墙窗外经过，吆喝："铁蚕豆——"这人是个中年汉子，是个出色的男高音，他的声音不但高、亮、打远，而且尾音带颤。其时沈先生正因为遭受迫害而精神紧张，我觉得这卖铁蚕豆的声音也会给他一种压力，因此我忘不了铁蚕豆。

蚕豆做零食，有：入水稍泡，油炸。北京叫"开花豆"。我的家乡叫"兰花豆"，因为炸之前在豆嘴上剁一刀，炸后豆瓣四裂，向外翻开，形似兰花。

上海老城隍庙有奶油五香豆。

苏州有油酥豆板，乃以绿蚕豆瓣入油炸成。我记得从前的油酥豆板是撒盐的，后来吃的却是裹了糖的，没有加盐的好吃。

四川北碚的怪味胡豆味道真怪，酥、脆、咸、甜、麻、辣。

蚕豆可作调料。做川味菜离不开郫县豆瓣。我家里郫县豆瓣是周年不缺的。

北京就快有青蚕豆卖了，谷雨已经过了。

豆汁儿

没有喝过豆汁儿，不算到过北京。

小时看京剧《豆汁记》（《鸿鸾禧》，又名《金玉奴》，一名《棒打薄情郎》），不知"豆汁"为何物，以为即是豆腐浆。

到了北京，北京的老同学请我吃了烤鸭、烤肉、涮羊肉，问我："你敢不敢喝豆汁儿？"我是个"有毛的不吃掸子，有腿的不吃板凳，大荤不吃死人，小荤不吃苍蝇"的，喝豆汁儿，有什么不"敢"？他带我到一家小吃店，要了两碗，警告我说："喝不了，就别喝。有很多人喝了一口就吐了。"我端起碗来，几口就喝完了。我那同学问："怎么样？"我说："再来一碗。"

豆汁儿是制造绿豆粉丝的下脚料，很便宜。过去卖生豆汁儿的，用小车推一个有盖的木桶，串背街、胡同。不用"唤头"（招徕顾客的响器），也不吆唤。因为每天串到哪里，大都有准时候。到时候，就有女人提了一个什么容器出来买。有了豆汁儿，这天吃窝头就可以不用熬稀粥了。这是贫民食物。《豆汁记》中金玉奴的父亲金松是"杆儿上的"（叫花头），所以家里有吃剩的豆汁儿，可以给莫稽盛一碗。

卖熟豆汁儿的，在街边支一个摊子。一口铜锅，锅里一锅豆汁儿，用小火熬着。熬豆汁儿只能用小火，火大了，豆汁儿一翻大泡，就"潲"了。豆汁儿摊上备有辣咸菜丝——水疙瘩切细丝浇辣椒油、烧饼、焦圈——类似油条，但做成圆圈，焦脆。卖力气的，走到摊边坐下，要几套烧饼焦圈，来两碗豆汁儿，就一点辣咸菜，就是一顿饭。

豆汁儿摊上的咸菜是不算钱的。有保定老乡坐下，掏出两个馒头，问"豆汁儿多少钱一碗"，卖豆汁儿的告诉他。"咸菜呢？""咸菜不要钱。""那给我来一碟咸菜。"

常喝豆汁儿，会上瘾。北京的穷人喝豆汁儿，有的阔人家也爱喝。梅兰芳家，有一段时间每天下午到外面端一锅豆汁儿，全家大小，一人喝一碗。豆汁儿是什么味儿？这可真没法说。这东西是绿豆发了酵的，有股子酸味。不爱喝的说是像泔水，酸臭。爱喝的说："别的东西不能有这个味儿——酸香！"这就跟臭豆腐和"起司"一样，有人爱，有人不爱。

豆汁儿沉底，干糊糊的，是麻豆腐。羊尾巴油炒麻豆腐，加几个青豆嘴儿（刚出芽的青豆），极香。这家这天炒麻豆腐，煮饭时得多量一碗米——每人的胃口都开了。

豆腐

豆腐点得比较老的，为北豆腐。听说张家口地区有一个堡里的豆腐能用秤钩钩起来，扛着秤杆走几十里路。这是豆腐吗？点得较嫩的是南豆腐。再嫩即为豆腐脑。比豆腐脑稍老一点的，有北京的"老豆腐"和四川的豆花。比豆腐脑更嫩的是湖南的水豆腐。

豆腐压紧成形，是豆腐干。

卷在白布层中压成大张的薄片，是豆腐片。东北叫干豆腐。压得紧而且更薄的，南方叫百叶或千张。

豆浆锅的表面凝结的一层薄皮撩起晾干，叫豆腐皮，或叫油皮。我的家乡则简单地叫作皮子。

豆腐最简便的吃法是拌。买回来就能拌。或入开水锅略烫，去豆腥气。不可久烫，久烫则豆腐收缩发硬。香椿拌豆腐是拌豆腐里的上上品。嫩香椿头，芽叶未舒，颜色紫赤，嗅之香气扑鼻，入开水稍烫，梗叶转为碧绿，捞出，揉以细盐，候冷，切为碎末，与豆腐同拌（以南豆腐为佳），下香油数滴。一箸入口，三春不忘。香椿头只卖得数日，过此则叶绿梗硬，香气大减。其次是小葱拌豆腐。北京有歇后语："小葱拌豆腐——一清（青）二白。"可见这是北京人家家都吃的小菜。拌豆腐特宜小葱，小葱嫩、香。葱粗如指，用以拌豆腐，滋味即减。我和林斤澜在武夷山，住一招待所。斤澜爱吃拌豆腐，招待所每餐皆上拌豆腐一大盘，但与豆腐同拌的是青蒜。青蒜炒回锅肉甚佳，以拌豆腐，配搭不当。北京人有用韭菜花、青椒糊拌豆腐的，这是侉吃法，南方人不敢领教。而南方人吃的松花蛋拌豆腐，北方人也觉得岂有此理。这是一道上海菜，我第一次吃到却是在香港的一家上海饭馆里，是吃阳澄湖大闸蟹之前的一道凉菜。北豆腐、松花蛋切成小骰子块，同拌，无姜汁蒜泥，只少放一点盐而已。好吃吗？用上海话说：蛮崭格！用北方话说：旱香瓜——另一个味儿。咸鸭蛋拌豆腐也是南方菜，但必须用敝乡所产"高邮咸蛋"。高邮咸蛋蛋黄色如朱砂，多油，和豆腐拌在一起，红白相间，只是颜色即可使人胃口大开。别处的咸鸭蛋，尤其是北方的，蛋黄色浅，又无油，却不中吃。

烧豆腐大体可分为两大类：用油煎过再加料烧的，不过油煎的。

北豆腐切成厚二分的长方块，热锅温油两面煎。油不必多，因豆腐不吃油。最好用平底锅煎。不要煎得太老，稍结薄壳，表面发皱，即可铲出，是名"虎皮"。用已备好的肥瘦各半熟猪肉，切大片，下锅略煸，加葱、姜、蒜、酱油、绵白糖，兑入原猪肉汤，将豆腐推入，加盖猛火煮两三开，即放小火咕嘟。约十五分钟，收汤，即可装盘。这就是"虎皮豆腐"。如加冬菇、虾米、辣椒及豆豉即是"家乡豆腐"。或加菌油，即是湖南有名的"菌油豆腐"——菌油豆腐也有不用油煎的。

"文思和尚豆腐"是清代扬州有名的素菜，好几本菜谱著录，但我在扬州一带的寺庙和素菜馆的菜单上都没有见到过。不知道文思和尚豆腐是过油煎了的，还是不过油煎的。我无端地觉得是油煎了的，而且无端地觉得是用黄豆芽吊汤，加了上好的口蘑或香蕈、竹笋，用极好秋油，文火熬成。什么时候材料凑手，我将根据想象，试做一次文思和尚豆腐。我的文思和尚豆腐将是素菜荤做，放猪油，放虾米。

虎皮豆腐切大片，不过油煎的烧豆腐则宜切块，六七分见方。北方小饭铺里肉末烧豆腐，是常备菜。肉末烧豆腐亦称家常豆腐。烧豆腐里的翘楚，是麻婆豆腐。相传有陈婆婆，脸上有几粒麻子，在乡场上摆一个饭摊，挑油的脚夫路过，常到她的饭摊上吃饭，陈婆婆把油桶底下剩的油刮下来，给他们烧豆腐。后来大人先生也特意来吃她烧的豆腐。于是麻婆豆腐闻名遐迩。陈麻婆是个值得纪念的人物，中国烹饪史上应为她大书一笔，因为麻婆豆腐确实很好吃。做麻婆豆腐的要领是：一要油多；二要用牛肉末。我曾做过多次麻婆豆腐，都不是那个味儿，后来才知道我用的是瘦猪肉末。牛肉末不能用猪肉末代替。三是要用郫县豆瓣。豆瓣须剁碎。四是要用文火，俟汤汁渐渐收入豆腐，才起锅。五是起锅时要撒一层川花椒末。一定得用川花椒，即名为"大红袍"者。用山西、河北花椒，味道即差。六是盛出就吃。如果正在喝酒说话，应该把说话的嘴腾出来。麻婆豆腐必须是：麻、辣、烫。昆明最便宜的小饭铺里有小炒豆腐。猪肉末，肥瘦，豆腐捏碎，同炒，加酱油，起锅时下葱花。这道菜便宜，实惠，好吃。不加酱油而用盐，与番茄同炒，即为番茄炒豆腐。番茄须烫过，撕去皮，炒至成酱，番茄汁渗入豆腐，乃佳。

砂锅豆腐须有好汤，骨头汤或肉汤，小火炖，至豆腐起蜂窝，方好。砂锅鱼头豆腐，用花鲢（胖头鱼）头，劈为两半，下冬菇、扁尖（腌青笋）、海米，汤清而味厚，非海参鱼翅可及。

"汪豆腐"好像是我的家乡菜。豆腐切成指甲盖大的小薄片，推入虾籽酱油汤中，滚几开，勾薄芡，盛大碗中，浇一勺熟猪油，即得。叫作"汪豆腐"，大概因为上面泛着一层油。用勺舀了吃。吃时要小心，不能性急，因为很烫。滚开的豆腐，上面又是滚开的油，吃急了会烫坏舌头。我的家乡人喜欢吃烫的东西，语云："一烫抵三鲜。"乡下人家来了客，大都做一个汪豆腐应急。周巷汪豆腐很有名。我没有到过周巷，周巷汪豆腐好，我想无非是虾籽多，油多。近年高邮新出一道名菜——雪花豆腐，用盐，不用酱油。我想给家乡的厨师出个主意：加入蟹白（雄蟹白的油，即蟹的精子），这样雪花豆腐就更名贵了。

不知道为什么，北京的老豆腐现在见不着了，过去卖老豆腐的摊子是很多的。老豆腐其实并不老，老，也许是和豆腐脑相对而言。老豆腐的作料很简单：芝麻酱、腌韭菜末。爱吃辣的浇一勺青椒糊。坐在街边摊头的矮脚长凳上，要一碗老豆腐，就半斤旋烙的大饼，夹一个薄脆，是一顿好饭。

四川的豆花是很妙的东西，我和几个作家到四川旅游，在乐山吃饭。几位作家都去了大馆子，我和林斤澜钻进一家只有穿草鞋的乡下人光顾的小店，一人要了一碗豆花。豆花只是一碗白汤，啥都没有。豆花用筷子夹出来，蘸"味碟"里的作料吃。味碟里主要是豆瓣。我和斤澜各吃了一碗热腾腾的白米饭，很美。豆花汤里或加切碎的青菜，则为"菜豆花"。北京的豆花庄的豆花乃以鸡汤煨成，过于讲究，不如乡坝头的豆花存其本味。

北京的豆腐脑过去浇羊肉口蘑渣熬成的卤。羊肉是好羊肉，口蘑渣是碎黑片蘑，还要加一勺蒜泥水。现在的卤，羊肉极少，不放口蘑，只是一锅稠糊糊的酱油黏汁而已。即便是过去浇卤的豆腐脑，我觉得也不如我们家乡的豆腐脑。我们那里的豆腐脑温在紫铜扁钵的锅里，用紫铜平勺盛在碗里，加秋油，滴醋、一点点麻油，小虾米、榨菜末、芹菜（药芹，即水芹菜）末。清清爽爽，而多滋味。

中国豆腐的做法多矣，不胜记载。四川作家高缨请我们在乐山的山上吃过一次豆腐宴，豆腐十好几样，风味各别，不相雷同。特点是豆腐的质量极好。掌勺的老师傅从磨豆腐到烹制，都是亲自为之，绝不假手旁人。这一顿豆腐宴可称寰中一绝！

豆腐干南北皆有。北京的豆腐干比较有特点的是熏干。熏干切长片拌芹菜，很好。熏干的烟熏味和芹菜的芹菜香相得益彰。花干、苏州干是从南边传过来的，北京原先没有。北京的苏州干只是用味精取鲜，苏州的小豆腐干是用酱油、糖、冬菇汤煮出后晾得半干的，味长而耐嚼。从苏州上车，买两包小豆腐干，可以一直嚼到郑州。香干亦称茶干。我在小说《茶干》中有较细的描述：

……豆腐出净渣，装在一个小蒲包里，包口扎紧，入锅，码好，投料，加上好抽油，上面用石头压实，文火煨煮。要煮很长时间。煮得了，再一块一块从蒲包里倒出来。这种茶干是圆形的，周围较厚，中间较薄，周身有蒲包压出来的细纹……这种茶干外皮是深紫黑色的，掰开了，里面是浅褐色的。很结实，嚼起来很有咬劲，越嚼越香，是佐茶的妙品，所以叫作"茶干"。

茶干原出界首镇，故称"界首茶干"。据说乾隆南巡，过界首，曾经品尝过。

干丝是淮扬名菜。大方豆腐干，快刀横披为片，刀工好的师傅一块豆腐干能片十六片，再立刀切为细丝。这种豆腐干是特制的，极坚致，切丝不断，又绵软，易吸汤汁。旧本只有拌干丝。干丝入开水略煮，捞出后装高足浅碗，浇麻油酱醋。青蒜切寸段，略焯，五香花生米搓去皮，同拌，尤妙。煮干丝的兴起也就是五六十年的事。干丝母鸡汤煮，加开洋（大虾米）、火腿丝。我很留恋拌干丝，因为味道清爽，现在只能吃到煮干丝了。干丝本不是"菜"，只是吃包子烧卖的茶馆里，在上点心之前喝茶时的闲食。现在则是全国各地淮扬菜系的饭馆里都预备了。我在北京常做煮干丝，成了我们家的保留节目。北京很少遇到大白豆腐干，只能用豆腐片或百叶切丝代替。口感稍差，味道却不逊色，因为我的煮干丝里下了干贝。煮干丝没有什么诀窍，什么鲜东西都可往里搁。干丝上桌前要放细切的姜丝，要嫩姜。

臭豆腐是中国人的一大发明。我在上海、武汉都吃过。长沙火宫殿的臭豆腐毛泽东年轻时常去吃。后来回长沙，又特意去吃了一次，说了一句话："火宫殿的臭豆腐还是好吃！"火宫殿的臭豆腐遂成全国第一。油炸臭豆腐干，宜放辣椒酱、青蒜。南京夫子庙的臭豆腐干是小方块，用竹扦像冰糖葫芦似的串起来卖，一串八块。昆明的臭豆腐不用油炸，在炭火盆上搁一个铁箅子，臭豆腐干放在上面烤焦，别有风味。

我在安徽屯溪吃过霉豆腐，长条豆腐，长了二寸长的白色的绒毛，在平底锅中煎熟，蘸酱油、辣椒、青蒜吃。凡到屯溪者，都要去尝尝。

豆腐乳各地都有。我在江西进贤参加土改，那里的农民家家都做腐乳。进贤原来很穷，没有什么菜吃，顿顿都用豆腐乳下饭。做豆腐乳，放大量辣椒面，还放柚子皮，味道非常强烈。广西桂林、四川忠县、云南路南所出豆腐乳都很有名，各有特点。腐乳肉是苏州松鹤楼的名菜，肉味浓醇，入口即化。广东点心很多都放豆腐乳，叫作"南乳××饼"。

南方人爱吃百叶。百叶结烧肉是宁波、上海人家常吃的菜。上海老城隍庙的小吃店里卖百叶结：百叶包一点肉馅，打成结，煮在汤里，要吃，随时盛一碗。一碗也就是四五只百叶结。北方的百叶缺韧性，打不成结，一打结就断。百叶可入臭卤中腌臭，谓之"臭千张"。

杭州知味观有一道名菜：炸响铃。豆腐皮（如过干，要少润一点水），瘦肉剁成细馅，加葱花、细姜末，入盐，把肉馅包在豆腐皮内，成一卷，用刀剁成寸许长的小段，下油锅炸得馅熟皮酥，即可捞出。油温不可太高，太高豆腐皮易煳。这菜嚼起来发脆响，形略似铃，故名响铃。做法其实并不复杂。肉剁极碎，成泥状（最好用刀背剁），平摊在豆腐皮上，折叠起来，如小钱包大，入油炸，亦佳。不入油炸，而以酱油冬菇汤煮，豆腐皮层中有汁，甚美。北京东安市场拐角处新中国成立前有一家肉店宝华春，兼卖南味熟肉，卖一种酒菜：豆腐皮切细条，在酱肉汤中煮透，捞出，晾至微干，很好吃，不贵。现在宝华春已经没有了。豆腐皮可做汤。炖酥腰（猪腰炖汤）里放一点豆腐皮，则汤色雪白。

葡萄月令

一月，下大雪。

雪静静地下着。果园一片白。听不到一点声音。

葡萄睡在铺着白雪的窖里。

二月里刮春风。

立春后，要刮四十八天"摆条风"。风摆动树的枝条，树醒了，忙忙地把汁液送到全身。树枝软了。树绿了。

雪化了，土地是黑的。

黑色的土地里，长出了茵陈蒿。碧绿。

葡萄出窖。

把葡萄窖一锹一锹挖开。挖下的土，堆在四面。葡萄藤露出来了，乌黑的。有的梢头已经绽开了芽苞，吐出指甲大的苍白的小叶。它已经等不及了。

把葡萄藤拉出来，放在松松的湿土上。

不大一会儿，小叶就变了颜色，叶边发红——又不大一会儿，绿了。

三月，葡萄上架。

先得备料。把立柱、横梁、小棍，槐木的、柳木的、杨木的、桦木的，按照树棵大小，分别堆放在旁边。立柱有汤碗口粗的、饭碗口粗的、茶杯口粗的。一棵大葡萄得用八根、十根，乃至十二根立柱。中等的，六根、四根。

先刨坑，竖柱。然后搭横梁，用粗铁丝紧后搭小棍，用细铁丝缚住。

然后，请葡萄上架。把在土里趴了一冬的老藤扛起来，得费一点劲。大的，得四五个人一起来。"起！——起！"哎，它起来了。把它放在葡萄架上，把枝条向三面伸开，像五个指头一样地伸开，扇面似的伸开。然后，用麻筋在小棍上固定住。葡萄藤舒舒展展、凉凉快快地在上面待着。

上了架，就施肥。在葡萄根的后面，距主干一尺，挖一道半月形的沟，把大粪倒在里面。葡萄上大粪，不用稀释，就这样把原汁大粪倒下去。大棵的，得三四桶。小葡萄，一桶也就够了。

四月，浇水。

挖窖挖出的土，堆在四面，筑成垄，就成一个池子。池里放满了水。葡萄园里水汽泱泱，沁人心脾。

葡萄喝起水来是惊人的。它真是在喝哎！葡萄藤的组织跟别的果树不一样，它里面是一根一根细小的导管。这一点，中国的古人早就发现了。《图经》云："根苗中空相通。圃人将货之，欲得厚利，暮溉其根，而晨朝水浸子中矣，故俗呼其苗为木通。""暮溉其根，而晨朝水浸子中矣"，是不对的。葡萄成熟了，就不能再浇水了。再浇，果粒就会涨破。"中空相通"却是很准确的。浇了水，不大一会儿，它就从根直吸到梢，简直是小孩嘬奶似的拼命往上嘬。浇过了水，你再回来看看吧：梢头切断过的破口，就嗒嗒地往下滴水了。

是一种什么力量使葡萄拼命地往上吸水呢？

施了肥，浇了水，葡萄就使劲抽条、长叶子。真快！原来是几根枯藤，几天工夫，就变成青枝绿叶的一大片。

五月，浇水、喷药、打梢、掐须。

葡萄一年不知道要喝多少水，别的果树都不这样。别的果树都是刨一个"树碗"，往里浇几担水就得了，没有像它这样的："漫灌"，整池子地喝。

喷波尔多液。从抽条长叶，一直到坐果成熟，不知道要喷多少次。喷了波尔多液，太阳一晒，葡萄叶子就都变成蓝的了。葡萄抽条，丝毫不知节制，它简直是瞎长！几天工夫，就抽出好长的一截新条。这样长法还行呀，还结不结果呀？因此，过几天就得给它打一次条，葡萄打条，也用不着什么技巧，是个人就能干，拿起树剪，嘁嘁啦啦，把新抽出来的一截都给它铰了就得了。一铰，一地的长着新叶的条。

葡萄的卷须，在它还是野生的时候是有用的，好攀附在别的什么树木上。现在，已经有人给它好好地固定在架上了，就一点用也没有了。卷须这东西最耗养分——凡是作物，都是优先把养分输送到顶端，因此，长出来就给它掐了。

葡萄的卷须有一点淡淡的甜味。这东西如果腌成咸菜，大概不难吃。

五月中下旬，果树开花了。果园，美极了。梨树开花了，苹果树开花了，葡萄也开花了。

都说梨花像雪，其实苹果花才像雪。雪是厚重的，不是透明的。梨花像什么呢？——梨花的瓣子是月亮做的。

有人说葡萄不开花，哪能呢？只是葡萄花很小，颜色淡黄微绿，不钻进葡萄架是看不出的。而且它开花期很短，很快就结出了绿豆大的葡萄粒。

六月，浇水、喷药、打条、掐须。

葡萄粒长了一点了，一颗一颗，像绿玻璃料做的纽子。硬的。

葡萄不招虫。葡萄会生病，所以要经常喷波尔多液。但是它不像桃，桃有桃食心虫；梨，梨有梨食心虫。葡萄不用疏虫果——果园每年疏虫果是要费很多工的。虫果没有用，黑黑的一个半干的球，可是它耗养分呀！所以，要把它"疏"掉。

七月，葡萄"膨大"了。

掐须、打条、喷药，多多地浇一次水。

追一次肥。追硫铵。在原来施粪肥的沟里撒上硫铵。然后，就把沟填平了，把硫铵封在里面。

汉朝是不会追这次肥的。汉朝没有硫铵。

八月，葡萄"着色"。

你别以为我这里是把画家的术语借用来了。不是的。这是果农的语言，他们就叫"着色"。

下过大雨，你来看看葡萄园吧，那叫好看！白的像白玛瑙，红的像红宝石，紫的像紫水晶，黑的像黑玉。一串一串，饱满、磁棒、挺括，璀璨琳琅。你就把《说文解字》里的"玉"字偏旁的字都搬了来吧，那也不够用呀！

可是你得快来！明天，对不起，你全看不到了。我们要喷波尔多液了。一喷波尔多液，它们的晶莹鲜艳全都没有了，它们蒙上一层蓝兮兮、白乎乎的东西，成了磨砂玻璃。我们不得不这样干。葡萄是吃的，不是看的。我们得保护它。

没过两天，就下葡萄了。

一串一串剪下来，把病果、瘪果去掉，妥妥地放在果筐里。果筐满了，盖上盖，要一个棒小伙子跳上去蹦两下，用麻筋缝的筐盖——新下的果子，不怕压，它很结实，压不坏。倒怕是装不紧，哐里哐当的。那，来回一晃悠，全得烂！

葡萄装上车，走了。

去吧，葡萄，让人们吃去吧！

九月的果园像一个生过孩子的少妇，宁静、幸福，而慵懒。

我们还给葡萄喷一次波尔多液。哦，下了果子，就不管了？人，总不能这样无情无义吧。

十月，我们有别的农活。我们要去割稻子。葡萄，你愿意怎么长，就怎么长着吧。

十一月，葡萄下架。

把葡萄架拆下来。检查一下，还能再用的，搁在一边。糟朽了的，只好烧火。立柱、横梁、小棍，分别堆垛起来。

剪葡萄条。干脆得很，除了老条，一概剪光。葡萄又成了一个大秃子。

剪下的葡萄条，挑有三个芽眼的，剪成二尺多长的一截，捆起来，放在屋里，准备明春插条。

其余的，连枝带叶，都用竹笤帚扫成一堆，装走了。

葡萄园光秃秃。

十一月下旬，十二月上旬，葡萄入窖。

这是个重活。把老本放倒，挖土把它埋起来。要埋得很厚实。外面要用铁锹拍平。这个活不能马虎。都要经过验收，才给记工。

葡萄窖，一个一个长方形的土墩墩。一行一行，整整齐齐地排列着。风一吹，土色发了白。

这真是一年的冬景了。热热闹闹的果园，现在什么颜色都没有了。眼界空阔，一览无余，只剩下发白的黄土。

下雪了。我们踏着碎玻璃碴似的雪，检查葡萄窖，扛着铁锹。

一到冬天，要检查几次。不是怕别的，怕老鼠打了洞。葡萄窖里很暖和，老鼠爱往这里面钻。它倒是暖和了，咱们的葡萄可就受了冷啦！

果园的收获

这是一个地区性的综合的农业科学研究所的供实验研究用的果园，规模不大，但是水果品种颇多。有些品种是外面见不到的。

山西、张家口一带把苹果叫果子。不是所有的水果都叫果子，只有苹果叫果子。有个山西梆子唱"红"（老生）的演员叫丁果仙，山西人称她为"果子红"（她是女的）。山西人非常喜爱果子红，听得过瘾，就大声喊叫："果果！"这真是有点特别，给演员喝彩，不是鼓鼓掌或是叫一声"好"，而是大叫"果果"！我还没有见过。叫"果果"，大概因为丁果仙的嗓音唱法甜、美、脆、浓。

这个实验果园一般的苹果都有，有的品种，像黄元帅、金皇后、黄魁、红香蕉……这些都比较名贵，但我觉得都有点贵族气，果肉过于细腻，而且过于偏甜。水果品种栽培各论，记录水果的特点，大都说是"酸甜合度"，怎么叫"合度"，很难捉摸。我比较喜欢的是国光、红玉，因为它有点酸头。我更喜欢国光，因为果肉脆，一口咬下去，嘎巴一声，而且耐保鲜，因为果皮厚，果汁不易蒸发。秋天收的国光，储存到过春节，从地窖里取出来，还是像新摘的一样。

我在果园劳动的时候，"红富士"还没有，后来才引进推广。"红富士"固自佳，现在已经高居苹果的榜首。

有人警告过我，在太原街上，千万不能说果子红不好。只要说一句，就会招了一大群人围上来和你辩论。碰不得的！

果园品种最多的是葡萄，有四十几种。"柔丁香""白香蕉"是名种。"柔丁香"有丁香的香味，"白香蕉"味如香蕉。这在市面上买不到，是每年留下来给"首长"送礼的。有些品种听名字就知道是从国外引进的："黑罕""巴勒斯坦""白拿破仑"……有些最初也是外来的（葡萄本都是外来的，但在中国落户已久，曹操就作文赞美过葡萄），日子长了，名字也就汉化了，如"大粒白""马奶子""玫瑰香"，甚至连它们的谱系也难于查考了。葡萄的果粒大小形状各异。"玫瑰香"的果枝长，显得披头散发；有一种葡萄，我忘记叫什么名字了，果粒小而密集，一粒一粒挤得紧紧的，一穗葡萄像一个白马牙老玉米棒子。葡萄里我最喜欢的还是玫瑰香，确实有一股玫瑰花的香味，一口浓甜。现在市上能买到的"玫瑰香"已退化失真。

葡萄喜肥，喜水。施的肥是大粪。挨着葡萄根，在后面挖一个长槽，把粪倒入进去。一棵大葡萄得倒三四桶，小棵的一桶也够了。"农家肥"之外，还得下人工肥、硫氨。葡萄喝水，像小孩子喝奶一样，使劲地嘬。葡萄藤中通有小孔，水可从地面一直吮到藤顶，你简直可以听到它吸水的声音。喝足了水，用小刀划破它一点皮，水就从皮破处沁出滴下。一般果树浇水，都是在树下挖一个"树碗"，浇一两担水就足矣，葡萄则是"漫灌"。这家伙，真能喝水！

有一年，结了一串特大的葡萄，"大粒白"。大粒白本来就结得多，多的可达七八斤。这串大粒白竟有二十四五斤。原来是一个技术员把两穗"靠接"在一起了。这串葡萄只能做展览用。大粒白果大如乒乓球，但不好吃。为了给这串葡萄增加营养，竟给它注射了葡萄糖！给葡萄注射葡萄糖，这简直是胡闹。这是"大跃进"那年的事。"大跃进"整个是一场胡闹。

葡萄一天一个样，一天一天接近成熟，再给它透透地浇一次水，喷一次波尔多液（葡萄要喷多次波尔多液——硫酸铜兑石灰水，为了防治病害），给它喝一口"离娘奶"，备齐了果筐、剪子，就可以收葡萄了。葡萄装筐，要压紧。得几个壮汉跳上去压。葡萄不怕压，怕压不紧，怕松。装筐装松了，一晃，就会破皮掉粒。水果装筐都是这样的。

最怕葡萄收获的时候下雹子。有一年，正在葡萄透熟的时候下了一场很大的雹子，"蛋打一条线"——山西、张家口称雹子为"冷蛋",齐刷刷地把整园葡萄都打落下来,满地狼藉,不可收拾。干了一年,落得这样的结果,真是叫人伤心。

梨之佳种为"二十世纪明月",为"日面红"。"二十世纪明月"个儿不大,果皮玉色,果肉细,无渣,多汁,果味如蜜。"日面红"朝日的一面色如胭脂,背阳的一面微绿,入口酥脆。其他大部分是鸭梨。

杏树不甚为人重视,只于地头、"四基"、水边、路边种之。杏怕风。一树杏花开得正热闹,一阵大风,零落殆尽。农科所杏多为黄杏,"香白杏""杏儿——吧嗒"没有。

我一九五八年在果园劳动,距今已经三十八年。前十年曾到农科所看了看,熟人都老了。在渠沿碰到张素花和刘美兰,我们以前是天天在一起劳动的。我叫她们,刘美兰手搭凉棚,眯了眼,问:"是不是个老汪?"问刘美兰现在还老跟丈夫打架吗(两口子过去老打),她说:"催(她是柴沟堡人,'我'字念成催)都当了奶奶了!"

日子过得真快。

栗子

栗子的形状很奇怪，像一个小刺猬。栗有"斗"，斗外长了长长的硬刺，很扎手。栗子在斗里围着长了一圈，一颗一颗紧挨着，很团结。当中有一颗是扁的，叫作脐栗。脐栗的味道和其他栗子没有什么两样。坚果的外面大都有保护层，松子有鳞瓣，核桃、白果都有苦涩的外皮，这大概都是为了对付松鼠而长出来的。

新摘的生栗子很好吃，脆嫩，只是栗壳很不好剥，里面的内皮尤其不好去。

把栗子放在竹篮里，挂在通风的地方吹几天，就成了"风栗子"。风栗子肉微有皱纹，微软，吃起来更为细腻有韧性。不像吃生栗子会弄得满嘴都是碎粒，而且更甜。贾宝玉为一件事生了气，袭人给他打岔，说："我想吃风栗子了。你给我取去。"怡红院的檐下是挂了一篮风栗子的。风栗子入《红楼梦》，身价就高起来，雅了。这栗子是什么来头？是贾蓉送来的？刘姥姥送来的？还是宝玉自己在外面买的？不知道，书中并未交代。

栗子熟食的较多。我的家乡原来没有炒栗子，只是放在火里烤。冬天，生一个铜火盆，丢几个栗子在通红的炭火里，一会儿，砰的一声，蹦出一个裂了壳的熟栗子，抓起来，在手里来回倒，连连吹气使之冷却，剥壳入口，香甜无比，是雪天的乐事。不过烤栗子要小心，弄不好会炸伤眼睛。烤栗子外国也有，西方有"火中取栗"的寓言，这栗子大概是烤的。

北京的糖炒栗子，过去讲究栗子是要良乡出产的。良乡栗子比较小，壳薄，炒熟后个个裂开，轻轻一捏，壳就破了，内皮一搓就掉，不"护皮"。据说良乡栗子原是进贡的，是西太后吃的（北方许多好吃的东西都说是给西太后进过贡的）。

北京的糖炒栗子其实是不放糖的，昆明的糖炒栗子真的放糖。昆明栗子大，炒栗子的大锅都支在店铺门外，用大如玉米豆的粗砂炒，不时往锅里倒一碗糖水。昆明炒栗子的外壳是黏的，吃完了手上都是糖汁，必须洗手。栗肉为糖汁沁透，很甜。

炒栗子宋朝就有。笔记里提到的"爊栗"，我想就是炒栗子。汴京有个叫李和儿的，爊栗有名。南宋时有一使臣（偶忘其名姓）出使，有人遮道献爊栗一囊，即汴京李和儿也。一囊爊栗，寄托了故国之思，也很感人。

日本人爱吃栗子，但原来日本没有中国的炒栗子。有一年我在广交会的座谈会上认识了一个日本商人，他是来买栗子的（每年都来买）。他在天津曾开过一家炒栗子的店，回国后还卖炒栗子，而且把他在天津开的炒栗子店铺的招牌也带到日本去，一直在东京的炒栗子店里挂着。他现在发了财，很感谢中国的炒栗子。

北京的小酒铺过去卖煮栗子。栗子用刀切破小口，加水，入花椒大料煮透，是极好的下酒物。现在不见有卖的了。

栗子可以做菜。栗子鸡是名菜，也很好做，鸡切块，栗子去皮壳，加葱、姜、酱油，加水淹没鸡块，鸡块熟后，下绵白糖，小火焖二十分钟即得。鸡须是当年小公鸡，栗须完整不碎。罗汉斋亦可加栗子。

我父亲曾用白糖煨栗子，加桂花，甚美。

北京东安市场原来有一家卖西式蛋糕、冰点心的铺子卖奶油栗子粉。栗子粉上浇稀奶油，吃起来很过瘾。当然，价钱是很贵的。这家铺子现在没有了。

羊羹的主料是栗子面。"羊羹"是日本话，其实只是潮湿的栗子面压成长方形的糕，与羊毫无关系。

河北的山区缺粮食，山里多栗树，乡民以栗子代粮。栗子当零食吃是很好吃的，但当粮食吃恐怕胃里不大好受。

次果

　　皮色晦黑小得几乎只可称为豆类的香蕉、干瘪而作古铜色的柑橘、陈旧的梨、挖去腐烂的苹果，捡剩下来的，或挑剔出来的，作一堆放着，插上一块竹板，红漆写明儿个价钱多少，或多少钱几个的水果，他们行业中人该会有一种专业术语来称呼的；真想知道他们怎么说的；无法询问，我称之为"次果"。

　　毕竟这些香蕉还像个香蕉，苹果还有个苹果味儿吗？

　　有些没到时候就摘下，就干枯得特别快；有些在装拆时砸了，碰了，受了伤；有些是里头有虫，有病；有些……原因一定很多。

　　这些东西销得快还是慢些？人喜欢完整而瘦弱的，还是宁取虽然残缺但红熟过的？都是些什么样的人，这些"水果"的顾客？

一定有不少生性豪奢的孩子，急急地走到那里，一只手递钱，另一只手拿了一个就走的（真大方）。他不把眼睛在橱上架上多涉逡巡，虽是孩子，他也知道不好意思拣选得太久，而其对到手的那一个已经十分满意了，这正是他所希望的。——多半，他挑都不挑，他事前早就看中了那一个。看中了，再去设法弄钱。要是早就看中了，等捏着两张票子来时，理想的那个已被别人买去，没有了，那个怅惘呀！

辣椒

一九六五年五一节前，我到重庆写剧本。没事，和几个小演员上街闲逛。远远看见一堵白墙，黑漆刷书三个颜体大字："麻辣烫"。走近一看，是个卖面条的小馆子。四川吃食都是辣的。这几个女孩子辣怕了。有一次我带她们去吃汤圆。一个唱老旦的，进门就嚷："不要辣椒！"卖汤圆的师傅白了她一眼："汤圆没有放辣椒的！"

西南几省都吃辣，我觉得最能吃辣的是贵州人。我在西南联大时和几个贵州同学去吃过桥米线，他们搞了一捧辣极了的青辣椒，在火上烤烤，喝白酒！别的省只是吃辣，四川人是既辣且麻。川菜大都要放花椒。生花椒，剁碎，菜做好了后下。川剧名丑李文杰请我们吃饭，有一道水煮牛肉。我不知深浅，夹了一筷，一入口，噎得我出不了气。

为什么四川人那样爱吃辣呢？原因很多。有人说四川气候潮湿，吃辣椒可以祛除潮气，理或有之。这是从小养成的习惯。我在新都曾看见一个孩子（也就是三岁吧）蹲在妈妈背上的背笼里吃零食。一看，他是吧唧吧唧地在嚼一个泡辣椒！我以为吃辣主要是为了开胃、刺激食欲、解馋、下饭。张家口农民有言："要解馋，辣加咸。"又说："辣椒是穷人的肉。"南北皆然。要说为了赶潮气，张家口气候并不潮湿。吃辣，最初可能是因为没有什么好吃的。

我见过的真正的正宗川味，是在重庆一个饭摊上。木桶里的干饭蒸得不软不硬，热腾腾的。菜，没有，只有七八样用辣椒拌得通红的咸菜，码在粗瓷大盘里。一位从乡坝头来的乡亲把扁担绳子靠在一边，在长凳上坐下来，要了两份"帽儿头"、一碟辣咸菜。顷刻之间，就"杀搁"了。到茶馆里要了一碗大叶粗茶，咕咚咕咚喝喝一气，打一个响嗝。茶香浓酽，米饭回甘，硬是安逸！

葵·薤

小时读汉乐府《十五从军征》，非常感动。

十五从军征，八十始得归。道逢乡里人，家中有阿谁？遥望是君家，松柏冢累累。兔从狗窦入，雉从梁上飞。中庭生旅谷，井上生旅葵。春谷持作饭，采葵持作羹。羹饭一时熟，不知贻阿谁。出门东向望，泪落沾我衣。

诗写得平淡而真实，没有一句是呼天抢地的激情，但是惨切沉痛，触目惊心。词句也明白如话，不事雕饰，真不像是两千多年前的人写出的作品，一个十来岁的孩子也完全能读懂。我未从过军，接触这首诗的时候，也还没有经过长久的乱离，但是不止一次为这首诗流了泪。

然而有一句我不明白，"采葵持作羹"。葵如何可以为羹呢？我的家乡人只知道向日葵，我们那里叫作"葵花"。这东西怎么能做羹呢？用它的叶子？向日葵的叶子我是很熟悉的，很大，叶面很粗，有毛，即使是把它切碎了，加了油盐，煮熟之后也还是很难下咽的。另外有一种秋葵，开淡黄色薄瓣的大花，叶如鸡脚，又名鸡爪葵。这东西也似不能做羹。还有一种蜀葵，又名锦葵，内蒙古、山西一带叫作"蜀葵"。我们那里叫作端午花，因为在端午节前后盛开。我从来也没听说过端午花能吃——包括它的叶、茎和花。后来我在济南的山东博物馆的庭院里看到一种戎葵，样子有点像秋葵，开着耀眼的朱红的大花，红得简直吓人一跳。我想，这种葵大概也不能吃。那么，持以做羹的葵究竟是一种什么东西呢？

后来我读到吴其濬的《植物名实图考长编》和《植物名实图考》。吴其濬是个很值得叫人佩服的读书人。他是嘉庆进士，自翰林院修撰官至湖南等省巡抚。但他并没有只是做官，他留意各地物产丰瘠与民生的关系，依据耳闻目见，辑录古籍中有关植物的文献，写成了《长编》和《图考》这样两部巨著。他的著作是我国十九世纪植物学极重要的专著。直到现在，西方的植物学家还认为他绘的画十分精确。吴其濬在《图考》中把葵列为蔬类的第一品。他用很激动的语气，几乎是大声疾呼，说葵就是冬苋菜。

然而冬苋菜又是什么呢？我到了四川、江西、湖南等省才见到。我有一回住在武昌的招待所里，几乎餐餐都有一碗绿色的叶菜做的汤。这种菜吃到嘴是滑的，有点像莼菜。但我知道这不是莼菜，因为我知道湖北不出莼菜，而且样子也不像。我问服务员："这是什么菜？""冬苋菜！"第二天我过到一个巷子，看到有一个年轻的妇女在井边洗菜。这种菜我没有见过。叶片圆如猪耳，颜色正绿，叶梗也是绿的。我走过去问她洗的这是什么菜——"冬苋菜！"我这才明白：这就是冬苋菜，这就是葵！那么，这种菜做羹正合适——即使是旅生的。从此，我才算把《十五从军征》真正读懂了。

吴其濬为什么那样激动呢？因为在他成书的时候，已经几乎没有人知道葵是什么了。

蔬菜的命运，也和世间一切事物一样，有其兴盛和衰微，提起来也可叫人生一点感慨。葵本来是中国的主要蔬菜。《诗经·豳风·七月》中有"七月亨葵及菽"，可见其普遍。后魏《齐民要术》以《种葵》列为蔬菜第一篇。"采葵莫伤根""松下清斋折露葵"，时时见于篇咏。元代王祯的《农书》还称葵为"百菜之主"。不知怎么一来，它就变得不行了。明代的《本草纲目》中已经将它列入草类，压根儿不承认它是菜了！葵的遭遇真够惨的！到底是什么原因呢？我想是后来全国普遍种植了大白菜。大白菜取代了葵。齐白石题画中曾提出："牡丹为花之王，荔枝为果之王，独不论白菜为菜中之王，何也？"其实大白菜已经成了"菜之王"了。

幸亏南方几省还有冬苋菜，否则吴其濬就死无对证，好像葵已经绝了种似的。吴其濬是河南固始人，他的家乡大概早已经没有葵了，都种了白菜了。他要是不到湖南当巡抚，大概也弄不清葵是啥。吴其濬那样激动，是为葵鸣不平。其意若曰：葵本是菜中之王，是很好的东西；它并没有绝种！它就是冬苋菜！您到南方来尝尝这种菜，就知道了！

北方似乎见不到葵了。不过近几年北京忽然卖起一种过去没见过的菜：木耳菜。你可以买两把来，做个汤，尝尝。就是那样的味道，滑的。木耳菜本名落葵，是葵之一种，只是葵叶为绿色，而木耳菜则带紫色，且叶较尖而小。

由葵我又想到薤。

我到内蒙古去调查抗日战争时期游击队的材料，准备写一个戏。看了好多份资料，都提到部队当时很苦，时常没有粮食吃，吃"荄荄"，下面多于括号中注明"（音害害）"。我想"荄荄"是什么东西？再说"荄"读gāi，也不读"害"呀！后来在草原上有人给我找了一棵实物，我一看，明白了：这是薤。薤音xiè。内蒙古、山西人每把声母为X的字读成H，又好用叠字，所以把"薤"念成了"害害"。

薤叶极细。我捏着一棵薤，不禁想到汉代的挽歌《薤露》："薤上露，何易晞。露晞明朝还落复，人死一去何时归？"不说葱上露、韭上露，是很有道理的。薤叶上实在挂不住多少露水，太易"晞"掉了。用此来比喻人命的短促，非常贴切。同时我又想到汉代的人一定是常常食薤的，故而能近取譬。

北方人现在极少食薤了。南方人还是常吃的。湖南、湖北、江西、云南、四川都有。这几省都把这东西的鳞茎叫作"藠头"。"藠"音"叫"。南方的年轻人现在也有很多不认识这个"藠"字的，我在韶山参观，看到说明材料中提到当时用的一种土造的手榴弹，叫作"洋藠古"，一个讲解员就老实不客气地读成"洋晶古"。湖南等省人吃的藠头大都是腌制的，或入醋，味道酸甜；或加辣椒，则酸甜而极辣，皆极能开胃。

南方人很少知道藠头即薤的。

北方城里人则连藠头也不认识。北京的食品商场偶尔从南方运了藠头来卖，趋之若鹜的都是南方几省的人。北京人则多用不信任的眼光端详半天，然后望望，然后去之。我曾买了一些，请几位北方同志尝尝，他们闭着眼睛嚼了一口，皱着眉头说："不好吃！这哪有糖蒜好哇！"我本想长篇大论地宣传一下藠头的妙处，只好咽回去了。

哀哉，人之成见之难于动摇也！

我写这篇随笔，用意是很清楚的。

第一，我希望年轻人多积累一点生活知识。古人说诗的作用：可以观，可以群，可以怨，还可以多识于草木虫鱼之名。这最后一点似乎和前面几点不能相提并论，其实这是很重要的。草木虫鱼，多是与人的生活密切相关的。对于草木虫鱼有兴趣，说明对人也有广泛的兴趣。

第二，我劝大家口味不要太窄，什么都要尝尝，不管是古代的还是异地的食物，比如葵和薤，都吃一点。一个一年到头吃大白菜的人是没有口福的。许多大家都已经习以为常的蔬菜，比如菠菜和莴笋，其实原来都是外国菜。西红柿、洋葱，几十年前中国还没有，很多人吃不惯，现在不是也都很爱吃了吗？许多东西，乍一吃，吃不惯，吃吃，就吃出味儿来了。

你当然知道，我这里说的，都是与文艺创作有点关系的问题。

马铃薯

马铃薯的名字很多。河北、东北叫土豆，内蒙古、张家口叫山药，山西叫山药蛋，云南、四川叫洋芋，上海叫洋山芋。除了搞农业科学的人，大概很少人叫得惯马铃薯。我倒是叫得惯了。我曾经画过一部《中国马铃薯图谱》。这是我一生中的一部很奇怪的作品。图谱原来是打算出版的，因故未能实现。

一九五八年，我下放张家口沙岭子农业科学研究所劳动。一九六〇年摘了"右派分子"的帽子，结束了劳动，一时没有地方可去，留在所里打杂。所里要画一套马铃薯图谱，把任务交给了我。所里有一个下属的马铃薯研究站，设在沽源。我在张家口买了一些纸笔颜色，乘车往沽源去。

马铃薯是适于在高寒地带生长的作物。马铃薯会退化。在海拔较低、气候温和的地方种一两年，薯块就会变小。因此，每年都有很多省市开车到张家口坝上来调种。坝上成为供应全国薯种的基地。沽源在坝上，海拔一千四，冬天冷到零下四十摄氏度，马铃薯研究站设在这里，很合适。

这里集中了全国的马铃薯品种，分畦种植。正是开花的季节，真是洋洋大观。

我在沽源，究竟是一种什么心情，真是说不清。远离了家人和故友，独自生活在荒凉的绝塞，可以谈谈心的人很少，不免有点寂寞。另外一方面，摘掉了帽子，总有一种轻松感。日子过得非常悠闲。没有人管我，也不需要开会。一早起来，到马铃薯地里（露水很重，得穿了浅勒的胶靴），掐了一把花、几枝叶子，回到屋里，插在玻璃杯里，对着它画。马铃薯的花是很好画的。伞形花序，有一点像复瓣水仙。颜色是白的、浅紫的。紫花有的偏红，有的偏蓝。当中一个高庄小窝头似的黄心。叶子大都相似，奇数羽状复叶，只是有的圆一点，有的尖一点，颜色有的深一点，有的淡一点，如此而已。我画这玩意儿又没有定额，尽可慢慢地画，不过我画得还是很用心的，尽量画得像。我曾写过一首长诗，记述我的生活，代替书信，寄给一个老同学。原诗已经忘了，只记得两句："坐对一丛花，眸子炯如虎。"画画不是我的本行，但是"工作需要"，我也算起了一点作用，倒是差堪自慰的。沽源是清代的军台，我在这里工作，可以说是"发往军台效力"，我于是用画马铃薯的红颜色在带来的一本《梦溪笔谈》的扉页上画了一方图章："效力军台"——我带来一些书，除《梦溪笔谈》外，有《癸巳类稿》《十架斋养新录》，还有一套商务印书馆铅印本《四史》。晚上不能作画——灯光下颜色不正，我就读这些书。我自成年后，读书读得最专心的要算在沽源这一段时候。

我对马铃薯的科研工作有过一点很小的贡献：马铃薯的花都是没有香味的，我发现有一种马铃薯，"麻土豆"的花，却是香的。我告诉研究站的研究人员，他们都很惊奇："是吗？——真的！我们搞了那么多年马铃薯，还没有发现。"

到了马铃薯逐渐成熟——马铃薯的花一落，薯块就成熟了，我就开始画薯块。那就更好画了，想画得不像都不大容易。画完一种薯块，我就把它放进牛粪火里烤烤，然后吃掉。全国像我一样吃过那么多种马铃薯的人，大概不多！马铃薯的薯块之间的区别比花、叶要明显。最大的要数"男爵"，一个可以当一顿饭。有一种味极甜脆，可以当水果生吃。最好的是"紫土豆"，外皮乌紫，薯肉黄如蒸栗，味道也像蒸栗，入口更为细腻。我曾经扛回一袋，带到北京。春节前后，一家大小，吃了好几天。我很奇怪："紫土豆"为什么不在全国推广呢？

马铃薯原产于南美洲，现在遍布全世界。苏联卫国战争时期的小说，每每写战士在艰苦恶劣的前线战壕中思念家乡的烤土豆，"马铃薯"和"祖国"几乎成了同义词。罗宋汤、沙拉，离开了马铃薯做不成，更不用说奶油烤土豆、炸土豆条了。

马铃薯传入中国，不知始于何时。我总觉得大概是明代，和郑和下西洋有点缘分。现在可以说遍及全国了。沽源马铃薯研究站不少品种是从康藏高原、大小凉山移来的。马铃薯是山西、内蒙古、张家口的主要蔬菜。这些地方的农村几乎家家都有山药窖，民歌里都唱"想哥哥想得迷了窍，抱柴火跌进了山药窖""交城的大山里没有好茶饭，只有莜面栲栳栳，还有那山药蛋"。山西的作者群被称为"山药蛋派"。呼和浩特的干部有一点办法的，都能到武川县拉一车山药回来过冬。大笼屉蒸新山药，是待客的美餐。张家口坝上、坝下，山药、西葫芦加几块羊肉㸆一锅烩菜，就是过年。

中国的农民不知有没有一天也吃上罗宋汤和沙拉。也许即使他们的生活提高了，也不吃罗宋汤和沙拉，宁可在大烩菜里多加几块肥羊肉。不过也说不定。中国人过去是不喝啤酒的，现在北京郊区的农民喝啤酒已经习惯了。我希望中国农民也会爱吃罗宋汤和沙拉。因为罗宋汤和沙拉是很好吃的。

萝卜

　　杨花萝卜即北京的小水萝卜。因为是杨花飞舞时上市卖的，我的家乡名之曰"杨花萝卜"。这个名称很富于季节感。离我家不远的街口一家茶食店的檐下有一个岁数大的女人摆一个小摊子，卖供孩子食用的便宜的零吃。杨花萝卜下来的时候，卖萝卜。萝卜一把一把地码着。她不时用炊帚洒一点水，萝卜总是鲜红的。给她一个铜板，她就用小刀切下三四根萝卜。萝卜极脆嫩，有甜味，富水分。自离家乡后，我没有吃过这样好吃的萝卜——或者不如说自我长大后没有吃过这样好吃的萝卜——小时候吃的东西都是最好吃的。

　　除了生嚼，杨花萝卜也能拌萝卜丝。萝卜斜切为薄片，再切为细丝，加酱油、醋、香油略拌，撒一点青蒜，极开胃。小孩子的顺口溜唱道：

人之初，

鼻涕拖；

油炒饭，

拌萝菠。（我的家乡称萝卜为萝菠。）

油炒饭加一点葱花，在农村算是美食，佐以拌萝卜丝一碟，吃起来是很香的。

萝卜丝与细切的海蜇皮同拌，在我的家乡是上酒席的，与香干拌荠菜、盐水虾、松花蛋同为凉碟。

北京的拍水萝卜也不错，但宜少入白糖。

北京人用水萝卜切片，汆羊肉汤，味鲜而清淡。

烧小萝卜，来北京前我没有吃过（我的家乡杨花萝卜没有熟吃的），很好。有一位台湾女作家来北京，要我亲自做一顿饭请她吃。我给她做了几个菜，其中一个是烧小萝卜，她吃了赞不绝口。那当然是不难吃的；那两天正是小萝卜最好的时候，都长足了，但还很嫩，不糠；而且我是用干贝烧的。她说台湾没有这种小萝卜。

我的家乡有一种穿心红萝卜，粗如黄酒盏，长可三四寸，外皮深紫红色，里面的肉有放射形的紫红纹，紫白相间，若是横切开来，正如中药里的槟榔片（卖时都是直切），当中一线贯通，色极深，故名穿心红。卖穿心红萝卜的挑担，与山芋（红薯）同卖，山芋切厚片。都是生吃。

紫萝卜不大，大的如一个大衣扣子，为扁圆形，皮色乌紫。据说这是五倍子染的。看来不是本色，因为它掉色，吃了，嘴唇牙肉也是乌紫乌紫的。里面的肉却是嫩白的。这种萝卜非本地所产，产在泰州。每年秋末，就有泰州人来卖紫萝卜，都是女的，挎一个柳条篮子，沿街吆唤："紫萝——卜！"

我在淮安时，第一回吃到了青萝卜。曾在淮安中学借读过一个学期，一到星期日，就买了七八个青萝卜、一堆花生，几个同学，尽情吃一顿。后来我到天津吃过青萝卜，觉得淮安青萝卜比天津的好。大抵一种东西头一回吃，总是最好的。

天津吃萝卜是一种风气。五十年代初，我到天津，一个同学的父亲请我们到天华景听曲艺。座位之前有一溜长案，摆得满满的，除了茶壶茶碗，瓜子、花生、米碟子，还有几大盘切成薄片的青萝卜。听"玩意儿"吃萝卜，此风为别处所无。天津谚云："吃了萝卜喝热茶，气得大夫满街爬。"吃萝卜喝茶，此风亦为别处所无。

心里美萝卜是北京特色。一九四八年冬天，我到了北京，街头巷尾，每每听到吆唤："嗳——萝卜，赛梨来——辣来换……"声音高亮打远。看来在北京做小买卖的，都得有把好嗓子。卖"萝卜赛梨"的，萝卜都是一个一个挑选过的，用手指头一弹，当当的；一刀切下去，咔嚓咔嚓地响。

我在张家口沙岭子劳动，曾参加过收获心里美萝卜。张家口土质于萝卜相宜，心里美皆甚大。收萝卜时是可以随便吃的。和我一起收萝卜的农业工人起出一个萝卜，看一看，不怎么样的，随手扔进了大堆。一看，这个不错，往地下一扔，叭嚓，裂成了几瓣，"行！"于是各拿一块啃起来。脆，甜，多汁，难可名状。他们说："吃萝卜，讲究吃'棒打萝卜'。"

张家口的白萝卜也很大。我参加过张家口地区农业展览会的布置工作，送展的白萝卜都奇大。白萝卜有象牙白和露八分。露八分即八分露出土面，露出土面部分外皮淡绿色。

我的家乡无此大白萝卜，只是粗如小儿臂而已。家乡吃白萝卜只是红烧，或素烧，或与臀尖肉同烧。

江南人特重白萝卜炖汤，常与排骨或猪肉同炖。白萝卜耐久炖，久则出味。或入淡菜，味尤厚。沙汀《淘金记》写幺吵吵每天用牙巴骨炖白萝卜，吃得一家脸上都是油光光的。天天吃是不行的，隔几天吃一次，想亦不恶。

四川人用白萝卜炖牛肉，甚佳。

扬州人、广东人制萝卜丝饼，极妙。北京东华门大街曾有外地人制萝卜丝饼，生意极好。此人后来不见了。

北京人炒萝卜条，是家常下饭菜。或入酱炒，则为南方人所不喜。

白萝卜最能消食通气。我们在湖南体验生活，有位领导同志，接连五天大便不通，吃了各种药都不见效，憋得他难受得不行。后来生吃了几个大白萝卜，一下子畅通了。奇效如此，若非亲见，很难相信。

萝卜是腌制咸菜的重要原料。我们那里，几乎家家都要腌萝卜干。腌萝卜干的是红皮圆萝卜。切萝卜时全家大小一齐动手。孩子切萝卜，觉得这个一定很甜，尝一瓣，甜，就放在一边，自己吃。切一天萝卜，每个孩子肚子里都装了不少。萝卜干盐渍后须在芦席上摊晒，水汽干后，入缸，压紧，封实，一两个月后取食。我们那里说在商店学徒（学生意）要"吃三年萝卜干饭"，谓油水少也。学徒不到三年零一节，不满师，吃饭须自觉，筷子不能往荤菜盘里伸。

扬州一带酱园里卖萝卜头，乃甜面酱所腌，口感甚佳。孩子们爱吃，一半也因为它的形状很好玩，圆圆的，比一个鸽子蛋略大。此北地所无，天源、六必居都没有。

北京有小酱萝卜，佐粥甚佳。大腌萝卜咸得发苦，不好吃。

四川泡菜什么萝卜都可以泡，红萝卜、白萝卜。

湖南桑植卖泡萝卜。走几步，就有个卖泡萝卜的摊子。萝卜切成大片，泡在广口玻璃瓶里，给毛把钱即可得一片，边走边吃。峨眉山道边也有卖泡萝卜的，一面涂了一层稀酱。

萝卜原产中国，所以中国的为最好。有春萝卜、夏萝卜、秋萝卜、四季萝卜，一年到头都有。可生食、煮食、腌制。萝卜所惠于中国人者亦大矣。美国有小红萝卜，大如元宵，皮色鲜红可爱，吃起来则淡而无味，异域得此，聊胜于无。爱伦堡小说写几个艺术家吃奶油蘸萝卜，喝伏特加，不知是不是这种红萝卜。我在爱荷华^①韩国人开的菜铺的仓库里看到一堆心里美，大喜，买回来一吃，味道满不对，形似而已。日本人爱吃萝卜，好像是煮熟蘸酱吃的。

---

① 现译为"艾奥瓦"。

韭菜花

　　五代杨凝式是由唐代的颜柳欧褚到宋四家苏黄米蔡之间的一个过渡人物。我很喜欢他的字。尤其是《韭花帖》。不但字写得好，文章也极有风致。文不长，录如下：

　　　　昼寝乍兴，朝饥正甚，忽蒙简翰，猥赐盘飧。当一叶报秋之初，乃韭花逞味之始。助其肥羜，实谓珍馐。充腹之余，铭肌载切。谨修状陈谢，伏惟鉴察，谨状。

　　　　　　　　　　　　　　　七月十一日　凝式状

　　使我兴奋的是：

　　一、韭花见于法帖，此为第一次，也许是唯一的一次。此帖即以"韭花"名，且文字完整，全篇可读，读之如今人语，至为亲切。我读书少，觉韭花见之于"文学作品"，这也是头一回。韭菜花这样的虽说极平常但极有味的东西，是应该出现在文学作品里的。

二、杨凝式是梁、唐、晋、汉、周五朝元老，官至太子太保，是个"高干"，但是收到朋友赠送的一点韭菜花，却是那样感激，正儿八经地写了一封信（杨凝式多作草书，黄山谷说"谁知洛阳杨风子，下笔便到乌丝栏"，《韭花帖》却是行楷），这使我们想到这位太保在口味上和老百姓的离脱不大。彼时亲友之间的馈赠，也不过是韭菜花这样的东西。今天，恐怕是不行的了。

三、这韭菜花不知道是怎样做成的，是清炒的，还是腌制的？但是看起来是配着羊肉一起吃的。"助其肥羜"，"羜"是出生五个月的小羊，杨凝式所吃的未必真是五个月的羊羔子，只是因为《诗经·小雅·伐木》有"既有肥羜"的成句，就借用了吧。但是以韭花与羊肉同食，却是可以肯定的。北京现在吃涮羊肉，缺不了韭菜花，或以为这办法来自蒙古或西域回族，原来中国五代时已经有了。杨凝式是陕西人，以韭菜花蘸羊肉吃，盖始于中国西北诸省。

北京的韭菜花是腌了后磨碎了的，带汁。除了是吃涮羊肉必不可少的调料外，就这样单独地当咸菜吃也是可以的。熬一锅虾米皮大白菜，佐以一碟韭菜花，或臭豆腐，或卤虾酱，就着窝头、贴饼子，在北京的小家户，就是一顿不错的饭食。从前在科班里学戏，给饭吃，但没有菜，韭菜花、青椒糊、酱油，拿开水在大木桶里一沏，这就是菜。韭菜花很便宜，拿一只空碗，到油盐店去，三分钱、五分钱，售货员就能拿铁勺子舀给你多半勺。现在都改成用玻璃瓶装，不零卖，一瓶要一块多钱，很贵了。

过去有钱的人家自己腌韭菜花，以韭花和沙果、京白梨一同治为碎虀，那就很讲究了。

云南的韭菜花和北方的不一样。昆明韭菜花和曲靖韭菜花不同。昆明韭菜花是用酱腌的，加了很多辣子。曲靖韭菜花是白色的，乃以韭花和切得极细的、风干了的萝卜丝同腌成，很香，味道不很咸而有一股说不出来淡淡的甜味。曲靖韭菜花装在一个浅白色的茶叶筒似的陶罐里。凡到曲靖的，都要带几罐送人。我常以为曲靖韭菜花是中国咸菜里的"神品"。

我的家乡是不懂得把韭菜花腌了来吃的，只是在韭花还是骨朵儿，尚未开放时，连同掐得动的嫩薹，切为寸段，加瘦猪肉，炒了吃，这是"时菜"。过了那几天，菜薹老了，就没法吃了。做虾饼，以爆炒的韭菜骨朵儿衬底，美不可言。

菌小谱

南方的很多地方把冬菇叫香蕈。长江以北似不产冬菇。

我小时候常随祖母到观音庵去。祖母吃长斋，杀生日都在庵中过。素席上总有一道菜：香蕈饺子。香蕈汤一大碗先上桌，素馅饺子油炸至酥脆，倾入汤，刺啦一声，香蕈香气四溢，味殊不恶。这种做法近似口蘑锅巴，只是口蘑锅巴的汤是荤汤。香蕈饺子如用荤汤，当更味重，但饺子似宜仍用素馅，取其有蔬笋气，不压冬菇香味。

冬菇当以凉水发，方能保持香气。如以热水发，味减。

冬菇干制，可以致远。吃过鲜冬菇的人不多。我在井冈山吃过，大井山上有一个五保户老妈妈，生产队特批她砍倒一棵椴树生冬菇。冬菇源源不绝地生长。房东老邹隔两三天就为我们去买半篮。以茶油炒，鲜嫩腴美，不可名状。或以少许腊肉同炒，更香。鲜菇之外，青菜汤一碗，辣腐乳一小碟。红米饭三碗，顷刻下肚，意犹未足。

我在昆明住过七年，离开已四十年，不忘昆明的菌子。

雨季一到，诸菌皆出，空气里一片菌子气味。无论贫富，都能吃到菌子。

常见的是牛肝菌、青头菌。牛肝菌菌盖正面色如牛肝。其特点是背面无菌褶，是平的，只有无数小孔，因此菌肉很厚，可切成薄片，宜于炒食。入口滑细，极鲜。炒牛肝菌要加大量蒜薄片，否则吃了会头晕。菌香、蒜香扑鼻，直入脏腑。牛肝菌价极廉，青头菌稍贵。青头菌菌盖正面微带苍绿色，菌褶雪白，烩或炒，宜放盐，用酱油颜色就不好看了。或以为青头菌格韵较高，但也有人偏嗜牛肝菌，以其滋味较为强烈浓厚。

最名贵是鸡㙡，鸡㙡之名甚奇怪。"㙡"字别处少见。为什么叫"鸡㙡"，众说不一。这东西生长地方也奇怪，生在田野间的白蚁窝上。为什么专长在白蚁窝上，这道理连专家也没弄明白。鸡㙡菌菌盖小而菌把粗长，吃的主要便是形似鸡大腿的菌把。鸡㙡是菌中之王。味道如何？真难比方。可以说这是植物鸡。味正似当年的肥母鸡，但鸡肉粗而菌肉细腻，且鸡肉无此特殊的菌子香气。昆明甬道街有一家不大的云南馆子，制鸡㙡极有名。

菌子里味道最深刻（请恕我用了这样一个怪字眼）、样子最难看的，是干巴菌。这东西像一个被踩破的马蜂窝，颜色如半干牛粪，乱七八糟，当中还夹杂了许多松毛、草茎，择起来很费事。择出来也没有大片，只是螃蟹小腿肉粗细的丝丝。洗净后，与肥瘦相间的猪肉、青辣椒同炒，入口细嚼，半天说不出话来。干巴菌是菌子，但有陈年宣威火腿香味、宁波油浸糟白鱼鲞香味、苏州风鸡香味、南京鸭胗肝香味，且杂有松毛清香气味。干巴菌晾干，加辣椒同腌，可以久藏，味与鲜时无异。

样子最好看的是鸡油菌。个个正圆，银圆大，嫩黄色，但据说不好吃。干巴菌和鸡油菌，一个中吃不中看，一个中看不中吃！

未有人工培养的"洋蘑菇"之前，北京菜市偶尔有鲜蘑卖，是野生的，大概是柳蘑。肉片烩鲜蘑是一道时菜。五芳斋（旧在东安市场内）烩鲜蘑制作精细，无土腥气。但柳蘑没有多大吃头，只是吃个新鲜而已。

口蘑不像冬菇一样可以人工种植。口蘑生长的秘密，好像到现在还没有揭开。口蘑长在草原上。很怪，只长在"蘑菇圈"上。草原上往往有一个相当大的圆圈，正圆，圈上的草长得特别绿，绿得发黑，这就是蘑菇圈。九月间，雨过天晴之后，天气潮闷，这是出蘑菇的时候。远远一看，蘑菇圈是固定的。今年这里出蘑菇，明年还出。蘑菇圈的成因，谁也说不明白。有人说这地方曾扎过蒙古包，蒙古人把吃剩的羊骨头、羊肉汤倒在蒙古包的周围，这一圈土特别肥沃，故草色浓绿，长蘑菇。这是想当然耳。有人曾挖取蘑菇圈的土，移之室内，布入口蘑菌丝，希望获得人工驯化的口蘑，没有成功。

口蘑品类颇多。我曾在张家口沙岭子农业科学研究所画过一套《口蘑图谱》，皆以实物置之案前摹写（口蘑颜色差别不大，皆为灰白色，只是形体有异，只需用钢笔蘸炭黑墨水描摹即可，不着色，亦为考虑印制方便故），自信对口蘑略有认识。口蘑主要的品种有：

黑蘑。菌褶棕黑色，此为最常见者。菌行称之为"黑片蘑"，价贱，但口蘑味仍甚浓。北京涮羊肉锅子中、浇豆腐脑的羊肉卤中及"炸丸子开锅"的铜锅里，所放的都是黑片蘑。"炸丸子开锅"所放的只是口蘑渣，无整只者。

白蘑。白蘑较小（黑蘑有大如碗口的），菌盖、菌褶都是白色。白蘑味极鲜。我曾在沽源采到一个白蘑，干制后带回北京，一个白蘑做了一大碗汤，全家人喝了，都说比鸡汤还鲜——那是"三年困难"时期，若是现在，恐怕就不能那样香美了。

鸡腿子。菌把粗长，近根部鼓起，状如鸡腿。

青腿子。形状似鸡腿子，但微绿——干制后亦是灰白色，几与鸡腿子无异。

鸡腿子、青腿子很少见，即张家口口蘑庄号中也不易买到。

此外还有"庙自行""蘑菇丁"……那都是商号巧立名目，其实不是特别的品种。

口蘑采得，即须穿线晾干，否则极易生蛆。口蘑干制后方有香味。我吃过自采的鲜口蘑，一点也不香，这也很奇怪。发口蘑当用开水。至少须发一夜。口蘑发胀后，将水滗出，这就是口蘑汤。口蘑菌褶中有沙，不可用手搓洗。以手搓，则沙永远不能清除，吃起来会牙碜。只能把发过的口蘑放入大碗中，满注清水，用筷子像打鸡蛋似的反复打。泥沙沉底后，换水再打。得换三四次水，打上千下，至碗内不复再有泥沙后，再用手指抠去泥根。

口蘑宜重荤大油（制素什锦一般只用香菇，少有用口蘑者）。《老残游记》提到口蘑炖鸭，自是佳品。我曾在沽源吃过口蘑羊肉臊子（"臊"字我始终不知该怎么写）蘸莜面，三者相得益彰，为平生难忘的一次口福。在呼和浩特一家饭馆吃过一盘炒口蘑，极滑润，油皆透入口蘑片中，盖以慢火炒成，虽名为炒，实是油焖。即口蘑煨南豆腐，亦须荤汤，方出味。

湖南极重菌油。秋凉时，长沙饭馆多卖菌油豆腐、菌油面，味道很好，但不知是何种菌耳。

中国种植"洋蘑菇"的历史不久。最初引进的是平蘑，即圆蘑菇。这东西种起来也很简单，但要花一笔"基本建设"

的钱。马粪、铡细的稻草，拌匀，即为培养基土，装入无盖的木箱中，布入菌丝，一箱一箱逐层置在木架上，用不了几天，就会出蘑。平蘑在室内栽培，露地不能生长。室内须保持一定的湿度和温度。平蘑生长甚快。我在沙岭子农科所画口蘑谱，在蘑菇房外面的一间小办公室里。我在外面画，它在里面长。我画完一张，进去看看，每只木箱中都已经长出白白的一层蘑菇。平蘑一茬接一茬，每天可采。

春节加菜：新采未开伞的平蘑切成薄片，加大量蒜黄、瘦猪肉同炒，一大盘，很解馋。平蘑片炒蒜黄，各种菜谱皆未载。这种搭配是很好的。平蘑要现采的，罐头平蘑不中吃。

北京近年菜市上平蘑少，但有大量的凤尾菇。乍出时，北京人觉得很新鲜，现在有点卖不动了。看来北京郊区洋蘑菇生产有点过剩了。

辑二

故乡的味道

故乡的食物

炒米和焦屑

小时读《板桥家书》，"天寒冰冻时暮，穷亲戚朋友到门，先泡一大碗炒米送手中，佐以酱姜一小碟，最是暖老温贫之具"，觉得很亲切。郑板桥是兴化人，我的家乡是高邮，风气相似。这样的感情，是外地人们不易领会的。炒米是各地都有的。但是很多地方都做成了炒米糖。这是很便宜的食品。孩子买了，咯咯地嚼着。四川有"炒米糖开水"，车站码头都有得卖，那是泡着吃的。但四川的炒米糖似也是专业的作坊做的，不像我们那里。我们那里也有炒米糖，像别处一样，切成长方形的一块一块。也有搓成圆球的，叫作"欢喜团"。那也是作坊里做的。但通常所说的炒米，是不加糖黏结的，是"散装"的；而且不是作坊里做出来，是自己家里炒的。

说是自己家里炒，其实是请了人来炒的。炒炒米也要点手艺，并不是人人都会的。入了冬，大概是过了冬至吧，有人背了一面大筛子，手执长柄的铁铲，大街小巷地走，这就是炒炒米的。有时带一个助手，多半是个半大孩子，是帮他烧火的。请到家里来，管一顿饭，给几个钱，炒一天。或二斗，或半石；像我们家人口多，一次得炒一石糯米。炒炒米都是把一年所需一次炒齐，没有零零碎碎炒的。过了这个季节，再找炒炒米的也找不着。一炒炒米，就让人觉得，快要过年了。

装炒米的坛子是固定的，这个坛子就叫"炒米坛子"，不做别的用途。舀炒米的东西也是固定的，一般人家大都是用一个香烟罐头。我的祖母用的是一个"柚子壳"。柚子——我们那里柚子不多见，从顶上开一个洞，把里面的瓤掏出来，再塞上米糠，风干，就成了一个硬壳的钵状的东西。她用这个柚子壳用了一辈子。

我父亲有一个很怪的朋友，叫张仲陶。他很有学问，曾教我读过《项羽本纪》。他薄有田产，不治生业，整天在家研究《易经》，算卦。他算卦用蓍草。全城只有他一个人用蓍草算卦。据说他有几卦算得极灵。有一家，丢了一只金戒指，怀疑是女佣偷了。这女佣，人蒙了冤枉，来求张先生算一卦。张先生算了，说戒指没有丢，在你们家炒米坛盖子上。一找，果然在。我小时就不大相信，算卦怎么能算得这样准，怎么能算得出在炒米坛盖子上呢？不过他的这一卦说明了一件事，即我们那里炒米坛子是几乎家家都有的。

炒米这东西实在说不上有什么好吃。家常预备，不过取其方便。用开水一泡，马上就可以吃。在没有什么东西好吃的时候，泡一碗，可代早晚茶。来了平常的客人，泡一碗，也算是点心。郑板桥说"穷亲戚朋友到门，先泡一大碗炒米送手中"，也是说其省事，比下一碗挂面还要简单。炒米是吃不饱人的。一大碗，其实没有多少东西。我们那里吃泡炒米，一般是抓上一把白糖，如板桥所说，"佐以酱姜一小碟"，也有，少。我现在岁数大了，如有人请我吃泡炒米，我倒宁愿来一小碟酱生姜——最好滴几滴香油，那倒是还有点意思的。另外还有一种吃法，用猪油煎两个嫩荷包蛋——我们那里叫作"蛋瘪子"，抓一把炒米和在一起吃。这种食品是只有"惯宝宝"才能吃得到的。谁家要是老给孩子吃这种东西，街坊就会有议论的。

我们那里还有一种可以急就的食品，叫作"焦屑"。煳锅巴磨成碎末，就是焦屑。我们那里，餐餐吃米饭，顿顿有锅巴。把饭铲出来，锅巴用小火烘焦，起出来，卷成一卷，存着。锅巴是不会坏的，不发馊，不长霉。攒够一定的数量，就用一具小石磨磨碎，放起来。焦屑也像炒米一样，用开水冲冲，就能吃了。焦屑调匀后成糊状，有点像北方的炒面，但比炒面爽口。

我们那里的人家预备炒米和焦屑，除了方便，原来还有一层意思，是应急。在不能正常煮饭时，可以用来充饥。这很有点像古代行军用的"糒"。有一年，记不得是哪一年，总之是我还小，还在上小学，党军（国民革命军）和联军（孙传芳的军队）在我们县境内开了仗，很多人都躲进了红十字会。不知道出于一种什么信念，大家都以为红十字会是哪一方的军队都不能打进去的，进了红十字会就安全了。红十字会设在炼阳观，这是一个道士观。我们一家带了一点行李进了炼阳观。祖母指挥着，特别关照，把一坛炒米和一坛焦屑带了去。我对这种打破常规的生活极感兴趣。晚上，爬到吕祖楼上去，看双方军队枪炮的火光在东北面不知什么地方一阵一阵地亮着，觉得有点紧张，也很好玩。很多人家住在一起，不能煮饭，这一晚上，我们是冲炒米、泡焦屑度过的。没有床铺，我把几个道士诵经用的蒲团拼起来，在上面睡了一夜。这实在是我小时候度过的一个浪漫主义的夜晚。

第二天，没事了，大家就都回家了。

炒米和焦屑和我家乡的贫穷和长期的动乱是有关系的。

端午的鸭蛋

家乡的端午，很多风俗和外地一样。系百索子。五色的丝线拧成小绳，系在手腕上。丝线是掉色的，洗脸时沾了水，手腕上就印得红一道绿一道的。做香角子。丝线缠成小粽子，里头装了香面，一个一个穿起来，挂在帐钩上。贴五毒。红纸剪成五毒，贴在门槛上。贴符。这符是城隍庙送来的。城隍庙的老道士还是我的寄名干爹，他每年端午节前就派小道士送符来，还有两把小纸扇。符送来了，就贴在堂屋的门楣上。一尺来长的黄色、蓝色的纸条，上面用朱笔画些莫名其妙的道道，这就能辟邪吗？喝雄黄酒。用酒和的雄黄在孩子的额头上画一个"王"字，这是很多地方都有的。有一个风俗不知别处有不：放黄烟子。黄烟子是大小如北方的麻雷子的炮仗，只是里面灌的不是硝药，而是雄黄。点着后不响，只是冒出一股黄烟，能冒好一会儿。把点着的黄烟子丢在橱柜下面，说是可以熏五毒。小孩子点了黄烟子，常把它的一头抵在板壁上写"虎"字。写黄烟"虎"字笔画不能断，所以我们那里的孩子都会写草书的"一笔虎"。还有一个风俗，是端午节的午饭要吃"十二红"，就是十二道红颜色的菜。十二红里我只记得有炒红苋菜、油爆虾、咸鸭蛋，其余的都记不清，数不出了。也许十二红只是一个名目，不一定真凑足十二样。不过午饭的菜都是红的，这一点我没有记错的，而且，苋菜、虾、鸭蛋，一定是有的。这三样，在我的家乡，都不贵，多数人家是吃得起的。

我的家乡是水乡，出鸭。高邮大麻鸭是著名的鸭种。鸭多，鸭蛋也多。高邮人也善于腌鸭蛋。高邮咸鸭蛋是出了名的。我在苏南、浙江，每逢有人问起我的籍贯，回答之后，对方就会肃然起敬："哦！你们那里出咸鸭蛋！"上海的卖腌腊的店铺里也卖咸鸭蛋，必用字条特别标明：高邮咸蛋。高邮还出双黄鸭蛋。别处鸭蛋也偶有双黄的，但不如高邮的多，可以成批输出。双黄鸭蛋味道其实无特别处。还不就是个鸭蛋！只是切开之后，里面圆圆的两个黄，使人惊奇不已。我对异乡人称道高邮鸭蛋，是不大高兴的，好像我们那穷地方就出鸭蛋似的！不过高邮的咸鸭蛋，确实是好，我走的地方不少，所食鸭蛋多矣，但和我家乡的完全不能相比！曾经沧海难为水，他乡咸鸭蛋，我实在瞧不上。袁枚的《随园食单·小菜单》有"腌蛋"一条。袁子才这个人我不喜欢，他的《食单》好些菜的做法是听来的，他自己并不会做菜。但是《腌蛋》这一条我看后却觉得很亲切，而且"餐有荣焉"。文不长，录如下：

> 腌蛋以高邮为佳，颜色红而油多。高文端公最喜食之。席间先夹取以敬客。放盘中，总宜切开带壳，黄、白兼用；不可存黄去白，使味不全，油亦走散。

高邮咸蛋的特点是质细而油多。蛋白柔嫩，不似别处的发干、发粉，入口如嚼石灰。油多尤为别处所不及。鸭蛋的吃法，如袁子才所说，带壳切开，是一种，那是席间待客的办法。平常食用，一般都是敲破"空头"用筷子挖着吃。筷子头一扎下去，吱——红油就冒出来了。高邮咸蛋的黄是通红的。

苏北有一道名菜，叫作"朱砂豆腐"，就是用高邮鸭蛋黄炒的豆腐。我在北京吃的咸鸭蛋，蛋黄是浅黄色的，这叫什么咸鸭蛋呢！

端午节，我们那里的孩子兴挂"鸭蛋络子"。头一天，就由姑姑或姐姐用彩色丝线打好了络子。端午一早，鸭蛋煮熟了，由孩子自己去挑一个。鸭蛋有什么可挑的呢？有！一要挑淡青壳的；鸭蛋壳有白的和淡青的两种。二要挑形状好看的。别说鸭蛋都是一样的，细看却不同。有的样子蠢，有的秀气。挑好了，装在络子里，挂在大襟的纽扣上。这有什么好看呢？然而它是孩子心爱的饰物。鸭蛋络子挂了多半天，什么时候孩子一高兴，就把络子里的鸭蛋掏出来，吃了。端午的鸭蛋，新腌不久，只有一点淡淡的咸味，白嘴儿吃也可以。

孩子吃鸭蛋是很小心的，除了敲去空头，不把蛋壳碰破。蛋黄蛋白吃光了，用清水把鸭蛋里面洗净，晚上捉了萤火虫来，装在蛋壳里，空头的地方糊一层薄罗。萤火虫在鸭蛋壳里一闪一闪地亮，好看极了！

小时读《囊萤映雪》故事，觉得东晋的车胤用练囊盛了几十只萤火虫，照了读书，还不如用鸭蛋壳来装萤火虫。不过用萤火虫照亮来读书，而且一夜读到天亮，这能行吗？车胤读的是手写的卷子，字大，若是读现在的新五号字，大概是不行的。

咸菜慈姑汤

一到下雪天，我们家就喝咸菜汤，不知是什么道理。是因为雪天买不到青菜？那也不见得。除非大雪三日，卖菜的出不了门，否则他们总还会上市卖菜的。这大概只是一种习惯。一早起来，看见飘雪花了，我就知道：今天中午是咸菜汤！

咸菜是青菜腌的。我们那里过去不种白菜，偶有卖的，叫作"黄芽菜"，是外地运去的，很名贵。一般黄芽菜炒肉丝，是上等菜。平常吃的，都是青菜，青菜似油菜，但高大得多。入秋，腌菜，这时青菜正肥。把青菜成担地买来，洗净，晾去水汽，下缸。一层菜，一层盐，码实，即成。随吃随取，可以一直吃到第二年春天。

腌了四五天的新咸菜很好吃，不咸，细、嫩、脆、甜，难可比拟。

咸菜汤是咸菜切碎了煮成的。到了下雪的天气，咸菜已经腌得很咸了，而且已经发酸，咸菜汤的颜色是暗绿的。没有吃惯的人，是不容易引起食欲的。

咸菜汤里有时加了慈姑片，那就是咸菜慈姑汤。或者叫慈姑咸菜汤，都可以。

我小时候对慈姑实在没有好感。这东西有一种苦味。民国二十年，我们家乡闹大水，各种作物减产，只有慈姑丰收。那一年我吃了很多慈姑，而且是不去慈姑的嘴子的，真难吃。

我十九岁离乡，辗转漂泊，三四十年没有吃到慈姑，并不想。

前好几年，春节后数日，我到沈从文老师家去拜年，他留我吃饭，师母张兆和炒了一盘慈姑肉片。沈先生吃了两片慈姑，说："这个好！格比土豆高。"我承认他这话。吃菜讲究"格"的高低，这种语言正是沈老师的语言。他是对什么事物都讲"格"的，包括对于慈姑、土豆。

因为久违，我对慈姑有了感情。前几年，北京的菜市场在春节前后有卖慈姑的。我见到，必要买一点回来加肉炒了。家里人都不怎么爱吃。所有的慈姑，都由我一个人"包圆儿"了。

北方人不识慈姑。我买慈姑，总要有人问我："这是什么？""慈姑。""慈姑是什么？"这可不好回答。

北京的慈姑卖得很贵，价钱和"洞子货"（温室所产）的西红柿、野鸡脖韭菜差不多。

我很想喝一碗咸菜慈姑汤。

我想念家乡的雪。

虎头鲨·昂嗤鱼·砗螯·螺蛳·蚬子

苏州人特重塘鳢鱼。上海人也是，一提起塘鳢鱼，眉飞色舞。塘鳢鱼是什么鱼？我向往之久矣。到苏州，曾想尝尝塘鳢鱼，未能如愿。后来我知道：塘鳢鱼就是虎头鲨，嘻！

塘鳢鱼亦称土步鱼。《随园食单》："杭州以土步鱼为上品，而金陵人贱之，目为虎头蛇，可发一笑。"虎头蛇即虎头鲨。这种鱼样子不好看，而且有点凶恶。浑身紫褐色，有细碎黑斑，头大而多骨，鳍如蝶翅。这种鱼在我们那里也是贱鱼，是不能上席的。苏州人做塘鳢鱼有清炒、椒盐多法。我们家乡通常的吃法是氽汤，加醋、胡椒。虎头鲨氽汤，鱼肉极细嫩，松而不散，汤味极鲜，开胃。

昂嗤鱼的样子也很怪，头扁嘴阔，有点像鲇鱼，无鳞，皮色黄，有浅黑色的不规整的大斑。无背鳍，而背上有一根很硬的尖锐的骨刺。用手捏起这根骨刺，它就发出"昂哧昂哧"小小的声音。这声音是怎么发出来的，我一直没弄明白。这种鱼是由这种声音得名的。它的学名是什么，只有去问鱼类学专家了。这种鱼没有很大的，七八寸长的，就算难得的了。这种鱼也很贱，连乡下人也看不起。我的一个亲戚在农村插队，见到昂嗤鱼，买了一些，农民都笑他："买这种鱼干什么！"昂嗤鱼其实是很好吃的。昂嗤鱼通常也是氽汤。虎头鲨是醋汤，昂嗤鱼不加醋，汤白如牛乳，是谓"奶汤"。昂嗤鱼也极细嫩，鳃边的两块蒜瓣肉有拇指大，堪称至味。有一年，北京一家鱼店不知从哪里运来一些昂嗤鱼，无人问津。顾客都不识这是啥鱼。有一位卖鱼的老师傅倒知道："这是昂嗤。"我看到，高兴极了，买了十来条。回家一做，满不是那么一回事！昂嗤要吃活的（虎头鲨也是活杀）。长途转运，又在冷库里冰了一些日子，肉质变硬，鲜味全失，一点意思都没有！

砗螯我的家乡叫馋螯，砗螯是扬州人的叫法。我在大连见到花蛤，以为就是砗螯，不是。形状很相似，入口全不同。花蛤肉粗而硬，咬不动。砗螯极柔软细嫩。砗螯好像是淡水里产的，但味道却似海鲜。有点像蛎黄，但比蛎黄味道清爽。比青蛤、蚶子味厚。砗螯可清炒、烧豆腐，或与咸肉同煮。砗螯烧乌青菜（江南人叫塌苦菜），风味绝佳。乌青菜如是经霜而现拔的，尤美。我不食砗螯四十五年矣。

砗螯壳稍呈三角形，质坚，白如细瓷，而有各种颜色的弧形花斑，有浅紫的，有暗红的，有赭石、墨蓝的，很好看。家里买了砗螯，挖出砗螯肉，我们就从一堆砗螯壳里去挑选，挑到好的，洗净了留起来玩。砗螯壳的铰合部有两个突出的尖嘴子，把尖嘴子在糙石上磨磨，不一会儿就磨出两个小圆洞，含在嘴里吹，呜呜地响，且有细细颤音，如风吹窗纸。

螺蛳处处有之。我们家乡清明吃螺蛳，谓可以明目。用五香煮熟螺蛳，分给孩子，一人半碗，由他们自己用竹扦挑着吃。孩子吃了螺蛳，用小竹弓把螺蛳壳射到屋顶上，咔啦咔啦地响。夏天"检漏"，瓦匠总要扫下好些螺蛳壳。这种小弓不做别的用处，就叫作螺蛳弓，我在小说《戴车匠》里对螺蛳弓有较详细的描写。

蚬子是我所见过的贝类里最小的了，只有一粒瓜子大。蚬子是剥了壳卖的。剥蚬子的人家附近堆了好多蚬子壳，像一个坟头。蚬子炒韭菜，很下饭。这种东西非常便宜，为小户人家的恩物。

有一年修运河堤。按工程规定，有一段堤面应铺碎石，包工的贪污了款子，在堤面铺了一层蚬子壳。前来检收的委员，坐在汽车里，向外一看，白花花的一片，还抽着雪茄烟，连说："很好！很好！"

我的家乡富水产。鱼之中名贵的是鳊鱼、白鱼（尤重翘嘴白）、鳜花鱼（鳜鱼），谓之"鳊、白、鳜"。虾有青虾、白虾。蟹极肥。似无特点。故不及。

野鸭·鹌鹑·斑鸠

过去我们那里野鸭子很多。水乡，野鸭子自然多。秋冬之际，天上有时"过"野鸭子，黑乎乎的一大片，在地上可以听到它们鼓翅的声音，呼呼的，好像刮大风。野鸭子是枪打的（野鸭肉里常常有很细的铁砂子，吃时要小心），但打野鸭子的人自己不进城来卖。卖野鸭子有专门的摊子。有时卖鱼的也卖野鸭子，把一个养活鱼的木盆翻过来，野鸭一对一对地摆在盆底，卖野鸭子是不用秤约的，都是一对一对地卖。野鸭子是有一定分量的。依分量大小，有一定的名称，如"对鸭""八鸭"。哪一种有多大分量，我现在已经记不清了。卖野鸭子都是带毛的。卖野鸭子的可以代客当场去毛，拔野鸭毛是不能用开水烫的。野鸭子皮薄，一烫，皮就破了。干拔。卖野鸭子的把一只鸭子放入一个麻袋里，一只手提鸭，另一只手拔毛，一会儿就拔净了——放在麻袋里拔，是防止鸭毛飞散。代客拔毛，不另收费，卖野鸭子的只要那一点鸭毛——野鸭毛是值钱的。

野鸭的吃法通常是切块红烧。清炖大概也可以吧，我没有吃过。野鸭子肉的特点是细、"酥"，不像家鸭每每肉老。野鸭烧咸菜是我们那里的家常菜。里面的咸菜尤其是佐粥的妙品。

现在我们那里的野鸭子很少了。前几年我回乡一次，偶有，卖得很贵。原因据说是县里对各乡水利做了全面综合治理，过去的水荡子、荒滩少了，野鸭子无处栖息。而且，野鸭子过去是吃收割后遗撒在田里的谷粒的，现在收割得很干净，颗粒归仓，野鸭子没有什么可吃的，不来了。

鹌鹑是网捕的。我们那里吃鹌鹑的人家少，因为这东西只有由乡下的亲戚送来，市面上没有卖的。鹌鹑大都是用五香卤了吃，也有用油炸了的。鹌鹑能斗，但我们那里无斗鹌鹑的风气。

我看见过猎人打斑鸠。我在读初中的时候，午饭后，到学校后面的野地里去玩。野地里有小河，有野蔷薇，有金黄色的茼蒿花，有苍耳（苍耳子有小钩刺，能挂在衣裤上，我们管它叫"万把钩"），有才抽穗的芦荻。在一片树林里，我发现一个猎人。我们那里猎人很少，我从来没有见过猎人，但是我一看见他，就知道：他是一个猎人。这个猎人给我一个非常猛厉的印象。他穿了一身黑，下面却缠了鲜红的绑腿。他很瘦。他的眼睛黑，而冷。他握着枪。他在干什么？树林上面飞过一只斑鸠。他在追逐这只斑鸠。斑鸠分明已经发现猎人了。它想逃脱。斑鸠飞到北面，在树上落一落，猎人一步一步往北走。斑鸠连忙往南面飞，猎人扬头看了一眼，斑鸠落定了，猎人又一步一步往南走，非常冷静。这是一场无声的，然而非常紧张的、持续的较量。斑鸠来回飞，猎人来回走。我很奇怪，为什么斑鸠不往树林外面飞。这样几个来回，斑鸠慌了神了，它飞得不稳了，歪歪倒倒的，失去了原来均匀的节奏。忽然，砰——枪声一响，斑鸠应声而落。猎人走过去，拾起斑鸠，看了看，装在猎袋里。他的眼睛很黑，很冷。

我在小说《异秉》里提到王二的熏烧摊子上，春天，卖一种叫作"鹨"的野味。鹨这种东西我在别处没看见过。"鹨"这个字很多人也不认得。多数字典里不收。《辞海》里倒有这个字，标音为duò（又读zhuā）。zhuā与我乡读音较近，但我们那里是读入声的，这只有用国际音标才标得出来。即使用国际音标标出，在不知道"短促急收藏"的北方人也是读不出来的。《辞海》"鹨"字条下注云"见鹨鸠"，似以为"鹨"即"鹨鸠"？而在"鹨鸠"条下注云："鸟名。雉属。即'沙鸡'。"这就不对了。沙鸡我是见过的，吃过的。内蒙古、张家口多出沙鸡。《尔雅·释鸟》郭璞注"出北方沙漠地"不错。北京冬季偶尔也有卖的。沙鸡嘴短而红，腿也短。我们那里的鹬却是水鸟，嘴长，腿也长。鹬的滋味和沙鸡有天渊之别。沙鸡肉较粗，略有酸味；鹬肉极细，非常香。我一辈子没有吃过比鹬更香的野味。

蒌蒿·枸杞·荠菜·马齿苋

小说《大淖记事》："春初水暖，沙洲上冒出很多紫红色的芦芽和灰绿色的蒌蒿，很快就是一片翠绿了。"我在书页下方加了一条注："蒌蒿是生于水边的野草，粗如笔管，有节，生狭长的小叶，初生二寸来高，叫作'蒌蒿薹子'，加肉炒食极清香……""蒌蒿"的"蒌"字，我小时不知怎么写，后来偶然看了一本什么书，才知道的。这个字音"吕"。我小学有一个同班同学，姓吕，我们就给他起了个外号，叫"蒌蒿薹子"（蒌蒿薹子家开了一爿糖坊，小学毕业后未升学，我们看见他坐在糖坊里当小老板，觉得很滑稽）。但我查了几本字典，"蒌"都音"楼"，我有点恍惚了。"楼""吕"一声之转。许多从"娄"的字都读"吕"，如"屡""缕""褛"……这本来无所谓，读"楼"读"吕"，关系不大。但字典上都说蒌蒿是蒿之一种，即白蒿，我却有点不以为然了。我小说里写的蒌蒿和蒿其实不相干。读苏东坡《惠崇春江晚景》诗："竹外桃花三两枝，春江水暖鸭先知。蒌蒿满地芦芽短，正是河豚欲上时。"此蒌蒿生于水边，与芦芽为伴，分明是我的家乡人所吃的蒌蒿，非白蒿。或者"即白蒿"的蒌蒿别是一种，未可知矣。深望懂诗、懂植物学，也懂吃的博雅君子有以教我。

我的小说注文中所说的"极清香"，很不具体。嗅觉和味觉是很难比方，无法具体的。昔人以为荔枝味似软枣，实在是风马牛不相及。我所谓"清香"，即食时如坐在河边闻到新涨的春水的气味。这是实话，并非故作玄言。

枸杞到处都有。开花后结长圆形的小浆果，即枸杞子。我们叫它"狗奶子"，形状颇像。本地产的枸杞子没有入药的，大概不如宁夏产的好。枸杞是多年生植物。春天，冒出嫩叶，即枸杞头。枸杞头是容易采到的。偶尔也有近城的乡村的女孩子采了，放在竹篮里叫卖："枸杞头来！……"枸杞头可下油盐炒食；或用开水焯了，切碎，加香油、酱油、醋，凉拌了吃。那滋味，也只能说"极清香"。春天吃枸杞头，云可以清火，如北方人吃苣荬菜一样。

"三月三，荠菜花赛牡丹。"俗谓是日以荠菜花置灶上，则蚂蚁不上锅台。

北京也偶有荠菜卖。菜市上卖的是园子里种的，茎白叶大，颜色较野生者浅淡，无香气。农贸市场间有南方的老太太挑了野生的来卖，则又过于细瘦，如一团乱发，制熟后强硬扎嘴。总不如南方野生的有味。

江南人惯用荠菜包春卷、包馄饨，甚佳。我们家乡有用来包春卷的，用来包馄饨的没有——我们家乡没有"菜肉馄饨"。一般是凉拌。荠菜焯熟剁碎，界首茶干切细丁，入虾米，同拌。这道菜是可以上酒席做凉菜的。酒席上的凉拌荠菜都用手抟成一座尖塔，临吃推倒。

马齿苋现在很少有人吃。古代这是相当重要的菜蔬。苋分人苋、马苋。人苋即今苋菜，马苋即马齿苋。我的祖母每于夏天摘肥嫩的马齿苋晾干，过年时做馅包包子。她是吃长斋的，这种包子只有她一个人吃。我有时从她的盘子里拿一个，蘸了香油吃，挺香。马齿苋有点淡淡的酸味。

马齿苋开花，花瓣如一小囊。我们有时捉了一个哑巴知了——知了是应该会叫的，捉住一个哑巴，多么扫兴！于是就摘了两个马齿苋的花瓣套住它的眼睛——马齿苋花瓣套知了眼睛正合适，一撒手，这知了就拼命往高处飞，一直飞到看不见！

三年困难时期，我在张家口沙岭子吃过不少马齿苋。那时候，这是宝物！

故乡的元宵

故乡的元宵是并不热闹的。

没有狮子、龙灯，没有高跷，没有跑旱船，没有"大头和尚戏柳翠"，没有花担子、茶担子。这些都在七月十五"迎会"——赛城隍时才有，元宵是没有的。很多地方兴"闹元宵"，我们那里的元宵却是静静的。

有几年，有送麒麟的。上午，三个乡下的汉子，一个举着麒麟——一张长板凳，外面糊纸扎的麒麟，一个敲小锣，一个打镲，咚咚当当敲一气，齐声唱一些吉利的歌。每一段开头都是"格炸炸"：

格炸炸，格炸炸，
麒麟送子到你家……

我对这"格炸炸"印象很深。这是什么意思呢？这是状声词？状的什么声呢？送麒麟的没有表演，没有动作，曲调也很简单。送麒麟的来了，一点也不叫人兴奋，只听得一连串的"格炸炸"。"格炸炸"完了，祖母就给他们一点钱。

　　街上掷骰子"赶老羊"的赌钱的摊子上没有人。六颗骰子静静地在大碗底卧着。摆赌摊的坐在小板凳上抱着膝盖发呆。年快过完了，准备过年输的钱也输得差不多了，明天还有事，大家都没有赌兴。

　　草巷口有个吹糖人的。孙猴子舞大刀、老鼠偷油。

　　北市口有个捏面人的。青蛇、白蛇、老渔翁。老渔翁的蓑衣是从药店里买来的夏枯草做的。

　　到天地坛看人拉"天嗡子"——即抖空竹，拉得很响，天嗡子蛮牛似的叫。

　　到泰山庙看老妈妈烧香。一个老妈妈鞋底有牛屎，干了。

　　一天快过去了。

　　不过元宵要等到晚上，上了灯，才算。元宵元宵嘛。我们那里一般不叫元宵，叫灯节。灯节要过几天，十三上灯，十七落灯。"正日子"是十五。

　　各屋里的灯都点起来了。大妈（大伯母）屋里是四盏玻璃方灯。二妈屋里是画了红寿字的白明角琉璃灯，还有一张珠子灯。我的继母屋里点的是红琉璃泡子。一屋子灯光，明亮而温柔，显得很吉祥。

上街去看走马灯。连万顺家的走马灯很大。"乡下人不识走马灯——又来了。"走马灯不过是来回转动的车、马、人（兵）的影子，但也能看它转几圈。后来我自己也动手做了一个，点了蜡烛，看着里面的纸轮一样转了起来，外面的纸屏上一样映出了影子，很欣喜。乾隆和的走马灯并不"走"，只是一个长方的纸箱子，正面白纸上有一些彩色的小人，小人连着一根头发丝，烛火烘热了发丝，小人的手脚会上下动。它虽然不"走"，我们还是叫它走马灯。要不，叫它什么灯呢？这外面的小人是唐僧、孙悟空、猪八戒、沙和尚。整个画面表现的是《西游记》唐僧取经。

孩子有自己的灯。兔子灯、绣球灯、马灯……兔子灯大都是自己动手做的。下面安四个轱辘，可以拉着走。兔子灯其实不大像兔子，脸是圆的，眼睛是弯弯的，像人的眼睛，还有两道弯弯的眉毛！绣球灯、马灯都是买的。绣球灯是一个多面的纸扎的球，有一个篾制的架子，架子上有一根竹竿，架子下有两个轱辘，手执竹竿，向前推移，球即不停滚动。马灯是两段，一个马头，一个马屁股，用带子系在身上。西瓜灯、蛤蟆灯、鱼灯，这些手提的灯，是小小孩玩的。

有一个习俗可能是外地所没有的：看围屏。硬木长方框，约三尺高，尺半宽，镶绢，上画工笔的演义小说人物故事，灯节前装好，一堂围屏约三十幅，屏后点蜡烛。这实际上是照得透亮的连环画。看围屏有两处，一处在炼阳观的偏殿，另一处在附设在城隍庙里的火神庙。炼阳观画的是《封神榜》，火神庙画的是《三国》。围屏看了多少年，但还是年年看。好像不看围屏就不算过灯节似的。

街上有人放花。

有人放高升（起火），不多的几支。起火升到天上，哧——灭了。

天上有一盏红灯笼。竹篾为骨，外糊红纸，一个长方的筒，里面点了蜡烛，放到天上。灯笼是很好放的，连脑线都不用，在一个角上系上线，就能飞上去。灯笼在天上微微飘动，不知道为什么，看了使人有一点薄薄的凄凉。

年过完了，明天十六，所有店铺就"大开门"了。我们那里，初一到初五，店铺都不开门。初六打开两扇排门，卖一点市民必需的东西，叫作"小开门"。十六把全部排门卸掉，放一挂鞭、几个炮仗，叫作"大开门"，开始正常营业。年，就这样过去了。

故乡的野菜

荠菜。荠菜是野菜，但在我的家乡却是可以上席的。我们那里，一般的酒席，开头都有八个凉碟，在客人入席前即已摆好。通常是火腿、变蛋（松花蛋）、风鸡、酱鸭、油爆虾（或呛虾）、蚶子（是从外面运来的，我们那里不产）、咸鸭蛋之类的。若是春天，就会有两样应时凉拌小菜：杨花萝卜（北京的小水萝卜）切细丝拌海蜇，以及拌荠菜。荠菜焯过，碎切，和香干细丁同拌，加姜米，浇以麻油酱醋，或用虾米，或不用，均可。这道菜常团成宝塔形，临吃推倒，拌匀。拌荠菜总是受欢迎的，吃个新鲜。凡野菜，都有一种园种的蔬菜所缺少的清香。

荠菜大都是凉拌，炒荠菜很少人吃。荠菜可包春卷，包圆子（汤团）。江南人用荠菜包馄饨，称为菜肉馄饨，亦称"大馄饨"。我们那里没有用荠菜包馄饨的。我们那里的面店中所卖的馄饨都是纯肉馅的馄饨，即江南所说的"小馄饨"，没有"大馄饨"。我在北京的一家有名的家庭餐馆吃过这一家的一道名菜：翡翠蛋羹。一个汤碗里一边是蛋羹，一边是荠菜，一边嫩黄，一边碧绿，绝不混淆，吃时搅在一起。这种讲究的吃法，我们家乡没有。

枸杞头。春天的早晨，尤其是下了一场小雨之后，就可听到叫卖枸杞头的声音。卖枸杞头的多是附近郭村的女孩子，声音很脆，极能传远："卖枸杞头来！"枸杞头放在一个竹篮子里，一种长圆形的竹篮，叫作元宝篮子。枸杞头带着雨水，女孩子的声音也带着雨水。枸杞头不值什么钱，也从不用秤约，给几个钱，她们就能把整篮子倒给你。女孩子也不把这当作正经买卖，卖一点钱，够打一瓶梳头油就行了。

自己去摘，也不费事。一会儿工夫，就能摘一堆。枸杞到处都是。我的小学的操场原是祭天地的空地，叫作"天地坛"。天地坛的四边围墙的墙根，长的都是这东西。枸杞夏天开小白花，秋天结很多小果子，即枸杞子，我们小时候叫它"狗奶子"，因为很像狗的奶子。

枸杞头也都是凉拌，清香似尤甚于荠菜。

蒌蒿。蒌蒿好像都是和瘦猪肉同炒，素炒好像没有。我小时候非常爱吃炒蒌蒿薹子。桌上有一盘炒蒌蒿薹子，我就非常兴奋，胃口大开。蒌蒿薹子除了清香，还有就是很脆，嚼之有声。[1]

荠菜、枸杞头我在外地偶尔吃过，蒌蒿薹子自十九岁离乡后从未吃过，非常想念。去年我的家乡有人开了汽车到北京来办事，我的弟妹托他们带了一塑料袋蒌蒿薹子来，因为路上耽搁，到北京时已经焐坏了。我挑了一些还不太烂的，炒了一盘，还有那么一点意思。

马齿苋。中国古代吃马齿苋是很普遍的，马苋与人苋（红白苋菜）并提。后来不知怎么吃的人少了。我的祖母每年夏天都要摘一些马齿苋，晾干了，过年包包子。我的家乡普通人家平常是不包包子的，只有过年才包，自己家里人吃，有客人来蒸一盘待客。不是家里人包的。一般的家庭妇女不会包，都是备了面、馅，请包子店里的师傅到家里做，做一上午，就够正月里吃了。我的祖母吃长斋，她的马齿苋包子只有她自己吃。我尝过一个，马齿苋有点酸酸的味道，不难吃，也不好吃。

马齿苋南北皆有。我在北京的甘家口住过，离玉渊潭很近，玉渊潭马齿苋极多。北京人叫作马苋儿菜，吃的人很少。养鸟的拔了喂画眉。据说画眉吃了能清火。画眉还会有"火"吗？

莼菜。第一次喝莼菜汤是在杭州西湖的楼外楼，一九四八年四月。这以前我没有吃过莼菜，也没有见过。我的家乡人

---

[1] 此段与前文有重复之处，略作删减。

大都不知莼菜为何物，但是秦少游有《以莼姜法鱼糟蟹寄子瞻》诗，则高邮原来是有莼菜的。诗最后一句是"泽居备礼无麋鹿"，秦少游当时在高邮居住，送给苏东坡的是高邮的土产。高邮现在还有没有莼菜，什么时候回高邮，我得调查调查。

明朝的时候，我的家乡出过一个散曲作家王磐。王磐字鸿渐，号西楼，散曲作品有《王西楼乐府》。王磐当时名声很大，与散曲大家陈大声并称"南曲之冠"。王西楼还是画家。高邮现在还有一句歇后语："王西楼嫁女儿——画（话）多银子少。"王西楼有一本有点特别的著作：《野菜谱》。《野菜谱》收野菜五十二种。五十二种中有些我是认识的，如白鼓钉（蒲公英）、蒲儿根、马兰头、青蒿儿（茵陈蒿）、枸杞头、野菜豆、蒌蒿、荠菜、马齿苋、灰条。江南人重马兰头。小时读周作人的《故乡的野菜》，提到儿歌："荠菜马兰头，姐姐嫁在后门头。"很是向往，但是我的家乡是不大有人吃的。灰条的"条"字，正字应是"藋"，通称灰菜。这东西我的家乡不吃。我第一次吃灰菜是在一个山东同学的家里，蘸了稀面，蒸熟，就烂蒜，别具滋味。后来在昆明黄土坡一中学教书，学校发不出薪水，我们时常断炊，就掳了灰菜来炒了吃。在北京我也摘过灰菜炒食。有一次发现钓鱼台国宾馆的墙外长了很多灰菜，极肥嫩，就弯下腰来摘了好些，装在书包里。门卫发现，走过来问："你干什么？"他大概以为我在埋定时炸弹。

我把书包里的灰菜抓出来给他看，他没有再说什么，走开了。灰菜有点碱味，我很喜欢这种味道。王西楼《野菜谱》中有一些，我不但没有吃过、见过，连听都没听说过，如"燕子不来香""油灼灼"……

《野菜谱》上图下文。图画的是这种野菜的样子，文则简单地说这种野菜的生长季节、吃法。文后皆系以一诗，一首近似谣曲的小乐府，都是借题发挥，以野菜名起兴，写人民疾苦。如：

眼子菜

眼子菜，如张目，年年盼春怀布谷，犹向秋来望时熟。何事频年俭不开，愁看四野波漂屋。

猫耳朵

猫耳朵，听我歌，今年水患伤田禾，仓廪空虚鼠弃窝，猫兮猫兮将奈何！

江荠

江荠青青江水绿，江边挑菜女儿哭。爷娘新死兄趁熟，只存我与妹看屋。

抱娘蒿

抱娘蒿，结根牢，解不散，如漆胶。君不见昨朝儿卖客船上，儿抱娘哭不肯放。

这些诗的感情都很真挚，读之令人鼻酸。我的家乡本是个穷地方，灾荒很多，主要是水灾，家破人亡，卖儿卖女的事是常有的，我小时就见过。现在水利大有改进，去年那样的特大洪水，也没死一个人，王西楼所写的悲惨景象不复存在了。想到这一点，我为我的家乡感到欣慰。过去，我的家乡人吃野菜主要是为了度荒，现在吃野菜则是为了尝鲜了。噢，我的家乡的野菜！

吴大和尚和七拳半

　　我的家乡有"吃晚茶"的习惯。下午四五点钟，要吃一点点心，一碗面，或两个烧饼或"油端子"。一九八一年，我回到阔别四十余年的家乡，家乡人还保持着这个习惯。一天下午，"晚茶"是烧饼。我问："这烧饼就是巷口那家的？"我的外甥女说："是七拳半做的。""七拳半"当然是个外号，形容这人很矮，只有七拳半那样高。这个外号很形象，不知道是哪个尖嘴薄舌而极其聪明的人给他起的。

　　我吃着烧饼，烧饼很香，味道跟四十多年前的一样，就像吴大和尚做的一样。于是我想起吴大和尚。

　　我家除了大门、旁门，还有一个后门。这后门即开在吴大和尚住家的后墙上。打开后门，要穿过吴家，才能到巷子里。我们有时抄近，从后门出入，吴大和尚家的情况看得很清楚。

　　吴大和尚（这是小名，我们那里很多人有大名，但一辈子

106

只以小名"行")开烧饼饺面店。

我们那里的烧饼分两种。一种叫作"草炉烧饼",是在砌得高高的炉里用稻草烘熟的。面粗,层少,价廉,是乡下人进城时买了充饥当饭的。另一种叫作"桶炉烧饼"。用一只大木桶,里面糊了一层泥,炉底燃煤炭,烧饼贴在炉壁上烤熟。"桶炉烧饼"有碗口大,较薄而多层,饼面芝麻多,带椒盐味。如加钱,还可"插酥",即在擀烧饼时加较多的"油面",烤出,极酥软。如果自己家里拿了猪油渣和霉干菜去,做成霉干菜油渣烧饼,风味独绝。吴大和尚家做的是"桶炉"。

原来,我们那里饺面店卖的面是"跳面"。在墙上挖一个洞,将木杠插在洞内,下置面案,木杠压在和得极硬的一大块面上,人坐在木杠上,反复压这一块面。因为压面时要一步一跳,所以叫作"跳面"。"跳面"可以切得极细极薄,下锅不浑汤,吃起来有韧劲而又甚柔软。汤料只有虾子、熟猪油、酱油、葱花,但是很鲜。如不加汤,只将面下在作料里,谓之"干拌",尤美。我们把馄饨叫作饺子。吴家也卖饺子。但更多的人去,都是吃"饺面",即一半馄饨,一半面。我记得四十年前吴大和尚家的饺面是一百二十文一碗,即十二个当十铜圆。

吴家的格局有点特别。住家在巷东,即我家后门之外,店堂却在对面。店堂里除了烤烧饼的桶炉,有锅台,安了大锅,煮面及饺子用；另有一张（只一张）供顾客吃面的方桌。都收拾得很干净。

吴家人口简单。吴大和尚有一个年轻的老婆，管包饺子、下面。他这个年轻的老婆个子不高，但是身材很苗条。肤色微黑。眼睛狭长，睫毛很重，是所谓"桃花眼"。左眼上眼皮有一小块疤，想是小时生疮落下来。这块小疤使她显得很俏。但她从不和顾客眉来眼去、卖弄风骚，只是低头做事，不声不响。穿着也很朴素，只是青布的衣裤。她和吴大和尚生了一个孩子，还在喂奶。吴大和尚有一个妈，整天也不闲着，翻一家的棉袄棉裤、纳鞋底、摇晃睡在摇篮里的孙子。另外，还有个小伙计，跳面、烧火。

表面上看起来，这家过得很平静，不争不吵。其实不然。吴大和尚经常在夜里打他的老婆，因为老婆"偷人"。我们那里把和人发生私情叫作"偷人"。打得很重，用劈柴打，我们隔着墙都能听见。这个小个子女人很倔强，不哭，不喊，一声不出。

第二天早起，一切如常，该干什么还干什么。吴大和尚擀烧饼，烙烧饼；他老婆包饺子，下面。

终于有一天吴大和尚的年轻的老婆不见了，跑了，丢下她的奶头上的孩子，不知去向。我们始终不知道她的"孤佬"（我们那里把不正当的情人、野汉子，叫作"孤佬"）是谁。

我从小就对这个女人充满了尊敬，并且一直记得她的模样，记得她的桃花眼，记得她左眼的眼皮上那一小块疤。

吴大和尚和这个桃花眼、小身材的小媳妇大概都已经死了。现在，这条巷口出现了七拳半的烧饼店。我总觉得七拳半和吴大和尚之间有某种关联，引起我一些说不清楚的感慨。

七拳半并不真是矮得出奇，我估量他大概有一米五六。是一个很有精神的小伙子。他是一个名副其实的"个体户"，全店只有他一个人。他不难成为万元户，说不定已经是万元户，他的烧饼做得那样好吃，生意那样好。我无端地觉得，他会把本街的一个最漂亮的姑娘娶到手，并且这位姑娘会真心爱他，对他很体贴。我看看七拳半把烧饼贴在炉膛里的样子，觉得他对这点充满信心。

两个做烧饼的人所处的时代不同。我相信七拳半的生活将比吴大和尚的生活更合理一些，更好一些。

也许这只是我的希望。

岁交春

今年春节大年初一立春，是"岁交春"。这是很难得的。语云："千年难逢龙华会，万年难逢岁交春。"一万年，当然是不需要的，但总是很少见的。我今年七十二岁了，好像头一回赶上。岁交春，是很吉利的，这一年会风调雨顺，那敢情好。

中国过去对立春是很重视的。"春打六九头"，到了六九，不会再有很冷的天，是真正的春天了。"农人告余以春及，将有事于西畴"，是准备春耕的时候了，这是个充满希望的节气。

宋朝的时候，立春前一天，地方官准备泥牛，送入宫内，让宫人用柳条鞭打，谓之"鞭春"。"打春"之说，盖始于宋。

我的家乡则在立春日有穷人制泥牛送到各家，牛五六寸至尺许大，涂了颜色。有的还有一个小泥人，是芒神，我的家乡不知道为什么叫它"奥芒子"。送到时，用唢呐吹短曲，供之神案上，可以得到一点赏钱，叫作"送春牛"。老年间的皇历上都印有"春牛图"，注明牛是什么颜色，芒神着什么颜色的衣裳。这些颜色不知是根据什么规定的。送春牛仪式并不隆重，但我很愿意站在旁边看，而且有一种说不出来的感动。

北方人立春要吃萝卜，谓之"咬春"。春而可咬，很有诗意。这天要吃生菜，多用新葱、青韭、蒜黄，叫作"五辛盘"。生菜是卷饼吃的。陈元靓《岁时广记》引《唐四时宝镜》："立春日，食芦菔、春饼、生菜，号'春盘'。"《北平风俗类征·岁时》："是月如遇立春……富家食春饼。各备酱熏及炉烧盐腌各肉，并各色炒菜，如菠菜、豆芽粉、干粉、鸡蛋等，而以面粉烙薄饼卷而食之，故又名薄饼。"

吃春饼不一定是北方人。据我所知，福建人也是爱吃的，办法和北京人也差不多。我在舒婷家就吃过。

就要立春了，而且是"岁交春"，我颇有点兴奋，这好像有点孩子气。原因就是那天可以吃春饼。作打油诗一首，以志兴奋：

不觉七旬过二矣，

何其幸遇岁交春。

鸡豚早办须兼味，

生菜偏宜簇五辛。

薄禄何如饼在手,

浮名得似酒盈樽?

寻常一饱增惭愧,

待看沿河柳色新。

草巷口

过去，我们那里的民间常用燃料不是煤。除了炖鸡汤、熬药，也很少烧柴。平常煮饭、炒菜，都是烧草——烧芦柴。这种芦柴秆细而叶多，除了烧火，没有什么别的用处。草都是由乡下——主要是北乡用船运来，在大淖靠岸。要买草的，到岸边和草船上的人讲好价钱，卖草的即可把草用扁担挑了，送到这家。一担四捆，前两捆，后两捆，水桶粗细一捆，六七尺长。送到买草的人家，过了秤，直接送到堆草的屋里。给我们家过秤的是一个本家叔叔抡元二爷。他用一杆很大的秤约了分量，用一张草纸记上"苏州码子"。我是从抡元二叔的"草纸账"上才认识苏州码子的。现在大家都用阿拉伯数字，认识苏州码子的已经不多了。我们家后花园里有三间空屋，是堆草的。一次买草，数量很多，三间屋子装得满满的，可以烧很长时候。

从大淖往各家送草，都要经过一条巷子，因此这条巷子叫作"草巷口"。

　　草巷口在"东头街上"算是比较宽的巷子。像普通的巷子一样，是砖铺的——我们那里的街巷都是砖铺的，但有一点和别的巷子不同，是巷口嵌了一个相当大的旧麻石磨盘。这是为了省砖，废物利用，还是有别的什么原因，就不知道了。

　　磨盘的东边是一家油面店，西边是一个烟店。严格说，"草巷口"应该指的是油面店和烟店之间，即麻石磨盘所在处的"口"，但是大家把由此往北，直到大淖一带都叫作"草巷口"。

　　"油面店"，也叫"茶食店"，即卖糕点的铺子，店里所卖糕点也和别的茶食店差不多，无非是兴化饼子、鸡蛋糕。兴化饼子带椒盐味，大概是从兴化传过来的；羊枣，也叫京果，分大小两种，小京果即北京的江米条，大京果似北京蓼花而稍小；八月十五前当然要做月饼；过年前做蜂糖糕，像一个锅盖，蜂糖糕是送礼用的；夏天早上做一种"潮糕"，米面蒸成，潮糕做成长长的一条，切开了一片一片是正方的，骨牌大小，但是切时断而不分，吃时一片一片揭开吃，潮糕有韧性，口感很好；夏天的下午做一种"酒香饼子"，发面，以糯米和面，烤熟，初出锅时酒香扑鼻。

　　吉陞的糕点多是零块地卖，如果买得多（是为了送礼的），则用苇篾编的"撇子"装好，一底一盖，中衬一张长方

114

形的红纸，印黑字：

本店开设东大街草巷口坐北朝南惠顾诸君请认明吉陞
字号庶不致误

源昌烟店主要是卖旱烟，也卖水烟——皮丝烟。皮丝烟中
有一种，颜色是绿的，名曰"青条"，抽起来劲头很冲。一般
烟店不卖这种烟。

源昌有一点和别家店铺不同。别的铺子过年初一到初五都
不开门，破五以前是不做生意的。源昌却开了一半铺搭子门，
靠东墙有一个卖"耍货"的摊子。可能卖耍货的和源昌老板是
亲戚，所以留一块空地供他摆摊子。"耍货"即卖给小孩子的
玩意儿："捻捻转""地嗡子"（陀螺）……卖得最多的是
"洋泡"。一个薄薄橡皮做的小囊，上附小木嘴。吹气后就成
了氢气球似的圆泡，撒手后，空气振动木嘴里的一个小哨，哇
的一声。还卖一些小型的花炮，起火，"猫捉老鼠"……最便
宜的是"滴滴金"——皮纸制成麦秆粗细的小管，填了一点硝
药，点火后就会哧哧地喷出火星，故名"滴滴金"。

进巷口，过麻石磨盘，左手第一家是一家"茶炉子"。茶
炉子是卖开水的，即上海人所说的"老虎灶"。店主名叫金大
力。金大力只管挑水，烧茶炉子的是他的女人。茶炉子四角各
有一口大汤罐，当中是火口。烧的是粗糠。一簸箕粗糠倒进火

115

口，呼的一声，火头就蹿了上来，水马上咕嘟嘟的就开了。茶炉子卖水不收现钱，而是事前售出很多"茶筹子"——一个一个小竹片，上面用烙铁烙了字："十文""二十文"。来打开水的，交几个茶筹子就行。这大概是一种古制。

往前走两步，茶炉子斜对面，是一个澡堂子。不大。但是东街上只有这么一个澡堂子，这条街上要洗澡的只有上这家来。澡堂子在巷口往西的一面墙上钉了一个"人"字形小木棚，每晚在小棚下挂一个灯笼，算是澡堂的标志（不在澡堂的门口）。过年前在木棚下贴一条黄纸的告白，上写：

正月初六日早有菊花香水

那就是说初一到初五澡堂子是不开业的。

为什么是"菊花香水"而不是兰花香水、桂花香水？我在这家澡堂洗过多次澡，从来没有闻到过"菊花香水"味儿，倒是一进去，就闻到一股浓重的澡堂子味儿。这种澡堂子味道，是很多人愿意闻的。他们一闻过味道，就觉得：这才是洗澡！

有些人烫了澡（他们不怕烫，不烫不过瘾），还得擦背、捏脚、修脚，这叫"全大套"。还要叫小伙计去叫一碗虾子猪油葱花面来，三扒两口吃掉。然后咕咚咕咚喝一壶浓茶，脑袋一歪，酣然睡去。洗了"全大套"的澡，吃一碗滚烫的虾子汤面，来一觉，真是"快活似神仙"。

由澡堂往北，没几步，是一个卖香烛的小店。这家小店只有一间门面。除香烛纸马之外，还卖"箱子"。苇秆为骨，外糊红纸。四角贴了"云头"。这是人家买去，内装纸钱，到冥祭时烧给亡魂的。小香烛店的老板（他也算是"老板"），人物猥琐，个儿矮小，而且是个"齆鼻子"，"齆"得非常厉害，说起话来瓮声瓮气，谁也听不清他说什么。他的媳妇可是一个很"刷括"（干净利索）的小媳妇，她每天除了操持家务、做针线，就是糊"箱子"。一街的人都为这小媳妇感到很不平——嫁了这么个小矮个齆鼻子丈夫。但是她就是这样安安静静地过了好多年。

由香烛店往北走几步，就闻到一股骡粪的气味。这是一家碾坊。这家碾坊只有一头骡子（一般碾坊至少有两头骡子，轮流上套）。碾坊是个老碾坊。这头骡子也老了。看到这头老骡子低着脑袋吃力地拉着碾子，总叫人有些不忍心。骡子的颜色是豆沙色的，更显得没有精神。

碾坊斜对面有一排比较整齐高大的房子，是连万顺酱园的住家兼作坊。作坊主要制品是萝卜干。萝卜干揉盐之后，晾晒在门外的芦席上，过往行人，可以抓几个吃。新腌的萝卜干，味道很香。

再往北走，有几户人家。这几家的女人每天打芦席。她们盘腿坐着，压过的芦苇片在她们的手指间跳动着，延展着，一会儿的工夫就能织出一片。

　　再往北还零零落落有几户人家。这几户人家都是干什么的，我就不知道了，我很少到那边去。

辑三

吃遍四方美食

四方食事

口味

"口之于味，有同嗜焉"，好吃的东西大家都爱吃。宴会上有烹大虾（得是极新鲜的），大都剩不下。但是也不尽然。羊肉是很好吃的，"羊大为美"。中国人吃羊肉的历史大概和这个民族的历史同样久远。中国羊肉的吃法很多，不能列举。我以为最好吃的是手把羊肉。维吾尔族、哈萨克族都有手把羊肉，但似以内蒙古为最好。内蒙古很多盟旗都说他们那里的羊肉不膻，因为羊吃了草原上的野葱，生前已经自己把膻味解了。我以为不膻固好，膻亦无妨。我曾在达茂旗吃过"羊贝子"，即白煮全羊。整只羊放在锅里只煮四十五分钟（为了照顾远来的汉人客人，多煮了十五分钟，他们自己吃，只煮半个小时），各人用刀割取自己中意的部位，蘸一点作料（原来只备一碗盐水，近年有了较多的作料）吃。羊肉带生，一刀切下去，会汪出一点血，但是鲜嫩无比。内蒙古人说，羊肉越煮越老，半熟的，才易消化，也能多吃。我几次到内蒙古，吃羊肉吃得非常过瘾。同行有一位女同志，不但不吃，连闻都不能闻。一走进食堂，闻到羊肉气味就想吐。她只好每顿用开水泡饭，吃咸菜，真是苦煞。全国不吃羊肉的人，不在少数。

"鱼羊为鲜"。有一位老同志是获鹿县人，是回民，他倒是吃羊肉的，但是一生不解何所谓鲜。他的爱人是南京人，动辄说："这个菜很鲜。"他说："什么叫'鲜'？我只知道什么东西吃着'香'。"要解释什么是"鲜"，是困难的。我的家乡以为最能代表鲜味的是虾籽。虾籽冬笋、虾籽豆腐羹，都很鲜。虾籽放得太多，就会"鲜得连眉毛都掉了"的。我有个小孙女，很爱吃我配料煮的龙须挂面。有一次我放了虾籽，她尝了一口，说"有股什么味儿"，不吃。

中国不少省份的人都爱吃辣椒。云、贵、川、黔、湘、赣。延边朝鲜族也极能吃辣。人说吃辣椒爱上火。井冈山人说："辣子冇补（没有营养），两头受苦。"我认识一个演员，他一天不吃辣椒，就会便秘！我认识一个干部，他每天在机关吃午饭，什么菜也不吃，只带了一小饭盒油炸辣椒来，吃辣椒下饭。顿顿如此。此人真是个吃辣椒专家，全国各地的辣椒，都设法弄了来吃。据他的品评，认为土家族的最好。有一次他带了一盒饭来，让我尝尝，真是又辣又香。然而有人是不吃辣的。我曾随剧团到重庆体验生活。四川无菜不辣，有人实在受不了。有一个演员带了几个年轻的女演员去吃汤圆，一个唱老旦的演员进门就嚷嚷："不要辣椒！"卖汤圆的白了她一眼："汤圆没有放辣椒的！"

北方人爱吃生葱生蒜。山东人特爱吃葱，吃煎饼、锅盔，没有葱是不行的。有一个笑话：婆媳吵嘴，儿媳妇跳了井。儿子回来，婆婆说："可了不得啦，你媳妇跳井啦！"儿子说："不咋！"拿了一根葱在井口逛了一下，媳妇就上来了。山东大葱的确很好吃，葱白长至半尺，是甜的。江浙人不吃生葱蒜，做鱼肉时放葱，谓之"香葱"，实即北方的小葱。几根小葱，挽成一个疙瘩，叫作"葱结"。他们把大葱叫作"胡葱"，即做菜时也不大用。有一个著名女演员，不吃葱，她和大家一同去体验生活，菜都得给她单做。北方人吃炸酱面，必须有几瓣蒜。在长影拍片时，有一天我起晚了，早饭已经开过，我到厨房里和几位炊事员一块吃。那天吃的是炸油饼，他们吃油饼就蒜。我说："吃油饼哪有就蒜的！"一个河南籍的炊事员说："嘿！你试试！"果然，"另一个味儿"。我前几年回家乡，接连吃了几天鸡鸭鱼虾，吃腻了，我跟家里人说："给我下一碗阳春面，弄一碟葱、两头蒜来。"家里人看我生吃葱蒜，大为惊骇。

有些东西，本来不吃，吃吃也就习惯了。我曾经夸口，说我什么都吃，为此挨了两次捉弄。一次在家乡。我原来不吃芫荽（香菜），以为有臭虫味。一次，我家所开的中药铺请我去吃面——那天是药王生日，铺中管事弄了一大碗凉拌芫荽，说："你不是什么都吃吗？"我一咬牙吃了。从此，我就吃芫荽了。来北地，每吃涮羊肉，调料里总要撒上大量芫荽。苦瓜，我原来也是不吃的——没有吃过。我们家乡有苦瓜，叫作癞葡萄，是放在瓷盘里看着玩，不吃的。一次在昆明，有一位诗人请我下小馆子，他要了三个菜：凉拌苦瓜、炒苦瓜、苦瓜汤。他说："你不是什么都吃吗？"从此，我就吃苦瓜了。北京人原来是不吃苦瓜的，近年也学会吃了。不过他们用凉水连"拔"三次，基本上不苦了，那还有什么意思！

有些东西，自己尽可不吃，但不要反对旁人吃。不要以为自己不吃的东西，谁吃，就是岂有此理。比如，广东人吃蛇，吃龙虱；傣族人爱吃苦肠，即牛肠里没有完全消化的粪汁，蘸肉吃。这在广东人、傣族人，是没有什么奇怪的。他们爱吃，你管得着吗？不过有些东西，我也以为不吃为宜，比如炒肉芽——腐肉所生之蛆。

总之，一个人的口味要宽一点、杂一点，"南甜北咸东辣西酸"，都去尝尝。对食物如此，对文化也应该这样。

切脍

《论语·乡党》说"食不厌精，脍不厌细"，中国的切

124

脍不知始于何时。孔子以"食""脍"对举,可见当时是相当普遍的。北魏贾思勰《齐民要术》提到切脍。唐人特重切脍,杜甫诗累见。宋代切脍之风亦盛。《东京梦华录·三月一日开金明池琼林苑》:"多垂钓之士,必于池苑所买牌子,方许捕鱼。游人得鱼,倍其价买之。临水斫脍,以荐芳樽,乃一时佳味也。"元代,关汉卿曾写过《望江亭中秋切鲙》。明代切脍,也还是有的,但《金瓶梅》中未提及,很奇怪。《红楼梦》也没有提到。到了近代,很多人对切脍是怎么回事,都茫然了。

脍是什么?杜诗邵注:"鲙,即今之鱼生、肉生。"更多指鱼生,脍的繁体字是"鱠",可知。

杜甫《阌乡姜七少府设脍戏赠长歌》对切脍有较详细的描写。脍要切得极细,"脍不厌细",杜诗亦云:"无声细下飞碎雪。"脍是切片还是切丝呢?段成式《酉阳杂俎·物革》云:"进士段硕尝识南孝廉者,善斫脍,縠薄丝缕,轻可吹起。"看起来是片和丝都有的。切脍的鱼不能洗。杜诗云:"落砧何曾白纸湿。"邵注:"凡作鲙,以灰去血水,用纸以隔之。"大概是隔着一层纸用灰吸去鱼的血水。《齐民要术》:"切脍不得洗,洗则脍湿。"加什么作料?一般是加葱的,杜诗:"有骨已剁觜春葱。"《内则》:"鲙,春用葱,夏用芥。"葱是葱花,不会是葱段。至于下不下盐或酱油,乃至酒、酢,则无从臆测,想来总得有点咸味,不会是淡吃。

切脍今无实物可验。杭州楼外楼新中国成立前有名菜醋鱼带把。所谓"带把",即将活草鱼的脊背上的肉剔下,切成极薄的片,浇好酱油,生吃。我以为这很近乎切脍。我在一九四七年春天曾吃过,极鲜美。这道菜听说现在已经没有了,不知是因为有碍卫生,还是厨师无此手艺了。

日本鱼生我未吃过。北京西四牌楼的朝鲜冷面馆卖过鱼生、肉生。鱼生乃切成一寸见方、厚约二分的鱼片,蘸极辣的作料吃。这与"縠薄丝缕"的切脍似不是一回事。

与切脍有关联的是"生吃螃蟹活吃虾"。生螃蟹我未吃过,想来一定非常好吃。活虾我可吃得多了。前几年回乡,家乡人知道我爱吃"呛虾",于是餐餐有呛虾。我们家乡的呛虾是用酒把白虾(青虾不宜生吃)"醉"死了的。新中国成立前杭州楼外楼呛虾,是酒醉而不待其死,活虾盛于大盘中,上覆大碗,上桌揭碗,虾蹦得满桌,客人捉而食之。用广东话说,这才真是"生猛"。听说楼外楼现在也不卖呛虾了,惜哉!

下生蟹活虾一等的,是将虾蟹之属稍加腌制。宁波的梭子蟹是用盐腌过的,醉蟹、醉泥螺、醉蚶子、醉蛏鼻,都是用高粱酒"醉"过的,但这些都还是生的。因此,都很好吃。

我以为醉蟹是天下第一美味。家乡人贻我醉蟹一小坛。有天津客人来,特地为他剁了几只。他吃了一小块,问:"是生的?"就不敢再吃。

"生的",为什么就不敢吃呢?法国人、俄罗斯人,吃牡蛎，都是生吃。我在纽约南海岸吃过鲜蚌，那绝对是生的，刚打上来的，而且什么作料都不搁，经我要求，服务员才给了一点胡椒粉。好吃吗？好吃极了！

为什么"切脍"，生鱼活虾好吃？曰：存其本味。

我以为"切脍"之风，可以恢复。如果觉得这不卫生，可以仿照纽约南海岸的办法：用"远红外"或什么东西处理一下，这样既不失本味，又无致病之虞。如果这样还觉得"硌硬"，吞不下，吞下要反出来，那完全是观念上的问题。当然，我也不主张普遍推广，可以满足少数老饕的欲望，"内部发行"。

河豚

阅报，江阴有人食河豚中毒，经解救，幸得不死。杨花扑面，节近清明，这使我想起，正是吃河豚的时候了。苏东坡诗：

竹外桃花三两枝，
春江水暖鸭先知。
蒌蒿满地芦芽短，
正是河豚欲上时。

梅圣俞诗：

河豚当是时，

贵不数鱼虾。

宋朝人是很爱吃河豚的，没有真河豚，就用了不知什么东西做出河豚的样子和味道，谓之"假河豚"，聊以过瘾，《东京梦华录》等书都有记载。

江阴当长江入海处不远，产河豚最多，也最好。每年春天，鱼市上有很多河豚卖。河豚的脾气很大，用小木棍捅捅它，它就把肚子鼓起来，再捅，再鼓，终至成了一个圆球。江阴河豚品种极多。我所就读的南菁中学的生物实验室里搜集了各种河豚，浸在装了福尔马林的玻璃器内。有的很大，有的小如金钱龟。颜色也各异，有带青绿色的，有白的，还有紫红的。这样齐全的河豚标本，大概只有江阴的中学才能搜集得到。

河豚有剧毒。我在读高中一年级时，江阴乡下出了一件命案，"谋杀亲夫"。"奸夫""淫妇"在游街示众后，同时枪决。毒死亲夫的东西，即是一条煮熟的河豚；因为是"花案"，那天街的两旁有很多人鹄立伫观。但是实在没有什么好看的，奸夫淫妇都蠢而且丑，奸夫还是个黑脸的麻子。这样的命案，也只能出在江阴。

但是河豚很好吃，江南谚云"拼死吃河豚"，豁出命去，也要吃，可见其味美。据说整治得法，是不会中毒的。我的几个同学都曾约定请我上家里吃一次河豚，说是"保证不会出问题"。江阴正街上有一饭馆，是卖河豚的。这家饭馆有一块祖传的木板，刷印保单，内容是如果在他家铺里吃河豚中毒致死，主人可以偿命。

河豚之毒在肝脏、生殖腺和血，这些可以小心地去掉。这种办法有例可援，即"洁本《金瓶梅》"是也。

我在江阴读书两年，竟未吃过河豚，至今引为憾事。

野菜

春天了，是挖野菜的时候了。踏青挑菜，是很好的风俗。人在屋里闷了一冬天，尤其是妇女，到野地里活动活动，呼吸一点新鲜空气，看看新鲜的绿色，身心一快。

南方的野菜，有枸杞、荠菜、马兰头……北方野菜则主要是苣荬菜。枸杞、荠菜、马兰头用开水焯过，加酱油、醋、香油凉拌。苣荬菜则是洗净，去根，蘸甜面酱生吃。或曰吃野菜可以"清火"，有一定道理。野菜多半带一点苦味，凡苦味菜，皆可清火，但是更重要的是吃个新鲜。有诗人说："这是吃春天。"这话说得有点做作，但也还说得过去。

敦煌变文、《云谣集杂曲子》、打枣竿、挂枝儿、吴歌，乃至《白雪遗音》等，是野菜。因为它新鲜。

做饭

我不会做什么菜，可是不知道怎么竟会弄得名闻海峡两岸。这是因为有几位台湾朋友在我家吃过我做的菜，大加宣传而造成的。我只能做几个家常菜。大菜，我做不了。我到海南岛去，东道主送了我好些鱼翅、燕窝，我放在那里一直没有动，因为不知道怎么做。有一点特色，可以称为我家小菜保留节目的有这些：

拌荠菜、拌菠菜。荠菜焯熟，切碎，香干切米粒大，与荠菜同拌，在盘中用手团成宝塔状。塔顶放泡好的海米，上堆姜米、蒜米。好酱油、醋、香油放在茶杯内，荠菜上桌后，浇在顶上，将荠菜推倒，拌匀，即可下箸。佐酒甚妙。没有荠菜的季节，可用嫩菠菜以同法制。这样做的拌菠菜比北京用芝麻酱拌的要好吃得多。这道菜已经在北京的几位作家中推广，凡试做者，无不成功。

干丝。这是淮扬菜，旧只有烫干丝，大白豆腐干片为薄片（刀工好的师傅一块豆腐干能片十六片），再切为细丝。酱油、醋、香油调好备用。干丝用开水烫后，上放青蒜米、姜丝（要嫩姜，切极细），将调料淋下，即得。这本是茶馆中在点心未蒸熟之前，先上桌佐茶的闲食，后来饭馆里也当一道菜卖了。煮干丝的历史我想不超过一百年。上汤（鸡汤或骨头汤）加火腿丝、鸡丝、冬菇丝、虾籽同熬（什么鲜东西都可以往里搁），下干丝，加盐，略加酱油，使微有色，煮两三开，加姜丝，即可上桌。聂华苓有一次上我家来，吃得非常开心，最后连汤汁都端起来喝了。北京大方豆腐干甚少见，可用豆腐片代。干丝重要的是刀工。袁子才谓"有味者使之出，无味者使之入"，干丝切得极细，方能入味。

烧小萝卜。台湾陈怡真到北京来，指名要我做菜，我给她做了几个菜，有一道是烧小萝卜，我知道台湾没有小红水萝卜（台湾只有白萝卜）。做菜看对象，要做客人没有吃过的，才觉新鲜。北京小水萝卜一年里只有几天最好。早几天，萝卜没长好，少水分，发艮，且有辣味，不甜；过了这几天，又长过了，糠。陈怡真运气好，正赶上小萝卜最好的时候。她吃了，赞不绝口。我做的烧小萝卜确实很好吃，因为是用干贝烧的。"粗菜细做"，是制家常菜的不二法门。

塞肉回锅油条。这是我的发明，可以申请专利。油条切成寸半长的小段，用手指将内层掏出空隙，塞入肉茸、葱花、榨菜末，下油锅重炸。油条有矾，较之春卷尤有风味。回锅油条极酥脆，嚼之真可声动十里人。

炒青苞谷。新玉米剥出粒，与瘦猪肉末同炒，加青辣椒。昆明菜。

其余的菜如冰糖肘子、腐乳肉、腌笃鲜、水煮牛肉、干煸牛肉丝、冬笋雪里蕻炒鸡丝、清蒸轻盐黄花鱼、川冬菜炒碎肉……大家都会做，也都是那个做法，在此不一一列举。

做菜要有想象力，爱琢磨，如苏东坡所说"忽出新意"；要多实践，学做一样菜总得失败几次，方能得其要领；也需要翻翻食谱。在我所看的闲书中，食谱占一个重要地位。

做菜的乐趣第一是买菜，我做菜都是自己去买的。到菜市场要走一段路，这也是散步，是运动。我什么功也不练，只练"买菜功"。我不爱逛商店，爱逛菜市。看看那些碧绿生青、新鲜水灵的瓜菜，令人感到生之喜悦。其次是切菜、炒菜都得站着，对于一个终日伏案的人来说，改变一下身体的姿势是有好处的。最大的乐趣还是看家人或客人吃得很高兴，盘盘见底。做菜的人一般吃菜很少。我的菜端上来之后，我只是每样尝两筷，然后就坐着抽烟、喝茶、喝酒。从这点说起来，愿意做菜给别人吃的人是比较不自私的。

诗曰：

　　年年岁岁一床书，

弄笔晴窗且自娱。

更有一般堪笑处，

六平方米作郇厨。

五味

山西人真能吃醋！几个山西人在北京下饭馆，坐定之后，还没有点菜，先把醋瓶子拿过来，每人喝了三调羹醋。邻座的客人直瞪眼。有一年我到太原去，快过春节了。别处过春节，都供应一点好酒，太原的油盐店却都贴出一个条子："供应老陈醋，每户一斤。"这在山西人是大事。

山西人还爱吃酸菜，雁北尤甚。什么都拿来酸，除了萝卜白菜，还包括杨树叶子、榆树钱儿。有人来给姑娘说亲，当妈的先问，那家有几口酸菜缸。酸菜缸多，说明家底子厚。

辽宁人爱吃酸菜白肉火锅。

北京人吃羊肉酸菜汤下杂面。

福建人、广西人爱吃酸笋。我和贾平凹在南宁，不爱吃招待所的饭，到外面瞎吃。平凹一进门，就叫："老友面！""老友面"者，酸笋肉丝氽汤下面也，不知道为什么叫作"老友"。

傣族人也爱吃酸。酸笋炖鸡是名菜。

延庆山里夏天爱吃酸饭。把好好的饭焐酸了，用井拔凉水一和，呼呼地就下去了三碗。

都说苏州菜甜，其实苏州菜只是淡，真正甜的是无锡。无锡炒鳝糊放那么多糖！包子的肉馅里也放很多糖，没法吃！

四川夹沙肉用大片肥猪肉夹了洗沙蒸，广西芋头扣肉用大片肥猪肉夹芋泥蒸，都极甜，很好吃，但我最多只能吃两片。

广东人爱吃甜食。昆明金碧路有一家广东人开的甜品店，卖芝麻糊、绿豆沙，广东同学趋之若鹜。"番薯糖水"即用白薯切块熬的汤，这有什么好喝的呢？广东同学曰："好嘢！"

北方人不是不爱吃甜，只是过去糖难得。我家曾有老保姆，正定乡下人，六十多岁了。她还有个婆婆，八十几了。她有一次要回乡探亲，临行称了两斤白糖，说她的婆婆就爱喝个白糖水。

北京人很保守，过去不知苦瓜为何物，近年有人学会吃了。菜农也有种的了。农贸市场上有很好的苦瓜卖，属于"细菜"，价颇昂。

北京人过去不吃蕹菜，不吃木耳菜，近年也有人爱吃了。

北京人在口味上开放了！

北京人过去就知道吃大白菜。由此可见，大白菜主义是可以被打倒的。

北方人初春吃苣荬菜。苣荬菜分甜荬、苦荬，苦荬相当苦。

有一个贵州的年轻女演员上我们剧团学戏，她的妈妈路远迢迢给她寄来一包东西，是"折耳根"，或名"则尔根"，即鱼腥草。她让我尝了几根。这是什么东西？苦，倒不要紧，它有一股强烈的生鱼腥味，实在招架不了！

剧团有一干部，是写字幕的，有时也管杂务。此人是个吃辣的专家。他每天中午饭不吃菜，吃辣椒下饭。全国各地的，少数民族的，各种辣椒，他都千方百计地弄来吃。剧团到上海演出，他帮助搞伙食，这下好，不会缺辣椒吃。原以为上海辣椒不好买，他下车第二天就找到一家专卖各种辣椒的铺子。上海人有一些是能吃辣的。

我吃辣的本领是在昆明练出来的，曾跟几个贵州同学在一起用青辣椒在火上烧烧，蘸盐水下酒。平生所吃辣椒亦多矣，什么朝天椒、野山椒，都不在话下。我吃过最辣的辣椒是在越南。一九四七年，由越南转道往上海，在海防街头吃牛肉粉，牛肉极嫩，汤极鲜，辣椒极辣，一碗汤粉，放三四丝辣椒就辣得不行。这种辣椒的颜色是橘黄色的。在川北，听说有一种辣椒本身不能吃，用一根线吊在灶上，汤做得了，把辣椒在汤里涮涮，就辣得不得了。云南佤族有一种辣椒，叫"涮涮辣"，与川北吊在灶上的辣椒大概不相上下。

四川不能说是最能吃辣的省份，川菜的特点是辣且麻——搁很多花椒。四川的小面馆的墙壁上黑漆大书三个字："麻辣烫"。麻婆豆腐、干煸牛肉丝、棒棒鸡，不放花椒不行。花椒得是川椒，捣碎，菜做好了，最后再放。

周作人说他的家乡整年吃咸极了的咸菜和咸极了的咸鱼。浙东人确实吃得很咸。有个同学，是台州人，到铺子里吃包子，掰开包子就往里倒酱油。口味的咸淡和地域是有关系的。北京人说南甜北咸东辣西酸，大体不错。河北、东北人口重，福建菜都很淡。但这与个人的性格习惯也有关。湖北菜并不咸，但闻一多先生却嫌云南蒙自的菜太淡。

中国人过去对吃盐很讲究，如桃花盐、水晶盐，"吴盐胜雪"，现在则全国都吃再制精盐。只有四川人腌咸菜还坚持用自贡产的井盐。

我不知道世界上还有什么国家的人爱吃臭。

过去上海、南京、汉口都卖油炸臭豆腐干。长沙火宫殿的臭豆腐因为一个大人物年轻时常吃而出名。这位大人物后来还去吃过，说了一句话："火宫殿的臭豆腐还是好吃。"

我们一个同志到南京出差，他的爱人是南京人，嘱咐他带一点臭豆腐干回来。他千方百计，居然办到了。带到火车上，引起一车厢的人强烈抗议。

除豆腐干外，面筋、百叶（千张）皆可臭。蔬菜里的莴苣、冬瓜、豇豆皆可臭。冬笋的老根咬不动，切下来随手就扔进臭坛子里——我们那里很多人家都有个臭坛子，一坛子"臭卤"。腌芥菜挤下的汁放几天即成"臭卤"。臭物中最特殊的是臭苋菜秆。苋菜长老了，主茎可粗如拇指，高三四尺，截成二寸许小段，入臭坛。臭熟后，外皮是硬的，里面的芯呈果冻状。嘬住一头，一吸，芯肉即入口中。这是佐粥的无上妙品。我们那里叫作"苋菜秸子"，湖南人谓之"苋菜咕"，因为吸起来"咕"的一声。

北京人说的臭豆腐指臭豆腐乳。过去是小贩沿街叫卖的："臭豆腐，酱豆腐，王致和的臭豆腐。"臭豆腐就贴饼子，熬一锅虾米皮白菜汤，好饭！现在王致和的臭豆腐用很大的玻璃方瓶装，很不方便，一瓶一百块，得很长时间才能吃完，而且卖得很贵，成了奢侈品。我很希望这种包装能改进，一器装五块足矣。

我在美国吃过最臭的"起司"（干酪），洋人多闻之掩鼻，对我来说实在没有什么，比臭豆腐差远了。

甚矣，中国人口味之杂也，敢说堪为世界之冠。

家常酒菜

家常酒菜，一要有点新意，二要省钱，三要省事。偶有客来，酒渴思饮。主人卷袖下厨，一面切葱姜，调作料，一面仍可陪客人聊天，显得从容不迫，若无其事，方有意思。如果主人手忙脚乱，客人坐立不安，这酒还喝个什么劲！

拌菠菜

拌菠菜是北京大酒缸最便宜的酒菜。菠菜焯熟，切为寸段，加一勺芝麻酱、蒜汁，或要芥末，随意。过去（一九四八年以前）才三分钱一碟。现在北京的大酒缸已经没有了。

我做的拌菠菜稍为细致。菠菜洗净，去根，在开水锅中焯至八成熟（不可盖锅煮烂），捞出，过凉水，加一点盐，剁成菜泥，挤去菜汁，以手在盘中团成宝塔状。先切碎香干（北方无香干，可以熏干代），如米粒大，泡好虾米，切姜末、青蒜末。香干末、虾米、姜末、青蒜末，手捏紧，分层堆在菠菜泥上，如宝塔顶。好酱油、香醋、小磨香油及少许味精在小碗中调好。菠菜上桌，将调料轻轻自塔顶淋下。吃时将宝塔推倒，诸料拌匀。

这是我的家乡制拌枸杞头、拌荠菜的办法。北京枸杞头不入馔，荠菜不香。无可奈何，代以菠菜。亦佳。请馋酒客，不妨一试。

拌萝卜丝

小红水萝卜，南方叫"杨花萝卜"，因为是杨花飘时上市的。洗净，去根须，不可去皮。斜切成薄片，再切为细丝，越细越好。加少糖，略腌，即可装盘，轻红嫩白，颜色可爱。扬州有一种菊花，即叫"萝卜丝"。临吃，浇以三合油（酱油、醋、香油）。

或加少量海蜇皮细丝同拌，尤佳。

家乡童谣曰："人之初，鼻涕拖；油炒饭，拌萝菠。"可见其普遍。

若无小水萝卜，可以心里美或卫青代，但不如杨花萝卜细嫩。

干丝

干丝是扬州菜。北方买不到扬州那种质地紧密，可以片薄片、切细丝的方豆腐干，可以豆腐片代。但须选色白、质紧、片薄者。切极细丝，以凉水拔两三次，去盐卤味及豆腥气。

拌干丝。拔后的豆腐片细丝入沸水中煮两三开，捞出，沥去水，置浅汤碗中。青蒜切寸段，略焯，虾米发透，并堆置豆腐丝上。五香花生米搓去皮膜，撒在周围。好酱油、小磨香油、醋（少量），淋入，拌匀。

煮干丝。鸡汤或骨头汤煮。若无鸡汤、骨头汤，用高压锅煮几片肥瘦肉取汤亦可，但必须有荤汤，加火腿丝、鸡丝。亦可少加冬菇丝、笋丝。或入虾仁、干贝，均无不可。欲汤白者入盐。或稍加酱油（万不可多），少量白糖，则汤色微红。拌干丝宜素，要清爽；煮干丝则不厌浓厚。

无论拌干丝、煮干丝，都要加姜丝，多多益善。

扦瓜皮

黄瓜（不太老即可）切成寸段，用水果刀从外至内旋成薄条，如带，成卷。剩下带籽的瓜心不用，酱油、糖、花椒、大料、桂皮、胡椒（破粒）、干红辣椒（整个）、味精、料酒（不可缺）调匀。将扦好的瓜皮投入料汁，不时以筷子翻动，使瓜皮沾透料汁，腌约一个小时，取出瓜皮装盘。先装中心，然后以瓜皮面朝外，层层码好，如一小坟头，仍以所余料汁自坟头顶淋下。扦瓜皮极脆，嚼之有声，诸味均透，仍有瓜香。此法得之海拉尔——曾置过国宴的厨师。一盘瓜皮，所费不过四五角钱耳。

炒苞谷

昆明菜。苞谷即玉米。嫩玉米剥出粒，与瘦猪肉同炒，少放盐。略用葱花煸锅亦可，但葱花不能煸得过老，如成黑色，即不美观。不宜用酱油，酱油会掩盖苞谷的清香。起锅时可稍烹水，但不能多，多则成煮苞谷矣！我到菜市买玉米，挑嫩的，别人都很奇怪："挑嫩的干什么？"——"炒肉。"——"玉米能炒了吃？"

北京人真是少见多怪。

松花蛋拌豆腐

北豆腐入开水焯过，俟冷，切为小骰子块，加少许盐。松花蛋（要腌得较老的），亦切为骰子块，与豆腐同拌。老姜在蒜臼中捣烂，加水，滗去渣，淋入。不宜用姜米，亦不加醋。

芝麻酱拌腰片

拌腰片要领：一、先不要去腰臊，只用快刀两面平片，剩下腰臊即可扔掉。如先将腰子平剖两半，剥出腰臊，再用平刀片，则腰片易残破不整。二、腰片须用凉水拔，频频换水，至腰片血水排净，方可用。三、焯腰片要锅大水多。等水大开，将腰片推下，旋即用笊篱抄出，不可等腰片复开。将第一次焯腰片的水泼去，洗净锅，再坐锅，水大开，将焯过一次的腰片投入再焯，旋即捞出，放凉水盆中。两次焯，则腰片已熟，而仍脆嫩。如一次焯，待腰片大开，即成煮矣。腰片凉透，挤去水，入盘，浇以芝麻酱、剁碎的郫县豆瓣、葱末、姜米、蒜泥。

拌里脊片

以四川制水煮牛肉法制猪肉，亦可。里脊或通脊斜切薄片，以芡粉抓过。烧开水一锅，投入肉片，以笊篱翻拢，至肉片变色，即可捞出，加调料。

如热吃，即可倾入水煮牛肉的调料：郫县豆瓣（剁碎）炒至出香味，加酱油、少量糖、料酒。最后撒碾碎的生花椒、芝麻。

焯过肉的汤，撇去浮沫，可做一个紫菜汤。

塞馅回锅油条

　　油条两股拆开，切成寸半长的小段。拌好猪肉（肥瘦各半）馅。馅中加盐、葱花、姜末，加少量榨菜末或酱瓜末、川冬菜末，亦可。用手指将油条小段的窟窿捅通，将肉馅塞入，逐段下油锅炸至油条挺硬，肉馅已熟，捞出装盘。此菜嚼之酥脆。油条中有矾，略有涩味，比炸春卷味道好。

　　这道菜是本人首创，为任何菜谱所不载。很多菜都是馋人瞎琢磨出来的。

其他酒菜

　　凤尾鱼、广东香肠，市上可以买到；茶叶蛋、油炸花生米、五香煮栗子、煮毛豆，人人会做；盐水鸭、水晶肘子，做起来太费事，皆不及。

坝上

风梳着莜麦沙沙地响，

山药花翻滚着雪浪。

走半天见不到一个人，

这就是俺们的坝上。

——旧作《旅途》

香港人知道坝上的大概不多，但是不少人知道口蘑。口蘑的集散地在张家口市，但是出产在张家口地区的坝上。

张家口地区分坝上、坝下两个部分。我原来以为"坝"是水坝，不是的。所谓坝是一溜大山，齐齐的，远看倒像是一座大坝。坝上坝下，海拔悬殊。坝下七百公尺，坝上一千四，几乎是直上直下。汽车从万全县起爬坡。爬得很吃力。一上坝，就忽然开得轻快起来，撒开了欢。坝上是台地，非常平。北方人形容地面之平，说是平得像案板一样。而且非常广阔，一望无际。坝上下，温度也极悬殊。我上坝在九月初，原来穿的是衬衫，一上坝就披起了薄棉袄。坝上冬天冷到零下四十摄氏度。冬天上坝，汽车站都要检查乘客有没有大皮袄，曾经有人冻死在车上过。

坝上的地块极大。多大？说是有人牵了一头黄牛去犁地，犁了一趟回来，黄牛带回一只小牛犊，都已经三岁了！

坝上的农作物也和坝下不同，不种高粱、玉米，种莜麦、胡麻、山药。莜麦和西藏的青稞麦是一类的东西，有点像做麦片的燕麦。这种庄稼显得非常干净，看起来像洗过一样，梳过一样。胡麻开着蓝花，像打着一把一把小伞，很秀气。山药即马铃薯。香港人是见过马铃薯的，但是种在地里的马铃薯恐怕见过的人不多。马铃薯开了花，真是像翻滚着雪浪。

坝上有草原，多马、牛、羊。坝上的羊肉不膻，因为羊吃了野葱，自己已经把膻味解了。据说过去北京东来顺涮羊肉的羊都是从坝上赶了去的。——不是用车运，而是雇人成群地赶去的。羊一路走，一路吃草，到北京才不掉膘。

口蘑很奇怪，长在一定的地方，不是到处长。长蘑菇的地方叫作"蘑菇圈"。在草地上远远看去，有一圈草特别绿，那就是蘑菇圈。蘑菇圈是正圆的。蘑菇就长在这一圈草里。——圈里不长，圈外也不长。有人说这地方过去曾扎过蒙古包，蒙古人把吃剩的肉汤、骨头丢在蒙古包周围，这一圈土特别肥，所以长蘑菇。但据研究蘑菇的专家告诉我，此说不可信。我采过蘑菇。下过雨，出了太阳，空气潮暖，蘑菇就出来了。从土里顶出一个小小的白帽，雪白的。哈，蘑菇！我第一次采到蘑菇，其惊喜不下于小时候第一次钓到一条鱼。

口蘑品种很多。伞盖背面菌丝作紫黑色的，叫"黑片蘑"，品最次。比较名贵的是青腿子、鸡腿子、白蘑。我曾亲自采到一个白蘑，晾干了，带回北京。一个白蘑做了一大碗汤，一家人都喝了，都说："鲜极了！"口蘑要干制了才好吃，鲜口蘑不好吃，不像云南的鸡枞或冬菇。我在井冈山吃过才摘的鲜冬菇，风味绝佳，无可比拟。

坝上还出百灵。过去有那种游手好闲、不好好种地的人，即靠采蘑菇和扣百灵为生。百灵为什么要"扣"呢？因为它是落在地面上的。百灵的爪子不能蜷曲，不能栖息在树上——抓不住树枝。养百灵的笼里不要栖棍，只有一个"台"，百灵想唱歌，就登台表演。至于怎样"扣"，我则未闻其详。关里的百灵很多都是从"口外"去的。但是口外百灵到了关里得经过一段时间的调教，否则它叫起来带有口外的口音。咦，鸟还有乡音呀？

干丝

　　南京、镇江、扬州、高邮、淮安都有干丝。发源地我想是扬州。这是淮扬菜系的代表作之一，很多菜谱都著录。但其实这不是"菜"。干丝不是下饭的，是佐茶的。

　　扬州一带人有吃早茶的习惯。人说扬州人"早上皮包水，晚上水包皮"。"水包皮"是洗澡，"皮包水"是喝茶。"扬八属"各县都有许多茶馆。上茶馆不只是喝茶，还要吃包子点心的。这有点像广东的"饮茶"。不过广东的茶楼是由服务员（过去叫"伙计"）推着小车，内置包点，由茶客手指索要。扬州的茶馆是由客人一次点齐，陆续搬上。包点是现做现蒸，总是等一些时候，一般上茶馆的大都要一个干丝。一边喝茶，吃干丝，既消磨时间，也调动胃口。

　　一种特制的豆腐干，较大而方，用薄刃快刀片成薄片，再切为细丝，这便是干丝。讲究一块豆腐干要片十六片，切丝细如马尾，一根不断。

最初似只有烫干丝。干丝在开水锅中烫后，滗去水；在碗里堆成宝塔状，浇以麻油、好酱油、醋，即可下箸。过去盛干丝的碗是特制的，白底青花，碗足稍高，碗腹较深，敞口，这样拌起干丝来好拌。现在则是一只普通的大碗了。我父亲常带了一包五香花生米，搓去外皮，携青蒜一把，嘱堂倌切寸段，稍烫一烫，与干丝同拌，别有滋味。这大概是他的发明。干丝喷香，茶泡两开正好，吃一箸干丝，喝半杯茶，很美！扬州人喝茶爱喝"双拼"，倾龙井、香片各一包，入壶同泡，殊不足取。总算还好，没有把乌龙茶和龙井掺和在一起。

煮干丝不知起于何时，用小虾米吊汤，投干丝入锅，下火腿丝、鸡丝，煮至入味，即可上桌。不嫌夺味，亦可加冬菇丝。有冬笋的季节，可加冬笋丝。总之，烫干丝味要清纯，煮干丝则不妨浓厚，但也不能搁螃蟹、蛤蜊、海蛎子、蛏，那样就是喧宾夺主，吃不出干丝的味了。

北京没有适于切干丝的豆腐干。偶有"大白干"，质地松泡，切丝易断。不得已，以高碑店豆腐片代之，细切如扬州方干一样，但要选片薄而有韧性者。这道菜已经成了我偶设家宴的保留节目。

美籍华人女作者聂华苓和她的丈夫保罗·安格尔来北京，指名要在我家吃一顿饭，由我亲自做。我给她配了几个菜。几个什么菜，我已经忘了，只记得有一大碗煮干丝。华苓吃得淋漓尽致，最后端起碗来把剩余的汤汁都喝了。华苓是湖北人，年轻时是吃过煮干丝的，但在美国不易吃到。美国有广东馆子、四川馆子、湖南馆子，但淮扬馆子似很少。我做这个菜是有意逗引她的故国乡情！我那道煮干丝自己也感觉不错，是用干贝吊的汤。前已说过，煮干丝不厌浓厚。

面茶

　　面茶和茶汤是两回事，虽然原料可能是一样的，都是糜子面。茶汤是把糜子面炒熟，放在碗里，从烧得滚开的大铜壶嘴里倒出开水，浇在碗里，即得。卖茶汤的"茶汤李""茶汤陈"……的摊子上都有一把很大的紫铜大壶，擦得锃亮，即"茶汤壶"。有的铜壶嘴是龙头的，龙头上还缀了两个鲜红的小绒球，称之"龙嘴大茶汤壶"。大茶汤壶常是传了几代的，制作精工，是摊主的骄傲。茶汤有什么好吃？有点糜子香，如此而已。有的在茶汤加了核桃仁、青梅、葡萄干、青红丝……称为"八宝茶汤"，也只有如此而已。北京人、天津人爱喝茶汤，我对他们的感情不能理解，只能说这是一种文化积淀。面茶是糊糊状的，颜色嫩黄，盛满一碗，撒芝麻盐，以手托碗，转着圈儿喝——会喝面茶的不使勺筷，都是转着碗喝。这东西有什么好喝的？有一点芝麻盐的香味，如此而已。熬面茶的锅也是铜锅，也都是擦得锃亮的。这种锅就叫作"面茶锅"。

面茶锅里是不能煮什么别的东西的，但是北京人却于想象中在面茶锅里煮各种东西。

"面茶锅里煮元宵——浑蛋"。

我在昆明时曾在一所中学教学，这中学是西南联大同学办的，主持校务的是两个同学，他们自任为校长和教导主任。教员也都是联大同学。学校无经费，学期开始时收的一点学生交的学费，很快就叫他们折腾光了，教员的薪水发不出。他们二位四处活动，仍是没有办法，只能弄到一点买米的钱，能使教员开出饭来。菜，实在对不起，于是我们就挖野菜——灰菜、野苋菜、扫帚苗……用一点油滑锅，哗啦一声把野菜倒在锅里，半生不熟，即以就饭。有时他们说是有办法了，等他们进城活动活动，回来就可以发一点钱。不料回来时依旧两手空空。教员生气了，骂他们是浑蛋，是面茶锅里煮的球：一个是"面茶锅里煮铁球——浑蛋到底带砸锅"；另一个是"面茶锅里煮皮球——说你浑蛋你还一肚子气"！当然面茶锅里是不能煮球的，不论是皮球还是铁球，教员们不过是于无可奈何之中用此形象的语言以泄愤耳。

如果单说"面茶"，不煮什么东西，意思是糊涂。

清汤挂面

罗广斌喜欢说女孩子是清汤挂面。见女孩子衣服淡雅，举止安静，就小声说："清汤挂面！清汤挂面！"

这挂面不是指普通的挂面，而是指北碚特产的银丝挂面，面极细而皆中空。我和广斌等人曾在北温泉数帆楼住过一阵，看过这种挂面的制法。

川菜多色浓味重，又麻又辣，但不都是这样，比如"开水白菜"。我头一次吃这种菜，接过菜谱："开水白菜？开水如何能做出好菜？"喝了一口，鲜美无比，而存白菜之本味清香。这不是开水，而是撇净油花的纯鸡汤。汤极清，真是"可以注砚"。"清汤挂面"也是鸡汤，清可注砚。

四川人真会吃，凡菜皆达于极致，浓就浓到底，淡就淡到家。这样才称得起是"饮食文化"。

吃擂茶

*《桃花源记》节选

汽车开进桃花源，车中一眼看见一棵桃树上还开着花。只有一枝，四五朵，通红的，如同胭脂。十一月天气，还开桃花！这四五朵红花似乎想努力地证明：这里确实是桃花源。

有一位原来也想和我们一同来看看桃花源的同志，听说这个桃花源是假的，就没有多大兴趣，不来了。这位同志真是太天真了。桃花源怎么可能是真的呢？《桃花源记》是一篇寓言。中国有几处桃花源，都是后人根据《桃花源诗并记》附会出来的。先有《桃花源记》，然后有桃花源。不过如果要在中国选举出一个桃花源，这一个应该有优先权。这个桃花源在湖南桃源县，桃源旧属武陵。而且这里有一条小溪，直通沅江。陶渊明的《桃花源记》不是这样说的嘛："晋太元中，武陵人捕鱼为业。缘溪行，忘路之远近……"

刚放下旅行包，文化局的同志就来招呼去吃擂茶。闻擂茶之名久矣，此来一半为擂茶，没想到下车后第一个节目便是吃擂茶，当然很高兴。茶叶、老姜、芝麻、米、盐，放在一个擂钵里，用硬杂木做的擂棒"擂"成细末，用开水冲开，便是擂茶。吃擂茶时还要摆出十几个碟子，里面装的是炒米、炒黄豆、炒绿豆、炒苞谷、炒花生、砂炒红薯片、油炸锅巴、泡菜、酸辣藠头……边喝边吃。

　　擂茶别具风味，连喝几碗，浑身舒服。佐茶的茶食也都很好吃，藠头尤其好。我吃过的藠头多矣，江西的、湖北的、四川的……但都不如这里的又酸又甜又辣，桃源藠头滋味之浓，实为天下之冠。桃源人都爱喝擂茶。有的农民家，夏天中午不吃饭，就是喝一顿擂茶。问起擂茶的来历，说是诸葛亮带兵到这里，士兵得了瘟疫，遍请名医，医治无效，有一个老婆婆说："我会治！"她熬了几大锅擂茶，说："喝吧！"士兵喝了擂茶，都好了。这种说法当然也只好姑妄听之。诸葛亮有没有带兵到过桃源，无可稽考。根据印象，这一带在三国时应是吴国的地方，若说是鲁肃或周瑜的兵还差不多。我总怀疑，这种喝茶法是宋代传下来的。《都城纪胜·茶坊》载："冬天兼卖擂茶。"《梦粱录·茶肆》条载："冬月添卖七宝擂茶。"有一本书载："杭州人一天吃三十丈木头。"指的是每天消耗的"擂槌"的表层木质。"擂槌"大概就是桃源人所说的擂棒。"一天吃三十丈木头"，形容杭州人口之多。

擂槌可以擂别的东西，当然也可以擂茶。"擂"这个字是从宋代沿用下来的。"擂"者，擂而细之之谓也，跟"擂鼓"的"擂"不是一个意思。茶里放姜，见于《水浒传》，王婆家就有这种茶卖，《水浒传》第二十四回写道："便浓浓地点两盏姜茶，将来放在桌子上。"从字面看，这种茶里有茶叶，有姜，至于还放不放别的什么，只好阙闻了。反正，王婆所卖之茶与桃源擂茶有某种渊源，是可以肯定的。湖南省不少地方喝"芝麻豆子茶"，即在茶里放入炒熟且碾碎的芝麻、黄豆、花生，也有放姜的，好像不加盐；茶叶则是整的，并不擂细，而且喝干了茶水还把叶子捞出来放进嘴里嚼嚼吃了，这可以说是擂茶的嫡堂兄弟。湖南人爱吃姜。十多年前在醴陵、浏阳一带旅行，公共汽车一到站，就有人托了一个瓷盘，里面装的是插在牙签上的切得薄薄的姜片，一根牙签上插五六片，卖给过客。本地人掏出角把钱，买得几串，就坐在车里吃起来，像吃水果似的。大概楚地卑湿，故湘人保存了不撤姜食的习惯。生姜、茶叶可以治疗某些外感，是一般的本草书上都讲过的。北方的农村也有把茶叶、芝麻一同放在嘴里生嚼用来发汗的偏方。因此，说擂茶最初起于医治兵士的时症，不为无因。

上午在山上桃花观里看了看。进门是一正殿，往后高处是"古隐君子之堂"。两侧各有一座楼，一名"蹑风"，用陶渊明"愿言蹑轻风"诗意；一名"玩月"，用刘禹锡故实。楼皆三面开窗，后为墙壁，颇小巧，不俗气。观里的建筑都不甚高大，疏疏朗朗，虽为道观，却无甚道士气，既没有一气化三清的坐像，也没有伸着手掌放掌心雷降妖的张天师。楹联颇多，联语多襲栝《桃花源记》词句，也与道教无关。这些联匾在"文化大革命"中由一看山的老人摘下藏了起来，没有交给"破四旧"的"红卫兵"，故能完整地重新挂出来，也算万幸了。

下午下山，去钻了"秦人洞"。洞口倒是有点像《桃花源记》所写的那样，"山有小口，仿佛若有光"，"初极狭，才通人"。洞里有小小流水，深不过人脚面，然而源源不断，蜿蜒流至山下。走了几十步，豁然开朗了，但并不是"土地平旷，屋舍俨然，有良田美池桑竹之属，阡陌交通，鸡犬相闻"。后面有一点平地，也有一块稻田，田中插一木牌，写着："千丘田"。实际上只有两间房子那样大，是特意开出来种了稻子应景的。有两个水池子，山上有一個擂茶馆，再后就又是山了。如此而已。因此不少人来看了，都觉得失望，说是"不像"。这些同志也真是天真。他们大概还想遇见几个避乱的秦人，请到家里，设酒杀鸡来招待他一番，这才满意。

看了秦人洞，便扶向路下山。山下有方竹亭，亭极古拙，四面有门而无窗，墙甚厚，拱顶，无梁柱，云是明代所筑，似可信。亭后旧有方竹，为国民党的兵砍尽。竹子这个东西，每隔三年，须删砍一次，不则挤死；然亦不能砍尽，砍尽则不复长。现在方竹亭后仍有一丛细竹，导游的说明牌上说：这种竹子看起来是圆的，摸起来是方的。摸了摸，似乎有点楞。但一切竹竿似皆不尽浑圆，这一丛细竹是补种来应景的，和我在成都薛涛井旁所见方竹不同——那是真正"对角四方"的。方竹亭前原来有很多碑，"文化大革命"中都被"红卫兵"砸碎了，剩下一些石头乌龟昂着头空空地趴在那里。据说有一块明朝的碑，字写得很好，不知还能不能找到拓本。

旧的碑毁掉了，新的碑正在造出来。就在碎碑残骸不远处，有几个石工正在叮叮地斫治。一个小伙子在一块桃源石的巨碑上浇了水，用一块油石在慢慢地磨着。碑石绿如艾叶，很好看。桃源石很硬，磨起来很不容易。问："磨这样一块碑得用多少工？"——"好多工啊？哪晓得呢！反正磨光了算！"这回答真有点无怀氏之民的风度。

晚饭后，管理处的同志摆出了纸墨笔砚，请求写几个字，把上午吃擂茶时想出的四句诗写给了他们：

　　　　红桃曾照秦时月，
　　　　黄菊重开陶令花。
　　　　大乱十年成一梦，
　　　　与君安坐吃擂茶。

晚宿观旁的小招待所，栏杆外面，竹树萧然，极为幽静。桃花源虽无真正的方竹，但别的竹子都可看。竹子都长得很高，节子也长，竹叶细碎，姗姗可爱，真是所谓修竹。树都不粗壮，而都甚高。大概树都是从谷底长上来的，为了够得着日光，就把自己拉长了。竹叶间有小鸟穿来穿去，绿如竹叶，才一寸多长。

修竹姗姗节子长，
山中高树已经霜。
经霜竹树皆无语，
小鸟啾啾为底忙？

晨起，至桃花观门外闲眺，下起了小雨。

山下鸡鸣相应答，
林间鸟语自高低。
芭蕉叶响知来雨，
已觉清流涨小溪。

做了一日武陵人，临去，看那个小伙子磨的石碑，似乎进展不大。门口的桃花还在开着。

川菜

*《四川杂忆》节选

昆明护国路和文明新街有几家四川人开的小饭馆，卖"豆花素饭"和毛肚火锅。卖毛肚的饭馆早起开门后即在门口竖起一块牌子，上写"毛肚开堂"，或简单地写两个字："开堂"。晚上封了火，又竖出一块牌子，只写一个字："毕"。简练之至！这大概是从四川带过来的规矩。后来我几次到四川，都不见饭馆门口这样的牌子，此风想已消失。也许乡坝头还能看到。

上海有一家相当大的饭馆，叫作"绿杨邨"，以"川菜扬点"为号召。四川菜、扬州包点，确有特色。不过"绿杨邨"的川味已经淡化了。那样强烈的"正宗川味"，上海人是吃不消的。

一九四八年，我在北京大学宿舍里寄住了半年，常去吃一家四川小馆子，就是李一氓同志在《川菜在北京的发展》一文中提到的蒲伯英回川以后留下的他家里的厨师所开的，许倩云和陈书舫都去吃过的那一家。这家馆子实在很小，只有三四张小方桌，但是菜味很纯正。李一氓同志以为有的菜比成都的还要做得好。我其时还没有去过成都，无从比较。我们去时点的菜只是回锅肉、鱼香肉丝之类的大路菜。这家的泡菜很好吃。

川菜尚辣。我二十世纪六十年代住在成都一家招待所里，巷口有一个饭摊。一大桶热腾腾的白米饭，长案上有七八样用海椒拌得通红的辣咸菜。一个进城卖柴的汉子坐下来，要了两碟咸菜，几筷子就扒进了三碗"帽儿头"。我们剧团到重庆体验生活，天天吃辣，辣得大家害怕了，有几个年轻的女演员去吃汤圆，进门就大声说："不要辣椒！"幺师傅冷冷地说："汤圆没有放辣椒的！"川味辣，且麻。重庆卖面的小馆子的白粉墙上大都用黑漆写三个大字："麻辣烫"。

川花椒，即名为"大红袍"者确实很香，非山西、河北花椒所可及。吴祖光曾请黄永玉夫妇吃毛肚火锅。永玉的夫人张梅溪吃了一筷，问："这个东西吃下去会不会死的哟？"川菜麻辣之最者大概要数水煮牛肉。川剧名丑李文杰曾请我们在政协所办的餐厅吃饭，水煮牛肉上来，我吃了一大口，把我噎得透不过气来。

四川人很会做牛肉。赵循伯曾对我说："有一盘干煸牛肉丝，我能吃三碗饭！"灯影牛肉是一绝。为什么叫"灯影牛肉"？有人说是肉片薄而透明，隔着牛肉薄片，可以照见灯影。我觉得"灯影"即皮影戏的人形，言其轻薄如皮影人也。《东京梦华录》有"影戏犯"，就是这样的东西。宋人所说的"犯"，都是干的或半干的肉的薄片。此说如可成立，则灯影牛肉已经有好几百年的历史了。

成都小吃谁都知道，不说了。"小吃"者不能当饭，如四川人所说，是"吃着玩的"。有几个北方籍的演员去吃红油水饺，每人要了十碗，幺师傅听了，鼓起眼睛。

山顶夜宴

*《泰山拾零》节选

　　游泰山的，大都在山顶住一夜，等着第二天看日出。山顶有招待所。招待所供应晚餐，煮挂面，陈庙长特意给我们安排了一顿正式的晚餐。在泰山绝顶，这样的晚餐算是非常丰盛的了：烧鸡、卤肉、炒鸡蛋、炸花生米，还有炒棍儿扁豆。这棍豆是山上出的，照上海人的说法，真是"嫩得不得了"！我平生吃过的棍豆，以泰山顶上的最为鲜嫩。还有一种很特别的菜，油炸的绿叶。陈庙长说这是藿香，泰山的特产。颜色碧绿，入口酥脆而有清香，嚼之下酒，真是妙绝。这顿夜宴，不知费了几许人力，惭愧惭愧。

　　把青菜的叶子油炸了吃，这是山东特有的吃法，我后来在别处还吃过油炸菠菜，也很好吃。山东菜谱中皆未载此种做法。

163

中溪宾馆

*《泰山片石》节选

中溪宾馆在中天门，一径通幽，两层楼客房，安安静静。楼外有个长长的庭院，种着小灌木，豆板黄杨、小叶冬青、日本枫。庭院西端有一个石造方亭，突出于山岩之外，下临虚谷，不安四壁。亭中有石桌石凳。坐在亭子里，觉山色皆来相就，用四川话说，真是"安逸"。

伙食很好，餐餐有野菜吃。十年前我到泰山，就吃过野菜，但不如这次多。泰山可吃的野菜有一百多种，主要的有三十一种。野菜不外是两种吃法，一是开水焯后凉拌，一是裹了蛋清面糊油炸。我们这次吃过的野菜有这些：

灰菜（亦名雪里青。略焯，凉拌。亦可炒食，或裹面蒸食）。

野苋菜（凉拌或炒）。

马齿苋（凉拌或炒）。

蕨菜（藜，焯后凉拌）。

黄花菜（泰山顶上的黄花菜淡黄色，与他处金黄者不同，瓣亦较厚而嫩，甚香。凉拌或炒，亦可做汤）。

藿香（做藿香正气丸的藿香。山东人读"藿"音如"河"，初不知"河香"为何物，上桌后方知是一味中药。藿香叶裹面油炸）。

薄荷（野生者。油炸，入口不凉，细嚼后有薄荷香味）。

紫苏（本地叫苏叶，与南京女作家苏叶名字相同，但南京的苏叶不能裹面油炸了吃耳）。

椿叶（香椿已经无嫩芽，但其叶仍可炸食）。

木槿花（整朵油炸，炸出后花形不变，一朵一朵开在瓷盘里。吃起来只是酥脆，亦无特殊味道，好玩而已）。

宾馆经理朱正伦把野菜移栽在食堂外面的空地上，要吃，由炊事员现采，故皆极新鲜。朱经理说港台客人对中溪宾馆的野菜宴非常感兴趣。那是，香港咋能吃到野菜呢！

宾馆的服务员都是小姑娘，对人很亲切，没有星级宾馆的服务员那样过多的职业性的礼貌。她们对"散文笔会"的十八位作家的底细大体都摸清了。一个叫米峰的姑娘戴一副眼镜，我戏称她为学者型的服务员。她拿了一本《蒲桥集》来让我签名，说是今年一月在岱安买的，说她最喜欢《昆明的雨》那几篇，说没想到我会来，看到了我，真高兴。我在扉页上签了名，并写了几句话。

山中七日，除了在山顶的神憩宾馆住过一晚上外，六天都住在中溪宾馆。早晨出发，薄暮归来。人真是怪。宾馆，宾馆耳，但踏进大门，即觉得是回家了。

我问朱正伦同志，这地方为什么叫中溪。他指指对面的山头，说山上有一条溪水，是泰山的主溪，因为在泰山之中，故名中溪。听人说，泰山山有多高，水有多高，信然。

写了两个晚上的字。为中溪宾馆写了一幅四尺横幅：溪流崇岭上，人在乱云中。

临走，宾馆人员全体出动，一直把我们送下山坡上汽车。桑下三宿，未免有情。再来泰山，我还住中溪。

沽源

　　沙岭子农业科学研究所派我到沽源的马铃薯研究站去画马铃薯图谱。我从张家口一清早坐上长途汽车，近晌午时到沽源县城。

　　沽源原是一个军台。军台是清代在新疆和蒙古西北两路专为传递军报和文书而设置的邮驿。官员犯了罪，就会被皇上命令"发往军台效力"。我对清代官制不熟悉，不知道什么品级的官员，犯了什么样的罪名，就会受到这种处分，但总是很严厉的处分，和一般的贬谪不同。然而据龚定庵说，发往军台效力的官员并不到任，只是住在张家口，花钱雇人去代为效力。我这回来，是来画画的，不是来看驿站送情报的，但也可以说是"效力"来了。我后来在带来的一本《梦溪笔谈》的扉页上画了一方图章：效力军台。这只是跟自己开开玩笑而已，并无很深的感触。我戴了"右派分子"的帽子，只身到塞外——这地方在外长城北侧，可真正是"塞外"了——来画山药（这一带人都把马铃薯叫作"山药"），想想也怪有意思。

沽源在清代一度曾叫"独石口厅"。龚定庵说他"北游不至独石口"，在他看来，这是很北的地方了。这地方冬天很冷。经常到口外揽工的人说："冷不过独石口。"据说去年下了一场大雪，西门外的积雪和城墙一般高。我看了看城墙，这城墙也实在太矮了点，像我这样的个子，一伸手就能摸到城墙顶了。不过话说回来，一人多高的雪，真够大的。

这城真够小的。城里只有一条大街。从南门慢慢地溜达着，不到十分钟就出北门了。北门外一边是一片草地，有人在套马；另一边是一个水塘，有一群野鸭子自在地浮游。城门口游着野鸭子，城中安静可知。城里大街两侧隔不远种一棵树——杨树，都用土壑围了高高的一圈，为的是怕牛羊啃吃，也为了遮风，但都极瘦弱，不一定能活。在一处墙角竟发现了几丛波斯菊，这使我大为惊异了。波斯菊在昆明是很常见的，每到夏秋之际，总是开出很多浅紫色的花。波斯菊花瓣单薄，叶细碎如小茴香，茎细长，微风吹拂，姗姗可爱。我原以为这种花只宜在土肥雨足的昆明生长，没想到它在这少雨多风的绝塞孤城也活下来了。当然，花小了，更单薄了，叶子稀疏了，它，伶仃萧瑟了。虽则是伶仃萧瑟，它还是竭力地开出浅紫的花来，为这座绝塞孤城增加了一分颜色，一点生气。谢谢你，波斯菊！

我坐了牛车到研究站去。人说世间"三大慢"：等人、钓鱼、坐牛车。这种车实在太原始了，车轱辘是两个木头饼子，本地人就叫它"二饼子车"。真叫一个慢。好在我没有什么急事，就躺着看看蓝天；看看平如案板一样的大地——这真是"大地"，大得无边无沿。

我在这里的日子真是逍遥自在至极。既不开会，也不学习，也没人领导我。就我自己，每天一早蹚着露水，掐两丛马铃薯的花、两把叶子，插在玻璃杯里，对着它一笔一笔地画。上午画花，下午画叶子——花到下午就蔫了。到马铃薯陆续成熟时，就画薯块，画完了，就把薯块放到牛粪火里烤熟了，吃掉。我大概吃过几十种不同样的马铃薯。据我的品评，以"男爵"为最大，大的一个可达两斤；以"紫土豆"味道最佳，皮色深紫，薯肉黄如蒸栗，味道也似蒸栗；有一种马铃薯可当水果生吃，很甜，只是太小，比一个鸡蛋大不了多少。

沽源盛产莜麦。那一年在这里开全国性的马铃薯学术讨论会，与会专家提出吃一次莜面。研究站从一个叫"四家子"的地方买来坝上最好的莜面，比白面还细，还白；请来几位出名的做莜面的媳妇来做。做出了十几种花样，除了"搓窝窝""搓鱼鱼""猫耳朵"，还有最常见的"压饸饹"，其余的我都叫不出名堂。蘸莜面的汤汁也极精彩，羊肉口蘑臊子。这一顿莜面吃得我终生难忘。

夜雨初晴，草原发亮，空气闷闷的，这是出蘑菇的时候。

我们去采蘑菇。一两个小时，可以采一网兜。回来，用线穿好，晾在房檐下。蘑菇采得，马上就得晾，否则极易生蛆。口蘑干了才有香味，鲜口蘑并不好吃，不知是什么道理。我曾经采到一个白蘑。一般蘑菇都是"黑片蘑"，菌盖是白的，菌褶是紫黑色的。白蘑则菌盖菌褶都是雪白的，是很珍贵的，不易遇到。年底探亲，我把这个亲手采的白蘑带到北京，一个白蘑做了一碗汤，孩子们喝了，都说比鸡汤还鲜。

一天，一个干部骑马来办事，他把马拴在办公室前的柱子上。我走过去看看这匹马，是一匹枣红马，膘头很好，鞍鞯很整齐。我忽然意动，把马解下来，跨了上去。本想走一小圈就下来，没想到在这平平的细沙地上骑马是那样舒服，于是一抖缰绳，让马快跑起来。这马很稳，我原来难免的一点畏怯消失了，只觉得非常痛快。我十几岁时在昆明骑过马，不想人到中年，忽然做此豪举，是可一记。这以后，我再也没有骑过马。

有一次，我一个人走出去，走得很远。忽然变天了，天一下黑了下来，云头在天上翻滚，堆着，挤着，绞着，拧着。闪电熠熠，不时把云层照透。雷声轰轰，接连不断，声音不大，不是霹雷，但是浑厚沉雄，威力无边。我仰头看看凶恶奇怪的云头，觉得这真是天神发怒了。我感觉到一种从未体验过的恐惧。我一个人站在广漠无垠的大草原上，觉得自己非常小，小得只有一点。

我快步往回走。刚到研究站，大雨下来了，还夹有雹子。

雨住了，却又是一个很蓝很蓝的天，阳光灿烂。草原的天气，真是变化莫测。

天凉了，我没有带换季的衣裳，就离开了沽源。剩下一些没有来得及画的薯块，是带回沙岭子完成的。

我这辈子大概不会再有机会到沽源去了。

长城漫忆

我的家乡是苏北，和长城距离很远，但是我小时候就对长城很有感情，这主要是因为常唱李叔同填词的那首歌：

长城①外，
古道边，
芳草碧连天。
晚风拂柳笛声残，
夕阳山外山……

长城给我一个很悲凉的印象。

到北京后曾参观了八达岭长城。这一段长城是新修过的，砖石过于整齐，使我觉得是一个假古董。长城变成了浏览区，

——————
①原文如此。应为"长亭外"。

非复本来面目。

一九五八年，我被错划成"右派"，下放张家口沙岭子劳动，这可真是出了长城了。

张家口一带农民把长城叫作"边墙"。我很喜欢这两个字。"边墙"者，防边之墙也。

长城内外各种方面是有区别的，但也不是那样截然不同。

长城外的平均气温比关里要低几摄氏度。我们冬天在沙岭子野外劳动，那天降温到零下三十九摄氏度，生产队队长敲钟叫大家赶快回去，再降下去要冻死人的。零下三十九摄氏度在坝上不算什么，但在边墙附近可能就是奇寒了。长城外昼夜温差大，当地人说："早穿皮袄午穿纱，抱着锅炉吃西瓜。"这本是西北很多地方都有的俗谚。但是张家口人以为只有他们才是这样。再就是风大。有一天刮了一夜大风，山呼海啸。第二天一早我们到果园去劳动，在地上捡了二三十只石鸡子。这些石鸡子是在水泥电线杆上撞死的。它们被狂风刮得晕头转向、乱扑乱飞，想必以为落到电线杆上就可以安全了。这一带还爱下雹子。"蛋打一条线"（张家口一带把雹子叫作"冷蛋"），远远看见雹子云黑压压齐齐地来了，不到一会儿：噼里啪啦，噼哩噗噜！有一场雹子，把我们的已经熟透的葡萄打得稀烂。一年的辛苦，全部泡汤（真实泡了汤）！沽源有一天下了一个雹子，有马大！

塞外无霜期短，但关里有的农作物这里大都也能生长：稻粱菽麦黍稷。因为雨少，种麦多为"干寄子"，即把麦种先期下到地里等雨——"寄"字甚妙。为了争季节，有些地方种春小麦。春小麦可不好吃，蒸出来的馒头发黏。坝下种莜麦的地方不多，坝上主要的作物则是莜麦。坝上土层薄，地块大，广种薄收。无水利灌溉，靠天收。如果一年有一点雨，打的莜麦可供河北省吃一年，故有人称坝上是"中国的乌克兰"。坝上的地块有多大？说是有一个农民牵了一头母牛去耕地，耕了一趟，回来时母牛带回一个小牛犊子，已经三岁了！

马牛羊鸡犬豕都有。坝上有的地方是半农半牧区。张北的张北马、短角牛都是有名的。长城外各村都养羊。一是为了吃肉，二是要羊皮。塞外人没有一件白茬老羊皮袄是过不了冬的。狗皮主要是为了做帽子。没有狐狸皮帽子的，戴了狗皮遮耳大三块瓦皮帽，也能顶得住无情的狂风。

塞外人的饮食结构和关里不同的是爱吃糕，吃莜面。"糕"是黄米面拍成烧饼大小的饼子，在涂了胡麻油的铛上烙熟。口外认为这是食物中的上品，经饿，"三十里的莜面四十里的糕，二十里的白面饿断腰"。过去地主请工锄地，必要吃糕："锄地不吃糕，锄了大大留小小！"张家口一带人吃莜面和山西雁北不同。雁北吃莜面只是蘸酸菜汤，加一点凉菜，张家口人则是蘸热的菜汤吃。锅里下一点油，把菜——山药（土豆）、西葫芦、疙瘩白（圆白菜）切成块，哗啦一声倒在油锅里，这叫"下搭油"，盖盖焖熟后，再在菜面上浇一点油，叫作"上搭油"。这一带人做菜用油很省。有农民见一个下放干部炒菜，往锅里倒了半碗油，说："你用这么多油，炒石子儿也好吃的！"在烩菜里放几块羊肉，那就是过年了！

他们也知道吃野味。"天鹅、地鹋、鸽子肉、黄鼠"，这是人间美味。石子鸡、半鸠子，是很容易捉到手的。虽然他们也说，"宁可吃飞禽四两，不吃走兽半斤"，但是，他们对石子鸡之类的兴趣其实并不是很大，远不如来一碗口蘑炖羊肉"解恨"。

长城内外不缺水果。杏树很多，果大而味浓。宣化葡萄，历史最久，味道最佳。

长城对我们这个民族到底起了什么作用？说法不一。有人说这是边防的屏障，对于抵御北方民族入侵，在当时是必不可少的。这使得中国完成统一，对民族心理凝聚力的形成，是有很大影响的。也有人说这使得我们的民族形成一种盲目的自大心理，造成文化的封闭乃至停滞，对中国的发展起了阻碍作用。我对这样深奥的问题没有研究过，没有发言权，但是我觉得它是伟大的。

一个美国的航天飞机的飞行员（忘其名）说过，在月球能看见地球上的中国的万里长城，那么长城是了不起的。

"文化大革命"后期，有一个中学的语文教员领着一班初一的学生去游长城，回来让学生都写一篇游记，一个学生只写了一句：

    长城啊，
    真他妈的长！

大等喊

*《滇游新记》节选

　　云南省作协的同志安排我们在一个傣族寨子里住一晚上。地名大等喊。

　　车从瑞丽出发，经过一个位于中缅边界的寨子——云井寨。一条宽路从缅甸通向中国，可以直来直往。除了有一个水泥界桩外，无任何标志。对面有一家卖饵丝的铺子。有人买了一碗饵丝。一个缅甸女孩把饵丝递过来，这边把钱递过去。他们的手已经都伸过国界了。只要脚不跨过界桩，不算越境。

　　中缅边界真是和平边界。两国之间，不但毫无壁垒，连一道铁丝网都没有，简直不像两国的分界。我们到畹町的界桥看过。桥头有一个检查站，旗杆上飘着中华人民共和国的国旗。一个缅甸小女孩提了饭盒走过界桥。她妈在畹町街上摆摊子做生意，她来给妈妈送饭来了。她每天过来，检查站的都认得她。她大摇大摆地走过来，脸上带着一点笑。意思是：我又来了，你们好！站在国境线上，我才真正体会到中缅人民真是友好。陈毅同志诗"共饮一江水"，是纪实，不是诗人的想象。

车经喊撒。喊撒有一个比较大的奘房，要去看看。

进寨子，有一家正在办丧事，陪同的同志说："可以到他家坐坐。"傣族人对生死看得比较超脱，人过五十五死去，亲友不哭。这也许和信小乘佛教有关。这家的老人是六十岁死的，算是"喜丧"了。进寨，寨里的人似都没有哀戚的神色，只是显得很沉静。有几个中年人在糊扎引魂的幡幢——傣族人死后，要给他制一个缅塔尖顶似的纸幡幢，用竹竿高高地竖起来，这样他的灵魂才能上天。几个年轻人不紧不慢地敲铓锣、象脚鼓，另外一些人好像在忙着做饭。傣族的风俗，人死了，亲友要到这家来坐五天。这位老人死已三日，已经安葬，亲友们还要坐两天。我们脱鞋，登木梯，上了竹楼。竹楼很宽敞，一侧堆了很多叠得整整齐齐的被子，有二十来个岁数较大的男男女女在楼板上坐着，抽烟、喝茶。他们也极少说话，静静的。

奘房是赕佛的地方。赕是傣语，本意是以物献佛，但不如说听经拜佛更确切些。傣族的赕佛，大体上是有一个男人跪在佛的前面诵念经文，很多信佛的跪在他身后听着。诵经人穿着如常人，也并无钟鼓法器，只是他一个人念，声音平直。偶尔拖长，大概是到了一个段落。傣族的跪，实系中国古代人的坐。古人席地而坐。膝着地，臀部落于脚跟，谓之坐——如果直身，即为"长跪"。傣族赕佛时的姿势正是这样。

喊撒奘房的出名，除了比较大，还因为有一位佛爷。这位佛爷多年在缅甸，前三年才被请了回来。他并不领头赕佛，却坐在偏殿上。佛爷名叫伍并亚温撒，是全国佛教协会的理事，岁数不很大。他着了一身杏黄色的僧衣。这种僧衣不知叫什么，不是褊衫，也不是袈裟，上身好像只是一块布，缠裹着，袒其右臂。他身前坐了一些善男。有人来了，向他合十为礼，他也点头笑答。有些信徒抽用一种树叶卷成的像雪茄似的烟。佛爷并不是道貌岸然，很随和。他和信徒们随意交谈。谈的似乎不是佛理，只是很家常的话，因为他不时发出很有人情味的笑声。

近午，至大等喊。等喊，傣语是堆金子的地方。因为有两个寨子都叫等喊，汉族人就在前面多加了一个字，一个叫大等喊，一个叫小等喊。傣语往往用很少的音节表示很多的意思，如畹町，意思是太阳当顶的地方。因为电影《葫芦信》《孔雀公主》都在大等喊拍过外景，所以旅游的人都想来看看。

住的旅馆名"醉仙楼"，这是个汉族名字，老板在招牌下面于是又加了两个字："傣家"。老板是汉人，夫人是傣族。两层的木结构建筑，作曲尺形。房间不多，作家访问团二十余人，就基本上住满了。房间里有床，并不是叫我们睡在地板上。房屋样式稍稍有点像竹楼。老板又花了钱把拍《葫芦信》

和《孔雀公主》的布景上的装饰零件和木雕的佛龛之类买了下来，配置在廊厦角落，于是就很有点傣味了。

一住下来，泡一杯茶，往藤椅一坐，觉得非常舒服。连日坐汽车，参加活动，大家都累了，需要休息。

醉仙楼在寨口。一条平路，通到寨子里。寨里有几条岔路，也极平整。寨里极安静。到处都是干干净净的。空气好极了。到处是树。一丛一丛的凤尾竹，很多柚子树。大等喊的柚子是很有名的。现在不是柚子成熟的时候，只看见密密的深绿的树叶。空气里有一种淡淡的清苦的味道，就是柚树叶片散发出来的。这里那里安置了一座一座竹楼，错落有致。傣家的竹楼不是紧挨着的，各家之间都有一段距离。除了挡路的正门，竹楼的三面都是树。有一座奘房，大门锁着。我们到寨里一家首富的竹楼上做了一会儿客，女主人汉话说得很好，善于应酬。楼上真是纤尘不染。

醉仙楼的傣族特点不在住房，而在饭食。我们在这里吃了四顿地道的傣族饭。芭蕉叶蒸豆腐。拿上来的是一个绿色的芭蕉叶的包袱，解开来，里面是豆腐，还加了点碎肉、香料，鲜嫩无比。竹筒烤牛肉。一截二尺许长的青竹，把拌了作料的牛肉塞在里面，筒口用树叶封住，放在柴火里烤熟，切片装盘。牛肉外面焦脆，闻起来香，吃起来有嚼头。牛肉丸子。傣族人很会做牛肉。丸子小小的，我们吃了都以为是鱼丸子，因为极其细嫩。问了问，才知道是牛肉的。做这种丸子不用刀剁，而是用两根铁棒敲，要敲两个小时。苦肠丸子，苦肠是牛肠里没有完全消化的青草。傣族人生吃，做调料，蘸肉，是难得的美味。听说要请我们吃苦肠，我很高兴。只是老板怕我们吃不来，是和在肉丸子里蒸了的。有一点苦味，大概是因为碎草里有牛的胆汁。其实我倒很想尝尝生苦肠的味道。弄熟了，意思就不大了。当然，还少不了傣家的看家菜：酸笋煮鸡。不过这道菜我们在畹町、芒市都已经吃过了。小菜是酸腌菜、鱼眼睛菜——一种树的嫩头，有小骨朵如鱼眼，酸渍。傣族人喜食酸。

醉仙楼的老板不俗。他供应我们这几顿傣家饭是没有多少赚头的。他要请我们写几个字，特地大老远地跑到县城，和一位画家匀来了几张宣纸。醉仙楼每个房间里都放着一个缅甸细陶水壶，通身乌黑，造型很美。好几个作家想托他买。因为这两天没有缅甸人过来赶集，老板就按原价卖给了他们。这些作家于是一人攥了一个陶壶，上路了。

大等喊小住两天，印象极好。

这里的乌鸦比北方的小，鸟身细长，鸣声也较尖细，不像北方乌鸦哇哇地哑叫。

云霄

*《初防福建》节选

云霄是果乡。到下畈山上看了看，遍山是果树：芦柑、荔枝、枇杷。枇杷树很大，树冠开张如伞盖，开花极繁。我没有见过枇杷树开这样多的花。明年结果，会是怎样一个奇观？一个承包山头的果农新摘了一篮芦柑，看见县委书记，交谈了几句，把一篮芦柑全倒在我们的汽车里了。在车上剥开新摘芦柑，吃了一路。芦柑瓣大，味甜，无渣。

云霄出蜜柚，因为产量少，不外销，外地人知道得不多。蜜柚甜而多汁，如其名。

在云霄吃海鲜，难忘。除了闽南到处都有的"蚝煎"——海蛎子裹鸡蛋油煎之外，有西施舌、泥蚶。西施舌细嫩无比。我吃海鲜，总觉得味道过于浓重，西施舌则味极鲜而汤极清，极爽口。泥蚶亦名血蚶，肉玉红色，极嫩。张岱谓不施油盐而五味俱足者唯蟹与蚶，他所吃的不知是不是泥蚶。我吃泥蚶，正是不加任何作料，剥开壳就进嘴的。我吃菜不多，每样只是夹几块尝尝味道，吃泥蚶则胃口大开，一大盘泥蚶叫我一个人吃了一小半，面前蚶壳堆成一座小丘，意犹未尽。吃泥蚶，饮热黄酒，人生难得。举杯敬谢主人，曰："这才叫海味！"

云霄出矿泉水。矿泉水，深井水耳。有一位南京大学的水文专家，看了看将军山的地形，说："这样的地形，下面肯定有矿泉水。"凿井深至一千四百米，水出。矿泉水是高级饮料，现已在中国流行，时髦青年皆以饮矿泉水为"有份"。

小乐胃

小乐胃或写作"小乐味",但是上海话"味"读mi,不读wèi,所以还是写成"小乐胃",虽然有点勉强,也许有更准确的写法,须请教老上海。

小雨连阴,在自己家里,一小砂锅腌笃鲜,一盘雪里蕻炒冬笋肉丝,一盘皮蛋拌豆腐(这个菜只有上海有),一碟油氽果肉,吃一斤老酒,小乐胃!

但我所说的小乐胃范围更大一点,包括酒菜、面点、小吃、零食。

我弄不清乌贼鱼卤鸡蛋是怎么把一只完整的去壳鸡蛋塞进完整的乌贼鱼肚子里去的。吃起来蛮有意思。红方(五花肉切成正方的一块,卤熟),肥而不腻,颜色鲜明。卤煮花干,价钱不贵。

佘明蚶下酒,一绝。

黄泥螺是酒菜中的尤物。

我觉得南翔馒头比天津狗不理包子好，和以"川菜扬点"著名的绿杨邨的包子是两样风格。

上海的面都是汤面，像北京的炸酱面、打卤面，是没有的。我认为最好的面是马路旁边、弄堂里厢卖的咖喱牛肉面。汤鲜、肉嫩、咖喱味足。雪菜肉丝面亦甚佳，要是新鲜雪里蕻、阔条面。八宝辣酱面亦有风味。大排骨面、小排骨面平平。

上海馄饨有大馄饨、小馄饨。大馄饨为菜肉馅，他处少见。小馄饨是纯肉馅。

逛老城隍庙，总要喝一碗鸡鸭血汤，吃几只百页结。鸡鸭血汤是用海蜒鱼调的汤，有一种特殊的鲜味。我陪一位北方朋友去喝鸡鸭血汤，吃百页结，他说："这有什么吃头！"

上海零食的代表作是老城隍庙的奶油五香豆。北京、昆明等城市都曾经仿制过，都有个特点：咬不动。

老城隍庙前些年还有梨膏糖卖，我看了很亲切，因为我小时候吃过。现在的孩子都吃巧克力、大白兔奶糖，对梨膏糖不会感兴趣。倒是老人有时买两块含在嘴里，为了怀旧。

零食里有两样是比较特别的，一是鸭肫肝，二是龙虱，过去卖香烟火柴的小店就有的卖，装在广口的玻璃大瓶里。龙虱本不是上海东西，是广东来的。上海人有的不吃，因为这是昆虫。我有一次看电影，拿了一包龙虱一只一只地吃，旁座的两位小姐吓得连忙调了个座位。

零食里最便宜的是甜支卜、咸支卜。好像是萝卜丝做的。喝清茶，嚼咸支卜，看周作人的文章，很配称。

上海人爱吃檀香橄榄，比福建人还爱吃。福建的橄榄多是用甘草等药料腌制过的，橄榄味已保留不多。上海的檀香则是一颗颗碧绿生青的新鲜橄榄，这样放在嘴里嚼了很久，才真能食后回甘。

上海饮食的特点是精致，有味道，实惠。但因为是"小乐胃"，缺点是小，缺少气魄，有点小家子气。这和上海人的生活方式、上海人的心态，和上海整个文化构成是一致的。随着改革开放的大潮涌起，上海文化，包括上海的饮食文化会有所改变。但是不管开放到什么程度，要上海人人都能喝得起人头马XO，是不可能的。要上海人像山东人一样攥着几根大葱啃一斤锅盔，像河北人一样捧着一海碗芝麻酱面，一边狼吞虎咽，一边嘎吱嘎吱嚼着紫皮生大蒜，上海人是吃不消的。

冬天

天冷了，堂屋里上了槅子。槅子是春暖时卸下来的，一直在厢屋里放着。现在，搬出来，刷洗干净了，换了新的粉连纸，雪白的纸。上了槅子，显得严紧、安适，好像生活中多了一层保护。家人闲坐，灯火可亲。

床上拆了帐子，铺了稻草。洗帐子要拣一个晴朗的好天，当天就晒干。夏布的帐子，晾在院子里。夏天离得远了。稻草装在一个布套里，粗布的，和床一般大。铺了稻草，暄腾腾的，暖和，而且有稻草的香味，使人有幸福感。

不过也还是冷的。南方的冬天比北方难受，屋里不生火。晚上脱了棉衣，钻进冰凉的被窝里；早起，穿上冰凉的棉袄棉裤，真冷。

放了寒假，就可以睡懒觉。棉衣在铜炉子上烘过了，起来就不是很困难了。尤其是，棉鞋烘得热热的，穿进去真是舒服。

我们那里生烧煤的铁火炉的人家很少。一般取暖，只是铜炉子、脚炉和手炉。脚炉是黄铜的，有多眼的盖。里面烧的是粗糠。粗糠装满，铲上几铲没有烧透的芦柴火（我们那里烧芦苇，叫作"芦柴"）的红灰盖在上面。粗糠引着了，冒一阵烟，不一会儿，烟尽了，就可以盖上炉盖。粗糠慢慢延烧，可以经很久。老太太们离不开它。闲来无事，摸摸纸牌，每个老太太脚下都有一个脚炉。脚炉里粗糠太实了，空气不够，火力渐微，就要用"拨火板"沿炉边挖两下，把粗糠拨松，火就旺了。脚炉暖人。脚不冷则周身不冷。焦糠的气味也很好闻。仿日本俳句，可以作一首诗："冬天，脚炉焦糠的香。"手炉较脚炉小，大都是白铜的，讲究的是银制的。炉盖上不是一个一个圆窟窿，大都是镂空的松竹梅花图案。手炉有极小的，中置炭墼（煤炭研为细末，略加蜜，筑成饼状），以纸煤头引着。一个炭墼能经一天。

冬天吃的菜，有乌青菜、冻豆腐、咸菜汤。乌青菜塌棵，平贴地面，江南谓之"塌苦菜"，以菜味微苦。我的祖母在后园辟小片地，种乌青菜，经霜，菜叶边缘紫红色，味道苦中泛甜。乌青菜与"蟹油"同煮，滋味难比。"蟹油"是以大螃蟹煮熟剔肉，加猪油"炼"成的，放在大海碗里，凝成蟹冻，久贮不坏，可吃一冬。豆腐冻后，不知道为什么呈蜂窝状。化开，切小块，与鲜肉、咸肉、牛肉、海米或咸菜同煮，无不佳。冻豆腐宜放辣椒、青蒜。我们那里过去没有北方的大白菜，只有"青菜"。大白菜是从山东运来的，美其名曰"黄芽菜"，很贵。"青菜"似油菜而大，高二尺，是一年四季都有的，家家都吃的菜。咸菜即是用青菜腌的。阴天下雪，喝咸菜汤。

冬天的游戏：踢毽子，抓子儿，下"逍遥"。"逍遥"是在一张正方的白纸上，木版印出螺旋的双道，两道之间印出八仙、马、兔子、鲤鱼、虾……每样都是两个，错落排列，不依次序。玩的时候各执铜钱或象棋子为子儿，掷骰子，如果骰子是五点，自"起马"处数起，向前走五步，是兔子，则可向内圈寻找另一个兔子，以子儿押在上面。下一轮开始，自里圈兔子处数起，如是六点，进六步，也许是铁拐李，就寻另一个铁拐李，把子儿押在那个铁拐李上。如果数至里圈的什么图上，则到外圈去找，退回来。点数够了，子儿能进至终点（终点是一座宫殿式的房子，不知是月宫还是龙门），就算赢了。次后进入的为"二家""三家"。"逍遥"两个人玩也可以，三四个人玩也可以。不知道为什么叫作"逍遥"。

早起一睁眼，窗户纸上亮晃晃的，下雪了！雪天，到后园去折蜡梅花、天竺果。明黄色的蜡梅、鲜红的天竺果、白雪，生意盎然。蜡梅开得很长，天竺果尤为耐久，插在胆瓶里，可经半个月。

舂粉子。有一家邻居，有一架碓。这架碓平常不大有人用，只在冬天由附近的一二十家轮流借用。碓屋很小，除了一架碓，只有一些筛子、箩。踩碓很好玩，用脚一踏，吱扭一声，碓嘴扬了起来；嘭的一声，落在碓窝里。粉子舂好了，可以蒸糕，做"年烧饼"（糯米粉为蒂，包豆沙白糖，作为饼，在锅里烙熟），搓圆子（汤团）。舂粉子，就快过年了。

芋头

　　一九四六年夏天，我离开昆明去上海，途经香港。因为等船期，滞留了几天，住在一家华侨公寓的楼上。这是一家下等公寓，已经很敝旧了，墙壁多半没有粉刷过。住客是开机帆船的水手，跑澳门做鱿鱼、蚝油生意的小商人，准备到南洋开饭馆的厨师，还有一些说不清是什么身份的角色。这里吃住都是很便宜的。住，很简单，有一条席子，随便哪里都能躺一夜。每天两顿饭，米很白。菜是一碟炒通菜、一碟在开水里焯过的墨斗鱼脚，还顿顿如此。墨斗鱼脚，我倒爱吃，因为这是海味——我在昆明七年，很少吃到海味。只是心情很不好。我到上海，想去谋一个职业，一点着落也没有，真是前途渺茫。带来的钱，买了船票，已经所剩无几。在这里又是举目无亲，连一个可以说说话的人都没有。我整天无所事事，除了到皇后道、德辅道去瞎逛，就是趑到走廊上去看水手、小商人、厨师

190

打麻将。真是无聊呀。

　　我忽然发现了一个奇迹，一棵芋头！楼上的一侧，一个很大的阳台，阳台上堆着一堆煤块，煤块里竟然长出一棵芋头！大概不知是谁把一个不中吃的芋头随手扔在煤堆里，它竟然活了。没有土壤，更没有肥料，仅仅靠了一点雨水，它，长出了几片碧绿肥厚的大叶子，在微风里高高兴兴地摇曳着。在寂寞的羁旅之中看到这几片绿叶，我心里真是说不出的喜欢。这几片绿叶使我欣慰，并且，并不夸张地说，使我获得一点生活的勇气。

辑四

肉食者不鄙

贴秋膘

人到夏天，没有什么胃口，饭食清淡简单，芝麻酱面（过水，抓一把黄瓜丝，浇点花椒油），烙两张葱花饼，熬点绿豆稀粥……两三个月下来，体重大都要减少一点。秋风一起，胃口大开，想吃点好的，增加一点营养，补偿补偿夏天的损失，北方人谓之"贴秋膘"。

北京人所谓"贴秋膘"有特殊的含义，即吃烤肉。

烤肉大概源于少数民族的吃法。日本人称烤羊肉为"成吉思汗料理"（青木正儿《中华腌菜谱》里提到），似乎这是内蒙古人的东西。但我看《元朝秘史》，并没有看到烤肉。成吉思汗当然是吃羊肉的，"秘史"里几次提到他到了一个什么地方，吃了一只"双母乳的羊羔"。羊羔而是"双母乳"（两只母羊喂奶）的，想必十分肥嫩。一顿吃一只羊羔，这食量是够可以的。但似乎只是白煮，即便是烤，也会是整只烤，不会像北京的烤肉一样。如果是北京的烤肉，他吃起来大概也不耐烦，觉得不过瘾。我去过内蒙古几次，也没有在草原上吃过烤肉。那么，这是不是内蒙古料理，颇可存疑。北京卖烤肉的，都是回民馆子。"烤肉宛"原来有齐白石写的一块小匾，写得明白："清真烤肉宛"。这块匾是写在宣纸上的，嵌在镜框里，字写得很好，后面还加了两行注脚："诸书无'烤'字，应人所请自我作古。"我曾写信问过语言文字学家朱德熙，是不是古代没有"烤"字，德熙复信说古代字书上确实没有这个字。看来"烤"字是近代人造出来的字了。这是不是回民的吃法？我到过回民集中的兰州，到过新疆的乌鲁木齐、伊犁、吐鲁番，都没有见到如北京烤肉一样的烤肉。烤羊肉串是到处有的，但那是另外一种。北京的烤肉追溯于何时，原是哪个民族的，已不可考。反正它已经在北京生根落户，成了北京"三烤"（烤肉、烤鸭、烤白薯）之一，是"北京吃儿"的代表作了。

北京烤肉是在"炙子"上烤的。"炙子"是一根一根铁条钉成的圆板，下面烧着大块的劈柴，松木或果木。羊肉切成薄片（也有烤牛肉的，少），由堂倌在大碗里拌好作料——酱油、香油、料酒，大量的香菜，加一点水，交给顾客，由顾客用长筷子平摊在炙子上烤。"炙子"的铁条之间有小缝，下面的柴烟火气可以从缝隙中透上来，不但整个"炙子"受火均匀，而且使烤着的肉带柴木清香；上面的汤卤肉屑又可填入缝中，增加了烤炙的焦香。过去吃烤肉都是自己烤。因为炙子颇高，只能站着烤，或一只脚踩在长凳上。大火烤着，外面的衣裳穿不住，大都脱得只穿一件衬衫。足蹬长凳，解衣磅礴，一边大口地吃肉，一边喝白酒，很有点剽悍豪霸之气。满屋子都是烤炙的肉香，这气氛就能使人增加三分胃口。平常食量，吃一斤烤肉，问题不大。吃斤半、二斤、二斤半的，有的是。自己烤，嫩一点，焦一点，可以随意。而且烤本身就是个乐趣。

北京烤肉有名的三家：烤肉季、烤肉宛、烤肉刘。烤肉宛在宣武门里，我住在国会街时，几步就到了，常去。有时懒得去等炙子（因为顾客多，炙子常不得空），就派一个孩子带个饭盒烤一饭盒，买几个烧饼，一家子一顿饭，就解决了。烤肉宛去吃过的名人很多。除了齐白石写的一块匾，还有张大千写的一块。梅兰芳题了一首诗，记得第一句是"宛家烤肉旧驰名"，字和诗当然是许姬传代笔。烤肉季在什刹海，烤肉刘在虎坊桥。

从前北京人有到野地里吃烤肉的风气。玉渊潭就是个吃烤肉的地方。一边看看野景，一边吃着烤肉，别是一番滋味。听玉渊潭附近的老住户说，过去一到秋天，老远就闻到烤肉香味。

北京现在还能吃到烤肉，但都改成由服务员代烤了端上来，那就没劲了。我没有去过。内蒙古也有"贴秋膘"的说法，我在呼和浩特就听到过。不过似乎只是汉族干部或说汉语的蒙古族干部这样说。蒙语有没有这说法，不知道。呼市的干部很愿意秋天"下去"考察工作或调查材料。别人就会说："哪里是去考察、调查，是去'贴秋膘'去了。"呼市干部所说"贴秋膘"是说下去吃羊肉去了。但不是去吃烤肉，而是去吃手把羊肉。到了草原，少不了要吃几顿羊肉。有客人来，杀一只羊，这在牧民实在不算什么。关于手把羊肉，我曾写过一篇文章，收入《蒲桥集》，兹不重述。那篇文章漏了一句很重要的话，即羊肉要秋天吃才好，大概要到阴历九月，羊才上膘，才肥。羊上了膘，人才可以去"贴"。

鳜鱼

读《徐文长佚草》，有一首《双鱼》：

如缰鳜鱼如栉鲋，鬐张鳃呷跳纵横。

遗民携立岐阳上，要就官船脍具烹。

青藤道士画并题。鳜鱼不能屈曲，如僵蹶也。缰音计，即今花毬，其鳞纹似之，故曰鬣鱼。鲫鱼群附而行，故称鲋鱼。旧传败栉所化，或因其形似耳。

这是一首题画诗。使我产生兴趣的是诗后的附注。鳜鱼为什么叫作鳜鱼呢？是因为它"不能屈曲，如僵蹶也"。此说似有理。鳜鱼是不能屈曲的，因为它的脊骨很硬，但又觉得有些勉强，有点像王安石的《字说》。这种解释我没有听说过，很可能是徐文长自己琢磨出来的。但说它为什么又叫鬣鱼，是有道理的。附注里的"即今花毯","毯"字肯定是刻错了或排错了的字,当作"毯"。"罽"是杂色的毛织品,是一种衣料。《汉书·高帝纪下》:"贾人毋得衣锦绣、绮縠、绤纻、罽。"这种毛料子大概到徐文长的时候已经没有了,所以他要注明"即今花毯"。其实罽有花,却不是毯子。用毯子做衣服,未免太厚重。用当时可见的花毯来比罽,原也是没有办法的办法。而且罽或纚,这个字十六世纪认得的人就不多了,所以徐文长注曰"音计"。鳜鱼有些地方叫作"鳌花鱼",如松花江畔的哈尔滨和我的家乡高邮。北京人则反过来读成"鳌花"。叫作"鳌花"是没有讲的。正字应写成"罽花"。鳜鱼身上有杂色斑点,大概古代的罽就是那样的。不过如果有哪家饭馆里的菜单上写出"清蒸罽花鱼",绝大部分顾客一定会不知道这是什么东西。即使写成"鳜鱼",有人怕也不认识,很可能念成"厥鱼"(今音)。小时候有一位老师教我们张志和的《渔父》,"西塞山前白鹭飞,桃花流水鳜鱼肥",就把"鳜鱼"读成"厥鱼"。因此,现在很多饭馆都写成"桂鱼"。其实这是都可以的吧,写成"鳌花鱼""桂鱼",都无所谓,只要是那个东西。不过知道"罽花鱼"的由来,也不失为一件有趣的事。

鳜鱼是非常好吃的。鱼里头,最好吃的我以为是鳜鱼。刀鱼刺多,鲥鱼一年里只有那么几天可以捕到。堪与鳜鱼匹敌的,大概只有南方的石斑,尤其是青斑,即"灰鼠石斑"。鳜鱼刺少，肉厚。蒜瓣肉。肉细，嫩，鲜。清蒸、干烧、糖醋、做松鼠鱼，皆妙。氽汤，汤白如牛乳，浓而不腻，远胜鸡汤鸭汤。我在淮安曾多次吃过"干炸鲚花鱼"。二尺多长新鲜的整条鳜鱼入大锅滚油干炸，蘸椒盐，吃了令人咋舌。至今思之，只能如张岱所说："酒醉饭饱，惭愧惭愧！"

鳜鱼的缺点是不能放养，因为它是吃鱼的。"大鱼吃小鱼"，其实吃鱼的鱼并不多，据我所知，吃鱼的鱼，只有几种：鳜鱼、鮰鱼、黑鱼（鲨鱼、鲸鱼不算）。鮰鱼本名鮠。《本草纲目·鳞部四》："北人呼鱯，南人呼鮠，并与鮰音相近，迩来通称鮰鱼，而鱯、鮠之名不彰矣。"黑鱼本名乌鳢。现在还有这么叫的。林斤澜《矮凳桥风情》里写了乌鳢，有人看了以为这是一种带神秘色彩的古怪东西，其实即黑鱼而已。

凡吃鱼的鱼，生命力都极顽强。我小时曾在河边看人治黑鱼，内脏都掏空了，此黑鱼仍能跃入水中游去。我在小学时垂钓，曾钓着一条大黑鱼，喜欢得心怦怦跳，不料大黑鱼把我的钓线挣断，嘴边挂着鱼钩和挺长的一截线游走了！

肉食者不鄙

狮子头

狮子头是淮安菜。猪肉肥瘦各半，爱吃肥的亦可肥七瘦三，要"细切粗斩"，如石榴米大小（绞肉机绞的肉末不行），荸荠切碎，与肉末同拌，用手团成招柑大的球，入油锅略炸，至外结薄壳，捞出，放进水锅中，加酱油、糖，慢火煮，煮至透味，收汤放入深腹大盘。

狮子头松而不散，入口即化，北方的"四喜丸子"不能与之相比。

周总理在淮安住过，会做狮子头，曾在重庆红岩八路军办事处做过一次，说："多年不做了，来来来，尝尝！"想必做得很成功，因为语气中流露出得意。

我在淮安中学读过一个学期，食堂里有一次做狮子头，一大锅油，狮子头像炸麻团似的在油里翻滚，捞出，放在碗里上笼蒸，下衬白菜。一般狮子头多是红烧，食堂所做却是白汤，我觉最能存其本味。

镇江肴蹄

镇江肴蹄，盐渍，加硝，放大盆中，以巨大石块压之，至肥瘦肉都已板实，取出，煮熟，晾去水汽，切厚片，装盘。瘦肉颜色殷红，肥肉白如羊脂玉，入口不腻。

吃肴肉，要蘸镇江醋，加嫩姜丝。

乳腐肉

乳腐肉是苏州松鹤楼的名菜，制法未详。我所做乳腐肉乃以意为之。猪肋肉一块，煮至六七成熟，捞出，俟冷，切大片，每片需带肉皮，肥瘦肉，用煮肉原汤入锅，红乳腐碾烂，加冰糖、黄酒，小火焖。乳腐肉嫩如豆腐，颜色红亮，下饭最宜。汤汁可蘸银丝卷。

腌笃鲜

上海菜。鲜肉和咸肉同炖，加扁尖笋。

东坡肉

浙江杭州、四川眉山，全国到处都有东坡肉。苏东坡爱吃猪肉，见于诗文。东坡肉其实就是红烧肉，功夫全在火候。先用猛火攻，大滚几开，即加作料，用微火慢炖，汤汁略起小泡即可。东坡论煮肉法，云须忌水，不得已时可以浓茶烈酒代之。完全不加水是不行的，会焦煳粘锅，但水不能多。要加大量黄酒。扬州人炖肉，还要加一点高粱酒。加浓茶，我试过，也吃不出有什么特殊的味道。

传东坡有一首诗："无竹令人俗，无肉令人瘦，若要不俗与不瘦，除非天天笋烧肉。"未必可靠，但苏东坡有时是会写这种打油体的诗的。冬笋烧肉，是很好吃。我的大姑妈善做这道菜，我每次到姑妈家，她都做。

霉干菜烧肉

这是绍兴菜，全国各处皆有，但不似绍兴人三天两头就要吃一次，鲁迅一辈子大概都离不开霉干菜。《风波》里所写的蒸得乌黑的霉干菜很诱人，那大概是不放肉的。

黄鱼鲞烧肉

宁波人爱吃黄鱼鲞（黄鱼干）烧肉，广东人爱吃咸鱼烧肉，这都是外地人所不能理解的口味，其实这种搭配是很有道理的。近几年因为违法乱捕，黄鱼产量锐减，连新鲜黄鱼都很难吃到，更不用说黄鱼鲞了。

火腿

浙江金华火腿和云南宣威火腿风格不同。金华火腿味轻，宣威火腿味重。

昆明过去火腿很多，哪一家饭铺里都能吃到火腿。昆明人爱吃肘棒的部位，横切成圆片，外裹一层薄皮，里面一圈肥肉，当中是瘦肉，叫作"金钱片腿"。正义路有一家火腿庄，专卖火腿，除了整只的、零切的火腿，还可以买到火腿脚爪、火腿油。火腿油炖豆腐很好吃。护国路原来有一家本地馆子，叫"东月楼"，有一道名菜"锅贴乌鱼"，乃以乌鱼片两片，中夹火腿一片，在平底铛上烙熟，味道之鲜美，难以形容。前年我到昆明去，向本地人问起东月楼，说是早就没有了，"锅贴乌鱼"遂成《广陵散》。

华山南路吉庆祥的火腿月饼，全国第一。一个重旧秤四两，名曰"四两砣"。吉庆祥还在，而且有了分号，所制四两砣不减当年。

腊肉

　　湖南人爱吃腊肉。农村人家杀了猪，大部分都腌了，挂在厨灶房梁上，烟熏成腊肉。我不怎么爱吃腊肉，有一次在长沙一家大饭店吃了一回蒸腊肉，这盘腊肉真叫好。通常的腊肉是条状，切片不成形，这盘腊肉却是切成颇大的整齐的方片，而且蒸得极烂，我没有想到腊肉能蒸得这样烂！入口香糯，真是难得。

夹沙肉·芋泥肉

　　夹沙肉和芋泥肉都是甜的，夹沙肉是川菜，芋泥肉是广西菜。厚膘臀尖肉，煮半熟，捞出，沥去汤，过油灼肉皮起泡，候冷，切大片，两片之间不切通，夹入豆沙，装碗笼蒸，蒸至四川人所说"粑而不烂"扣在盘里，上桌，是为夹沙肉。芋泥肉做法与夹沙肉相似，芋泥较豆沙尤为细腻，且有芋香，味较夹沙肉更胜一筹。

白肉火锅

白肉火锅是东北菜。其特点是肉片极薄，是把大块肉冻实了，用刨子刨出来的，故入锅一涮就熟，很嫩。白肉火锅用海蛎子（蚝）做锅底，加酸菜。

烤乳猪

烤乳猪原来各地都有，清代满汉餐席上必有这道菜，后来别处渐渐没有，只有广东一直盛行，大饭店或烧腊摊上的烤乳猪都很好。烤乳猪如果抹一点甜面酱卷薄饼吃，一定不亚于北京烤鸭。可惜广东人不大懂得吃饼，一般烤乳猪只作为冷盘。

鱼我所欲也

石斑

　　我第一次吃石斑鱼是一九四七年，在越南海防一家华侨开的饭馆里。那吃法很别致。一条很大的石斑，红烧，同时上一大盘生的薄荷叶。我仿照邻座人的办法，吃一口石斑鱼，嚼几片薄荷叶。这薄荷可把口中残余的鱼味去掉，再吃第二口，则鱼味常新。这种吃法，国内似没有。越南人爱吃薄荷，华侨饭馆这样的搭配，盖受越南人之影响。

　　石斑鱼有红斑、青斑——灰鼠斑。灰鼠斑尤为名贵，清蒸最好。

鳜鱼

可以和石斑相媲美的淡水鱼，其谓鳜鱼乎？张志和《渔父》词"西塞山前白鹭飞，桃花流水鳜鱼肥"，一经品题，身价十倍。我的家乡是水乡，产鱼，而以"鳊、白、鳟"为三大名鱼。"鳟"是花鱼，即鳜鱼。徐文长以为"鳟"字应作"罽"。"罽"是古代的花毯。鳟花鱼身上有黄黑的斑点，似"罽"。但"罽"字今人多不识，如果饭馆的菜单上出现这个字，顾客将不知道这是什么东西。鳜鱼肉细，是蒜瓣肉，刺少，清蒸、氽汤、红烧、糖醋皆宜。苏南饭馆做"松鼠鳜鱼"，甚佳。

一九三八年，我在淮安吃过干炸鳟花鱼。活鳜鱼，重三斤，加花刀，在大油锅中炸熟，外皮酥脆，鱼肉白嫩，蘸花椒盐吃，极妙。和我一同吃的有小叔父汪兰生、表弟董受申。汪兰生、董受申都去世多年了。

鲥鱼·刀鱼·鮰鱼

这都是江鱼。

鲥鱼现在卖到两百多块钱一斤，成了走后门送礼的东西，"吃的人不买，买的人不吃"。

刀鱼极鲜，肉极细，但多刺。金圣叹常以为刀鱼刺多是人生恨事之一。不会吃刀鱼的人是很容易卡到嗓子的。镇江人以刀鱼煮至稀烂，用纱布滤去细刺，以做汤，下面，即谓"刀鱼面"，很鲜美。

我在江阴读南菁中学时，常常吃到鱼，学校食堂里常做这东西，在江阴是很便宜的。鮰鱼本名鮠鱼，但今人只叫它鮰鱼。鮰鱼大概也能红烧，但我在中学时吃的鮰鱼都是白烧。后来在汉口的璇宫饭店吃的，也是白烧。鮰鱼肉厚，切块放在碗里，没有吃过的人会以为这是鸡块。鮰鱼几乎无刺，大块入口，吃起来很过瘾，宜于馋而懒的人。或说鮰鱼是吃死人的。江里哪有那么多的死人？！鮰鱼吃鱼，是确实的。凡吃鱼的鱼都好吃，鳜鱼也是吃鱼的。养鱼的池塘里是不能有鳜鱼的，见鳜鱼，即捕去。

黄河鲤鱼

我不爱吃鲤鱼，因为肉粗，且有土腥气，但黄河鲤鱼除外。在河南开封吃过黄河鲤鱼，后来在山东水泊梁山下吃过黄河鲤鱼，名不虚传。辨黄河鲤与非黄河鲤，只需看鲤鱼剖开后内膜是白的还是黑的。白色者是真黄河鲤，黑色者是假货。梁山一带人对鲤鱼很重视，酒席上必须有鲤鱼，"无鱼不成席"。婚宴尤不可少。梁山一带人对即将结婚的青年男女，不说是"等着吃你的喜酒"，而说"等着吃你的鱼"！鲤鱼要吃三斤左右的，价也最贵。《水浒传·吴学究说三阮撞筹》中，吴用说他"在一个大财主家做门馆教学，今来要对付十数尾金色鲤鱼，要重十四五斤的"。鲤鱼大到十四五斤，不好吃了，写《水浒传》的施耐庵、罗贯中对吃鲤鱼外行。

虎头鲨和昂嗤鱼

虎头鲨和昂嗤鱼原来都是贱鱼，在我的家乡是上不得席的，现在都变得名贵了。

苏州人特重塘鳢鱼，谈起来眉飞色舞。我到苏州一看：嗐，原来就是我们那里的虎头鲨。虎头鲨头大而硬，鳞色微紫，有小黑斑，样子很凶恶，而肉极嫩。我们家乡一般用来氽汤，汤里加醋。昂嗤鱼嘴阔有须，背黄腹白，无背鳍，背上有一根硬骨，捏住硬骨，它会"昂嗤昂嗤"地叫。过去也是氽汤，不放醋，汤白如牛乳。近年家乡兴起炒昂嗤鱼片，谓之"炒金银片"，亦佳。

鳝鱼

淮安人能做全鳝席，一桌子菜，全是鳝鱼。除了烤鳝背、炝虎尾等名堂，主要的做法一是炒，二是烧。鳝鱼烫熟切丝再炒，叫作"软兜"；生炒叫炒脆鳝。红烧鳝段叫"火烧马鞍桥"，更粗的鳝段叫"闷张飞"。制鳝鱼都要下大量姜蒜，上桌后撒胡椒，不厌其多。

手把肉

内蒙古人从小吃惯羊肉，几天吃不上羊肉就会想得慌。蒙古族舞蹈家斯琴高娃（蒙古族女的叫斯琴高娃的很多，跟娜仁花一样普遍）到北京来，带着她的女儿。她的女儿对北京的饭菜吃不惯。我们请她在晋阳饭庄吃饭，这小姑娘对红烧海参、脆皮鱼……统统不感兴趣。我问她想吃什么，"羊肉！"我把服务员叫来，问他们这儿有没有羊肉，说只有酱羊肉。"酱羊肉也行，咸不咸？""不咸。"端上来，是一盘羊腱子。小姑娘白嘴儿把一盘羊腱子都吃了。问她："好吃不好吃？""好吃！"她妈说："这孩子！真是蒙古族人！她到北京几天，头一回说'好吃'。"

内蒙古人非常好客，有人骑马在草原上漫游，什么也不带，只背了一条羊腿。日落黄昏，看见一个蒙古包，下马投宿。主人把他的羊腿解下来，随即杀羊。吃饱了，喝足了，和主人一家同宿在蒙古包里，酣然一觉。第二天主人送客上路，给他换了一条新的羊腿背上。这人在草原上走了一大圈，回家的时候还是背了一条羊腿，不过已经不知道换了多少次了。

"四人帮"肆虐时期，我们奉江青之命，写一个剧本，搜集素材，曾经四下内蒙古。我在内蒙古学会了两句蒙古话。蒙古族同志说，会说这两句话就饿不着。一句是"不达一的"——要吃的；一句是"莫哈一的"——要吃肉。"莫哈"泛指一切肉，特指羊肉（元杂剧有一出很特别，汉话和蒙古话掺和在一起唱。其中有一句是"莫哈整斤吞"，意思是整斤地吃羊肉）。果然，我从鄂尔多斯到呼伦贝尔大草原，走了不少地方，吃了多次手把肉。

八九月是草原最美的时候。经过一夏天的雨水，草都长好了，草原一片碧绿。阿格长好了，灰背青长好了，阿格和灰背青是牲口最爱吃的草。草原上的草在我们看起来都是草，牧民却对每一种草都叫得出名字。草里有野葱、野韭菜（内蒙古人说他们那里的羊肉不膻，是因为羊吃野葱，自己把膻味解了）。到处开着五颜六色的花。羊这时也都上了膘了。

内蒙古的作家、干部爱在这时候下草原，体验生活、调查工作，也是为去"贴秋膘"。进了蒙古包，先喝奶茶。内蒙古的奶茶制法比较简单，不像西藏的酥油茶那样麻烦。只是用铁锅坐一锅水，水开后抓入一把茶叶，滚几滚，加牛奶，放一把盐，即得。我没有觉得有太大的特点，但喝惯了会上瘾的（内蒙古人一天也离不开奶茶。很多人早起不吃东西，喝两碗奶茶就去放羊）。摆了一桌子奶食，奶皮子、奶油（是稀的）、奶渣子……还有月饼、桃酥。客人喝着奶茶，蒙古包外已经支起大锅，坐上水，杀羊了。内蒙古人杀羊真是神速，不是用刀子捅死的，是掐断羊的主动脉。羊挣扎都不挣扎，就死了。马上开膛剥皮，工具只是一把比水果刀略大一点的折刀。一会儿的工夫，羊皮就剥下来，抱到稍远处晒着去了。看看杀羊的现场，连一滴血都不溅出，草还是干干净净的。

"手把肉"即白水煮切成大块的羊肉。一只手"把"着一大块肉，用一柄蒙古刀自己割了吃。蒙古人用刀子割肉真有功夫。一块肉吃完了，骨头上连一根肉丝都不剩。有小孩子割剔得不净，妈妈就会说："吃干净了，别像那干部似的！"干部吃肉，不像牧民细心，也可能不大会使刀子。牧民对奶、对肉都有一种近似宗教情绪似的敬重，正如汉族的农民对粮食一样，糟蹋了，是罪过。吃手把肉过去是不预备作料的，顶多放一碗盐水，蘸了吃。现在也有一点作料，酱油、韭菜花之类的。因为是现杀、现煮、现吃，所以非常鲜嫩。在我一生中吃过的各种做法的羊肉中，我以为手把羊肉第一。如果要我给它一个评语，我将毫不犹豫地说：无与伦比！

吃肉，一般是要喝酒的。蒙古族极爱喝酒，而且几乎每饮必醉。我在呼和浩特听一个土默特旗的汉族干部说："骆驼见了柳，蒙古人见了酒。"意思说就走不动了——骆驼爱吃柳条。我以为这是一句现代俗语。偶读一本宋人笔记，见有"骆驼见柳，蒙古见酒"之说，可见宋代已有此谚语，已经流传几百年了。可惜我把这本笔记的书名忘了。宋朝的蒙古人喝的大概是武松喝的那种煮酒，不会是白酒——蒸馏酒。白酒是元朝的时候才从阿拉伯传进来的。

在达茂旗吃过一次"羊贝子"，即煮全羊。整只羊放在大锅里煮。据说蒙古族人吃只煮三十分钟，因为我们是汉族，怕太生了不敢吃，多煮了十五分钟。整羊，剁去四蹄，趴在一个大铜盘里。羊头已经切下来，但仍放在脖子后面的腔子上，上桌后再搬走。吃羊贝子有规矩，先由主客下刀，切下两条脖子后面的肉（相当于北京人所说的"上脑"部位），交叉斜搭在羊的颈部，然后其他客人才动刀，各自选取自己爱吃的部位。羊贝子真是够嫩的，一刀切下去，会有血水滋出来。同去的编剧、导演，有的望而生畏，有的浅尝辄止，鄙人则吃了个不亦乐乎。羊肉越嫩越好。蒙古族人认为煮久了的羊肉不好消化，诚然诚然。我吃了一肚子半生的羊肉，太平无事。

内蒙古人真能吃肉。海拉尔有两位书记到北京东来顺吃涮羊肉，两个人要了十四盘肉，服务员问："你们吃得完吗？"一个书记说："前几天我们在呼伦贝尔，五个人吃了一只羊！"

内蒙古人不是只会吃手把肉，他们也会各种吃法。呼和浩特的烧羊腿，烂、嫩、鲜、入味。我尤其喜欢吃清蒸羊肉。我在四子王旗一家不大的饭馆中吃过一次"拔丝羊尾"。我吃过拔丝山药、拔丝土豆、拔丝苹果、拔丝香蕉，从来没听说过羊尾可以拔丝。外面有一层薄薄的脆壳，咬破了，里面好像什么也没有，一包清水，羊尾油已经化了。这东西只宜供佛，人不能吃，因为太好吃了！

我在新疆唐巴拉牧场吃过哈萨克的手抓羊肉。做法与内蒙古的手把肉略似，也是大锅清水煮，但切的肉块较小，煮的时间稍长。肉熟后，下面条，然后装在大瓷盘里端上来。下面是面，上面是肉。主人以刀把肉切成小块，客人以手抓肉及面同吃。吃之前，由一个孩子执铜壶注水于客人之手。客人手上浇水后不能向后甩，只能待其自干，否则即是对主人不敬。铜壶颈细而长，壶身镂花，有中亚风格。

手把羊肉

到了内蒙古，不吃几回手把羊肉，算是白去了一趟。

到了草原，进蒙古包做客，主人一般总要杀羊。蒙古族人是非常好客的。进了蒙古包，不论识与不识，坐下来就可以吃喝。有人骑马在草原上漫游，身上只背一只羊腿。到了一家，主人把这只羊腿解下来。客人吃喝一晚，第二天上路时，主人给客人换一只新鲜羊腿，背着。有人就这样走遍几个盟旗，回家，依然带着一只羊腿。蒙古族人实诚，家里有什么，都端出来。客人醉饱，主人才高兴。你要是虚情假意地客气一番，他会生气的。这种风俗的形成，和长期的游牧生活有关。一家子住在大草原上，天苍苍，野茫茫，多见牛羊少见人，他们很期盼来一位远方的客人谈谈聊聊。一坐下来，先是喝奶茶，吃奶食。奶茶以砖茶熬成，加奶，加盐。这种略带咸味的奶茶香港人大概是喝不惯的，但为蒙古族人所不可或缺。奶食有奶皮子、奶豆腐、奶渣子。这时候，外面已经有人动手杀羊了。

蒙古族人杀羊利索。不用什么利刃，就是一把普通的折刀就行了。一会儿的工夫，一只整羊剔剥出来了，羊皮晾在草地上，羊肉已经进了锅。杀了羊，草地上连一滴血都不沾。羊血和内脏喂狗。内蒙古的狗极高大凶猛，样子吓人，跑起来后爪搭至前爪之前，能追吉普车！

手把羊肉就是白煮的带骨头的大块羊肉。一只手攥着，另一只手用蒙古刀切割着吃。没有什么调料，只有一碗盐水，可以蘸蘸。这样的吃法，要有一点技巧。蒙古族人能把一块肉搜剔得非常干净，吃完，只剩下一块雪白的骨头，连一丝肉都留不下。咱们吃了，总要留下一些筋头巴脑。蒙古族人一看就知道：这不是一个牧民。

吃完手把肉，有时也用羊肉汤煮一点挂面。内蒙古人不大吃粮食，他们早午喝奶茶时吃一把炒米——黄米炒熟了，晚饭有时吃挂面。内蒙古族人买挂面不是论斤，而是一车一车地买。内蒙古人有时也吃烙饼，牛奶和的，放一点发酵粉，极香软。

我们在达茂旗吃了一次"羊贝子"，羊贝子即全羊。这是招待贵客才设的。整只的羊，在水里煮四十五分钟就上来了。吃羊贝子有一套规矩，全羊趴在一个大盘子里，羊蹄剁掉了，羊头切下来放在羊的颈部，先得由尊贵的客人，用刀子切下两条一定部位的肉，斜十字搭在羊的脊背上，然后，羊头撤去，其他客人才能拿起刀来各选自己爱吃的部位片切了吃。我们同去的人中有对羊贝子不敢领教的。因为整只的羊肉才煮四十五分钟，有的地方一切下去，会沁出血来。本人则是"照吃不误"。好吃吗？好吃极了！鲜嫩无比，人间至味。蒙古族人认为羊肉煮老了不好吃，也不好消化；带一点生，也没有关系。

我在新疆吃过哈萨克族的手把肉，肉块切得极小，和面条同煮，吃时用右手抓了羊肉和面条同时入口，风味与内蒙古不同。

堂倌
*《风景》节选

　　我从来没有吃过好坛子肉，我以为坛子里烧的肉根本没有什么道理。但我之所以不喜欢东福居倒不是因为不欣赏他们家的肉。年轻若是不能吃点肥肥的东西，大概要算是不正常的。在学校里吃包饭，过个十天半个月，都有人要拖出一件衣服，挟两本书出去，换成钱，上馆子里补一下。一商量，大家都赞成东福居，因为东福居便宜，有"真正的肉"。可是我不赞成。不是闹别扭，坛子肉总是个肉，而且他们那儿的馒头真不小。我不赞成的原因是那儿的一个堂倌。自从我注意上这个堂倌，我就不想去了。也许现在我之所以对坛子肉失去兴趣，与那个堂倌多少有点关系。这我自己也闹不清。我那么一说，大家知道颇能体谅，以后就换了一家。

　　在馆子里吃东西而闹脾气是最无聊的事。人在吃的时候本已不怎么好看，容易叫人想起野兽和地狱（我曾见过一个瞎子吃东西，可怕极了。他是"完全"看不见。幸好我们还有一双眼睛！）。再加上吼啸，加上粗脖子红脸暴青筋，加上拍桌子打板凳，加上骂人，毫无学问地、不讲技巧地骂人，真是不堪入画。于是堂倌来了，"你啦你啦"赔笑脸。不行，赶紧，掌柜挪着碎步子（可怜他那双包在脚布里的八字脚），哈着腰，跟着客人骂："岂有此理，是，浑蛋，花钱是要吃对味的！"得，把先生武装带取下来，拧毛巾，送出大门，于是，大家做鬼脸，说两句俏皮话，泔水缸冒泡子，菜里没有"清香"了，聊以解嘲。这种种令人觉得生之悲哀。这，哪一家都有，我们见惯了，最多少吃半个馒头，然而，要是在饭馆里混一辈子……

这个堂倌，他是个方脸，下颌很大，像削出来的。他剪平头，头发老是那么不长不短的。他老穿一件白布短衫。天冷了，他也穿长的，深色的，冬天甚至他也穿得厚厚的。然而换来换去，他总是那个样子。他像是总穿一件衣裳，衣裳不能改变他什么。他的衣裳总是干干净净——我真希望他能够脏一点。他绝不是自己对干干净净有兴趣。简直说，他对世界一切不感兴趣。他一定有个家的，我想他从不高兴地抱抱他的孩子。孩子他抱的，他太太让他抱，他就抱。馆子生意好，他进账不错。可是拿到钱他也不欢喜。他不抽烟，也不喝酒！他看到别人笑、别人丧气，他毫无表情。他身子大大的，肩膀阔，可是他透出一种说不出来的疲倦，一种深沉的疲倦。座上客人，花花绿绿，发亮的，闪光的，醉人的香，刺鼻的味，他都无动于衷。他眼睛空漠漠的，不看任何人。他在嘈乱之中来去，他不是走，是移动。他对他的客人，不是恨，也不轻蔑，他讨厌。连讨厌也没有了，好像叫许多蚊子围了一夜的人，不大在意了。他让我想起死！

"坛子肉。"

"嗯。"

"小肚。"

"嗯。"

"鸡丝拉皮、花生米辣白菜……"

"嗯。"

"爆羊肚、糖醋里脊——"

"嗯。"

"鸡血酸辣汤！"

"嗯。"

说什么他都是那么一个平平的，不高、不低、不粗、不细、不带感情、不作一点装饰的"嗯"。这个声音让我激动。我相信我不大忍得住了，我那个鸡血酸辣汤是狂叫出来的。结果怎么样？我们叫了水饺，他也嗯，而等了半天（我不怕等，我吃饭常一边看书一边吃，毫不着急，今日我就带了书来的），座上客人换了一批又一批，水饺不见来。我们总不能一

222

直坐下去，叫他!

"水饺呢？"

"没有水饺。"

"那你不说？"

"我对不起你。"

他的方脸上一点不走样，眼睛里仍是空漠漠的。我有点抖，我充满一种莫名其妙的痛苦。

徽菜

*《皖南一到》节选

　　徽菜专指徽州菜，不是泛指安徽菜。徽菜有特点，味重油多，臭鳜鱼是突出的代表作。据说过去贵池人以鱼篓挑鳜鱼至徽州卖，路上得走几天，至徽州，鱼已发臭，徽州人烹食之，味极美，遂为名菜。

　　我们在合肥的徽菜馆中吃的鳜鱼是新鲜的，但煎熟后浇以臭卤，味道也非常好，不失为使人难忘的异味。炸斑鸠，极香，骨尽酥，可以连骨嚼咽。毛豆腐是徽州人嗜吃的家常菜。宾馆和饭店做的毛豆腐都是用油炸出虎皮，浇以碎肉汁，加工过于精细，反不如我在屯溪老街一豆腐坊中所吃的，在平锅上煎熟，蘸以葱花辣椒糊，更有风味。屯溪烧饼以霉干菜肉末为馅，烤出脆皮，为他处所无。徽州人很爱吃，但亦不能仿制，不知有何诀窍。

224

唐巴拉牧场

*《天山行色》节选

在乌鲁木齐、在伊犁，接待我们的同志，都劝我们到唐巴拉牧场去看看，说是唐巴拉很美。

唐巴拉果然很美，但是美在哪里，又说不出。勉强要说，只好说：这儿的草真好！

喀什河经过唐巴拉，流着一河碧玉。唐巴拉多雨。由尼勒克往唐巴拉，汽车一天到不了，在卡提布拉克种蜂场住了一夜。那一夜就下了一夜大雨。有河，雨水足，所以草好。这是一个绿色的王国，所有的山头都是碧绿的。绿山上，这里那里，有小牛在慢悠悠地吃草。唐巴拉是高山牧场，牲口都散放在山上，尽它自己漫山瞎跑，放牧人不用管它，只要隔两三天骑着马去看看，不像内蒙古，牲口放在平坦的草原上，真绿，空气真新鲜，真安静———一点声音都没有。

我们来晚了。早一个多月来，这里到处是花。种蜂场设在这里，就是因为这里花多。这里的花很多是药材，党参、贝母……蜜蜂场出的蜂蜜能治气管炎。

　　有的山是杉山。山很高，满山长了密匝匝的云杉。云杉极高大。这里的云杉据说已经砍伐了三分之二，现在看起来还很多。招待我们的一个哈萨克牧民告诉我们，林业局有规定，四百年以上的，可以砍；四百年以下的，不许砍。云杉长得很慢。他用手指比了比碗口粗细："一百年，才这个样子！"

　　到牧场，总要喝喝马奶子，吃吃手抓羊肉。

　　马奶子微酸，有点像格瓦斯，我在内蒙古喝过，不难喝，但也不觉得怎么好喝。哈萨克族人可是非常爱喝。他们一到夏天，就高兴了：可以喝"白的"了。大概他们冬天只能喝砖茶，是黑的。马奶子要夏天才有，要等母马下了驹子，冬天没有。一个才会走路的男娃子，老是哭闹。给他糖，给他苹果，都不要，摔了。他妈给他倒了半碗马奶子，他吧唧吧唧地喝起来，安静了。

　　招待我们的哈萨克族牧人的孩子把一群羊赶下山了。我们看到两个男人把羊一只一只周身揣过，特别用力地揣它的屁股蛋子。我们明白，这是揣羊的肥瘦（羊们一定不明白，主人这样揣它是干什么）。揣了一只，拍它一下，放掉了；又捉过一只来，反复地揣。看得出，他们为我们选了一只最肥的羊羔。

　　哈萨克族人吃羊肉和内蒙古不同，内蒙古是各人攥了一大块肉，自己用刀子割了吃。哈萨克族是一个大瓷盘子，下面衬着煮烂的面条，上面覆盖着羊肉，主人用刀把肉割成碎块，大家连肉带面抓起来，送进嘴里。

好吃吗？

好吃！

吃肉之前，由一个孩子提了一壶水，注水遍请客人洗手，这风俗近似阿拉伯、土耳其。

"唐巴拉"是什么意思呢？哈萨克族主人说，听老人说，这是蒙古族话。从前山下有一片大树林子，蒙古族人每年来收购牲畜，在树上烙了好些印子（印子本是烙牲口的），作为做买卖的标志。唐巴拉是印子的意思。他说：也说不准。

上梁山

*《菏泽游记》节选

　　早发菏泽，经巨野，至郓城小憩。郓城是一个新建的现代城市，老城已经看不出痕迹。城中旧有乌龙院遗址，询之一老人，说是在天主堂的旁边。他说："您这是问俺咧，问那些小青年，他们都不知道。"按乌龙院当是后人附会，不应信。《水浒传》说宋江讨了阎婆惜，"就在县西巷内，讨了一所楼房，置办些家伙什物，安顿了阎婆惜娘儿两个在那里居住"（《坐楼杀惜》有几分根据），并没有说盖了什么乌龙院。宋江把安顿阎婆惜的"小公馆"命名为乌龙院也颇怪，这和风花雪月实在毫不相干。近午，抵梁山县。县是一九四九年建置的，因境内有梁山而得名。

　　传说中的梁山，很有可能就在这里（听说有人有不同意见）。元高文秀《黑旋风双献功》杂剧云："寨名水浒，泊号梁山……南通巨野、金乡，北靠青、齐、兖、郓。"按其地望，实颇相似。《双献功》是杂剧，不是信史，但高文秀距南宋不远，不会无缘无故地制造出一个谣言。现在还有一条宽约四尺、相当平整的路，从山脚直通山顶，称为"宋江马道"，说是宋江当初就是从这条路骑马上山的。这条路是人修的，想来是有人在山上安寨驻扎过。否则，这里既非交通要道，山上又无什么特殊的物产，当地的乡民是不会修出这样一条"马道"来的。主峰虎头山的山腰有两道石头垒成的寨墙，一为外寨，一为内寨，这显然就是为了防御用的。墙已坍塌，只余下正面的一截了，还有三四尺高。石块皆如斗大。余嘉锡《宋江三十六人考实》引元袁桷过梁山泊诗："飘飘愧陈人，历历见遗址。流移散空洲，崛强导故垒。""故垒"或当即指的是这两道寨墙。想来当初是颇为结实而雄伟的，如袁桷所云，是"崛强"的。山顶有一块平地或云有十五亩，即忠义堂所在。堂址前的一块石头上有旗杆窝，说是插杏黄旗的，小且浅，似不可信。

梁山不甚高大，山势也不险恶。以我这样的年龄（六十三岁），这样的身体（心脏欠佳），可以一口气走上山顶而不觉得怎么样。这样一座山，能做出那样大的一番事业吗？清代的王培荀就说过："自今视之，山不高大，山外一望平陆。"他怀疑小说"铺张太过"（《乡园忆旧录》）。曹玉珂过梁山，也发出过类似疑问，"于是近父老而问之"，对曰"险不在山而在水也"。原来如此!

梁山周围原来是一片大水,即梁山泊,累经变迁。《辞海》"梁山泊"条言之甚详:"'泊'一作'泺'。在今山东梁山、郓城等县间。南部梁山以南,本系大野泽的一部分,五代时泽面北移,环梁山皆成巨浸,始称梁山泊。从五代到北宋,多次被溃决的黄河河水灌入,面积逐渐扩大,熙宁以后,周围达八百里。入金后河徙水退,渐涸为平地。元末一度为黄河决入,又成大泊,不久又涸。"历来关于梁山泊的记载,迷离扑朔,或说八百里,或说三百里,或说有水,或说没有水,《辞海》算是把它的来龙去脉理出一个头绪来了。

梁山东面的东平湖现在的面积还有三十一万亩,比微山湖略小,据说原来东平湖和梁山泊是连着的,那可是一片非常壮观的大水!前年黄河分洪,河水还曾从东平湖漫过来,直抵梁山脚下。水退了,山下仍是"一望平陆",整整齐齐,一方块一方块麦子地。梁山遂成了一座干山,只有梁山,并无水泊了。

梁山县准备把梁山修复起来,已经成立了修复梁山规划领导小组。栽了很多树,还在本山修了断金亭。断金亭结构疏朗,斗拱甚大,像个宋代建筑。以后还将陆续修建,想要把黄河水引过来,恢复梁山旧观。不过这大概需要好多年。所谓"修复"也只能得其仿佛。《水浒传》是小说,大部分是虚构的,谁知道水泊梁山到底是个什么样子呢?

在梁山住两日，餐餐食有鱼。鱼皆鲜活，是从东平湖里捞上来的。梁山人很会做鱼，糖醋、酥煮、清蒸，皆极精妙，达到理想的程度。这大概还是梁山泊时期留下的传统。本地尤重鲤鱼，"无鱼不成席"，虽鸡鸭满桌，若无一尾活鲤鱼，即非待客的敬意。东平湖水与黄河通，所以这里的鲤鱼也算黄河鲤。本地人云：辨黄河鲤鱼之法，剖开鱼肚，鱼肉雪白，即是黄河鲤；别处的鲤鱼，里面都有一层黑膜。鲤鱼要大小适中。以二斤半到三斤的为最贵，过小过大，都不值钱。办喜事，尤其要用这般大小的鱼。本地人说："等着吃你的鱼咧！"意思即是等着吃你的喜酒。鱼必二斤半至三斤，多少钱都要，这样的鱼遂无定价，往往一桌席，一半便是这条鱼钱。我们吃的，正是这样大的鲤鱼。吃着鲤鱼不禁想起《水浒传》。吴学究往碣石村说三阮撞筹，借口便是"如今在一个大财主家做门馆教学，今来要对付十数尾金色鲤鱼"。此地特重鲤鱼，由来久矣。不过吴用要的却是十四五斤的。十四五斤的鲤鱼，不好吃了。这是因为写《水浒传》的施耐庵对吃黄河鲤不大内行，还是古今风俗有异了呢？

《水浒传》第三十八回，宋江在琵琶亭上，忽然心里想要鱼辣汤吃，"便是不才酒后，只爱口鲜鱼汤吃"。宋江是郓城人，离梁山泊不远，他是从小吃惯了鲜鱼的，难怪说腌了的鱼不中吃。

修复梁山规划小组的同志嘱写几个字，为书俚句：

远闻巨野泽，来上宋江山。

马道横今古，寨墙积暮烟。

旧址颇茫渺，遗规尚俨然。

何当觇杏帜，舟渡蓼花滩？

宿梁山之第二日，大雨，破晓时雨始渐住。这场雨对小麦十分有利。一位老人说："我活了七十年，没见过这时候下这样的雨的！"这真是及时雨。山东今年是个好年景。

辑五

昆明的美食

昆明的吃食

几家老饭馆

东月楼。东月楼在护国路，这是一家地道的云南饭馆。其名菜是锅贴乌鱼。乌鱼两片，去其边皮，大小如云片糕，中夹宣威火腿一片，于平铛上文火烙熟，极香美。宜酒宜饭，也可作点心。我在别处未吃过，在昆明别家饭馆也未吃过，信是人间至味。

东月楼另一名菜是酱鸡腿。入味，而鸡肉不"柴"。

映时春。映时春在武成路东口，这是一家不大不小的饭馆。最受欢迎的菜是油淋鸡。生鸡剁为大块，以热油反复浇灼，至熟，盛以一尺二寸的大盘，蘸花椒盐吃，皮酥肉嫩。一盘上桌，顷刻无余。

映时春还有两道菜为别家所无。一是雪花蛋。乃以温油慢炒鸡蛋清，上撒火腿细末。雪花蛋比北方饭馆的芙蓉鸡片更为细嫩，然无宣腿细末则无以发其香味。如用蛋黄，以同法炒之，则名桂花蛋。

这是一个两层楼的饭馆。楼下散座，卖冷荤小菜，楼上卖热炒。楼上有两张圆桌，六张大八仙桌，座位经常总是满的。招呼那么多客人，却只有一个堂倌。这位堂倌真是能干。客人点了菜，他记得清清楚楚（从前的饭馆是不记菜单的），随即向厨房里大声报出菜名。如果两桌先后点了同一样菜，就大声追加一句："番茄炒鸡蛋一作二（一锅炒两盘）。"听到厨房里锅铲敲炒的声音，知道什么菜已经起锅，就飞快下楼（厨房在楼下，在店堂之里，菜炒得了，由墙上一方窗口递出），转眼之间，又一只手托一盘菜，飞快上楼，脚踩楼梯，噔噔噔噔，麻溜之至。他这一天上楼下楼，不知道有多少趟。累计起来，他一天所走的路怕有几十里。客人吃完了，他早已在心里把账算好，大声向楼下账桌报出钱数：下来几位，几十元几角。他的手、脚、嘴、眼一刻不停，而头脑清晰灵敏，从不出错，这真是个有过人精力的堂倌。看到一个精力旺盛的人，是叫人高兴的。

过桥米线·汽锅鸡

这似乎是昆明菜的代表作，但是今不如昔了。

原来卖过桥米线最有名的一家，在正义路近文庙街拐角处，一个牌楼的西边。这一家的字号不大有人知道，但只要说去吃过桥米线，就知道指的是这一家，好像"过桥米线"成了这家的店名。这一家之所以有名，一是汤好。汤面一层鸡油，看似毫无热气，而汤温在一百度以上。据说有一个"下江人"司机不懂吃过桥米线的规矩，汤上来了，他咕咚喝下去，竟烫死了。二是片料讲究，鸡片、鱼片、腰片、火腿片，都切得极薄，而又完整无残缺，推入汤碗，即时便熟，不生不老，恰到好处。

专营汽锅鸡的店铺在正义路近金碧路处。这家的字号也不大有人知道，但店里有一块匾，写的是"培养正气"，昆明人碰在一起，想吃汽锅鸡，就说："我们去培养一下正气。"中国人吃鸡之法有多种，其最著名者有广州盐焗鸡、常熟叫花鸡，而我以为应数昆明汽锅鸡为第一。汽锅鸡的好处在哪里？曰：最存鸡之本味。汽锅鸡须少放几片宣威火腿，一小块三七，则鸡味越"发"。走进"培养正气"，不似走进别家饭馆，五味混杂，只是清清纯纯，一片鸡香。

为什么现在的汽锅鸡和过桥米线不如从前了？从前用的鸡不是一般的鸡，是"武定壮鸡"。"壮"不只是肥壮而已，这是经过一种特殊的技术处理的鸡，据说是把母鸡骗了。我只听说过公鸡有骗了的，没有听说母鸡也能骗。母鸡骗了，就使劲长肉，"壮"了。这种手术只有武定人会做。武定现在会做的人也不多了，如不注意保存，可能会失传。我对母鸡能骗，始终有点将信将疑。不过武定鸡确实很好。前年在昆明，佤佤族①女作家董秀英的爱人，特意买到一只武定壮鸡，做出汽锅鸡来，跟我五十年前在昆明吃的还是一样的。

这家还有一个特别之处，用大锅煮了一锅苦菜汤。这苦菜汤是奉送的，顾客可以自己拿了大碗去盛。汤甚美，因为加了一些洗净的小肠同煮。

昆明是菌类之乡。除鸡㙡外，干巴菌、牛肝菌、青头菌，都好吃。

小西门马家牛肉馆。马家牛肉馆只卖牛肉，亦无煎炒烹炸，所有牛肉都是头天夜里蒸煮熟了的，但分部位卖。净瘦肉切薄片，整齐地在盘子里码成两溜，谓之"冷片"，蘸甜酱油吃。甜酱油我只在云南见过，别处没有。冷片盛在碗里浇以热汤，则为"汤片"，也叫"汤冷片"。牛肉切成骨牌大的块，带点筋头巴脑，以红曲染过，亦带汤，为"红烧"。有的名目很奇怪，外地人往往不知道这是什么部位的。牛肚叫作"领

---

①佤佤族，佤族的旧称。

肝"，牛舌叫"撩青"。"撩青"之名甚为形象，牛舌头的用处可不是撩起青草往嘴里送吗？不大容易吃到的是"大筋"，即牛鞭也。有一次我陪一位女同学上马家牛肉馆，她问："这是什么东西？"我真没法回答她。

马家隔壁是一家酱园。不时有人托了一个大搪瓷盘，摆上七八样酱菜，放在小碟子里，藠头、韭菜花、腌姜……供人下饭（马家是卖白米饭的）。看中哪几样，即可点要，所费不多。这颇让人想起《东京梦华录》之类的书上所记的南宋遗风。

护国路白汤羊肉。昆明一般饭馆里是不卖羊肉的。专卖羊肉的只有不多的几家，也是按部位卖，如"拐骨"（带骨腿肉）、"油腰"（整羊腰，不切）、"灯笼"（羊眼）……都是用红曲染了的。只有护国路一家卖白汤羊肉，带皮，汤白如牛乳，蘸花椒盐吃。

奎光阁面点。奎光阁在正义路，不卖炒菜米饭，只卖面点，昆明似只此一家。卖葱油饼（直径五寸，葱甚多，猪油煎，两面焦黄）、锅贴、片儿汤（白菜丝、蛋花下面片）。

玉溪街蒸菜。玉溪街有一家玉溪人开的饭馆，只卖蒸菜，不卖别的。好几摞小笼，一屋子热气腾腾。蒸鸡、蒸骨、蒸肉……"瓢（读去声）小瓜"甚佳。小南瓜挖去瓤（此读平声），塞入切碎的猪肉，蒸熟去笼盖，瓜香扑鼻。这家蒸菜的特点是衬底不用洋芋、白薯，而用皂角仁。皂角仁这东西，我的家乡女人绣花时用来"光"（去声）绒，绒沾皂仁黏液，则易入针，且绣出的花有光泽。云南人却拿来吃，真是闻所未闻。皂角仁吃起来细腻软糯，很有意思。皂角仁不可多吃。我们过腾冲时，宴会上有一道皂角仁做的甜菜，一位河北老兄一勺又一勺地往下灌。我警告他，这样吃法不行，他不信。结果是这位老兄才离座席，就上厕所。皂角仁太滑了，到了肠子里会飞流直下。

米线饵块

米线属米粉一类。湖南米粉、广东的沙河粉，都是带状，扁而薄。云南的米线是圆的，粗细如线香，是用压饸饹似的办法压出来的。这东西本来就是熟的，临吃加汤及配料，煮两开即可。昆明讲究"小锅米线"。小铜锅，置炭火上，一锅煮两三碗，甚至只煮一碗。

米线的配料最常见的是"焖鸡"。焖鸡其实不是鸡，而是加酱油、花椒、大料煮出的小块净瘦肉（可能过油炒过）。本地人爱吃焖鸡米线。我们刚到昆明时，昆明的电影院里放的都是美国电影，有一个略懂英语的人坐在包厢（那时的电影院都有包厢）的一角以意为之地加以译解，叫作"演讲"。有一次在大众电影院，影片中有一个情节，是约翰请玛丽去"开餐"，"演讲"的人说："玛丽呀，你要哪样？"楼下观众中有一个西南联大的同学大声答了一句："两碗焖鸡米线！"这本来是开开玩笑，不料"演讲"人立即把电影停住，把全场的灯都开了，厉声问："是哪个说的？哪个说的！"差一点打了一次群架。"演讲"人认为这是对云南人的侮辱。其实焖鸡米线是很好吃的。

另一种常见的米线是"爨肉米线"，即在米线锅中放入肉末。这个"爨"字实在难写，但是昆明的米线店的价目表上都是这样写的。大概云南有《爨宝子》《爨龙颜》两块名碑，云南人对它很熟悉，觉得这样写很亲切。

巴金先生在写怀念沈从文先生的文章中，说沈先生请巴老吃了两碗米线，加一个鸡蛋、一个西红柿，就算一顿饭。这家卖米线的铺子，就在沈先生住的文林街宿舍的对面。沈先生请我吃过不止一次。他们吃的大概是"爨肉米线"。

米线也还有别的配料。文林街另一家卖米线的就有：鳝鱼米线，鳝鱼切片，酱油汤煮，加很多蒜瓣；叶子米线，猪肉皮晾干油炸过，再用温水发开，切成长片，入汤煮透，这东西有的地方叫"响皮"，有的地方叫"假鱼肚"，昆明叫"叶子"。

苴忠寺坡有两家卖"炝肉米线"。大块肥瘦猪肉，煮极烂，置大瓷盘中，用竹片刮下少许，置米线上，浇以滚开的白汤。

青莲街有一家卖羊血米线。大锅煮羊血，米线煮开后，舀半生羊血一大勺，加芝麻酱、辣椒、蒜泥。这种米线吃法甚"野"，而鄙人照吃不误。

护国路有一家卖炒米线。小锅，放很多猪油，少量的汤汁，加大量的辣椒炒。甚咸而极辣。

凉米线。米线加一点绿豆芽之类的配菜，浇作料。加作料前堂倌要问："吃酸醋嘛甜醋？"一般顾客都说："酸甜醋。"即两样醋都要。甜醋别处未见过。

米粉揉成小枕头状的一坨，蒸熟，是为饵块。切成薄片，可加肉丝青菜同炒，为炒饵块；加汤煮，为煮饵块。云南人认为腾冲饵块最好。腾冲人把炒饵块叫作"大救驾"。据说明永历帝被吴三桂追赶，将逃往缅甸，至腾冲，没吃的，饿得走不动了，有人给他送了一盘炒饵块，万岁爷狼吞虎咽，吃得精光，连说："这可救了驾了！"我在腾冲吃过大救驾，没吃出所以然，大概我那天也不太饿。

饵块切成火柴棍大小的细丝，叫作饵丝。饵丝缅甸也有。我曾在中缅交界线上吃过一碗饵丝。那地方的国界没有山，也没有河，只是在公路上用白粉画一道三寸来宽的线，线以外是缅甸，线以内是中国。紧挨着国境线，有一个缅甸人摆的饵丝摊。这边把钱（人民币）递过去，那边就把饵丝递过来。手过国界没关系，只要脚不过去，就不算越境。缅甸饵丝与中国饵丝味道一样！

还有一种饵块是米面的饼，形状略似北方的牛舌饼，但大一些，有一点像鞋底子。用一盆炭火，上置铁算子，将饵块饼摊在算子上烤，不停地用油纸扇扇着，待饵块起泡发软，用竹片涂上芝麻酱、花生酱、甜酱油、油辣子，对折成半月形，谓之"烧饵块"。入夜之后，街头常见一盆红红的炭火，听到一声悠长的吆唤："烧饵块！"给不多的钱，一"块"在手，边走边吃，自有一种情趣。

点心和小吃

火腿月饼。昆明吉庆祥火腿月饼天下第一。因为用的是"云腿"（宣威火腿），做工也讲究。过去四个月饼一斤，按老秤说是四两一个，称为"四两砣"。前几年有人从昆明给我带了两盒"四两砣"来，还能保持当年的质量。

破酥包子。油和的发面做的包子。包子的名称中带一个"破"字，似乎不好听。但也没有办法，因为蒸得了皮面上是有一些小小裂口。糖馅肉馅皆有，吃起来是很好吃的，就是太"油"了。你想想，油和的面，刚揭笼屉，能不"油"吗？这种包子，一次吃不了几个，而且必须喝很浓的茶。

玉麦粑粑。卖玉麦粑粑的都是苗族的女孩。玉麦即苞谷。昆明的汉人叫苞谷，而苗人叫玉麦。新玉麦，才成粒，磨碎，用手拍成烧饼大，外裹玉麦的箨片（粑粑上还有手指的印子），蒸熟，放在漆木盆里卖，上覆杨梅树叶。玉麦粑粑微有咸味，有新玉麦的清香。苗族女孩子吆唤："玉麦粑粑……"声音娇娇的，很好听。如果下点小雨，尤有韵致。

洋芋粑粑。洋芋学名马铃薯，山西、内蒙古叫山药，东北、河北叫土豆，上海叫洋山芋，云南叫洋芋。洋芋煮烂，捣碎，入花椒盐、葱花，于铁勺中按扁，放在油锅里炸片时，勺底洋芋微脆，粑粑即漂起，捞出，即可拈吃。这是小学生爱吃的零食，我这个大学生也爱吃。

摩登粑粑。摩登粑粑即烤发面饼，不过是用松毛（马尾松的针叶）烤的，有一种松针的香味。这种面饼只有凤翥街一家现烤现卖。西南联大的女生很爱吃。昆明人叫女大学生为"摩登"，这种面饼也就被叫成"摩登粑粑"，而且成了正式的名称。前几年我到昆明，提起这种粑粑，昆明人说：现在还有，不过不在凤翥街了，搬到另外一条街上去了，还叫作"摩登粑粑"。①

---

① 此文与前文有重复之处，略作删减。

昆明的果品

梨

我们刚到昆明的时候，满街都是宝珠梨。宝珠梨形正圆——"宝珠"大概即由此得名，皮色深绿，肉细嫩无渣，味甜而多汁，是梨中的上品。我吃过河北的鸭梨、山东的莱阳梨、烟台的茄梨……宝珠梨的味道和这些梨都不相似。宝珠梨有宝珠梨的特点。只是因为出在云南，不易远运，外省人知道的不多，名不甚著。

昆明卖梨的办法颇为新鲜，论"十"，不论斤，"几文一十"，一次要买就是十个；三个、五个，不卖。据说这是因为卖梨的不会算账，零买，他不知道要多少钱。恐怕也不见得，这只是一种古朴的习惯而已。宝珠梨大小都差不多，很"匀溜"，没有太大和很小的，论十要价，倒也公道。我们那时的胃口也很惊人，一次吃下十个梨不算一回事。现在这种"论十"的办法大概已经改变了，想来已经都用磅秤约斤了。

还有一种梨叫"火把梨"，即北方的红绡梨，所以名为火把，是因为皮色黄里带红，有的竟是通红的。这种梨如果挂在树上，太阳一照，就更像是一个一个点着了的小火把了。火把梨味道远不如宝珠梨——酸！但是如果走长路，带几个在身上，到中途休息时，嚼上两个，是很能"杀渴"的。

我曾和几个朋友骑马到金殿。下马后，买了十个火把梨，赶马的（昆明租马，马的主人大都要随在马后奔跑）也买了十个。我们买梨是自己吃，赶马的却是给马吃。他把梨托在手里，马就掀动嘴唇，把梨咬破，咯吱咯吱嚼起来。看它一边吃，一边摇脑袋，似乎觉得梨很好吃。我从来没见过马吃梨。看见过马吃梨的人大概不多。吃过梨的马大概也不多。

石榴

河南石榴，名满天下。"白马甜榴，一实值牛"，北魏以来，即有口碑。我在北京吃过河南石榴，觉得盛名之下，其实难副。粒小、色淡、味薄，比起昆明的宜良石榴差得远了。宜良石榴都很大，个个开裂，颗粒甚大，色如红宝石——有一种名贵的红宝石即名为"石榴米"，味道很甜。苏东坡曾谓读贾岛诗如食小鱼，"所得不偿劳"。我小时吃石榴，觉得吃得一嘴籽儿，而吮不出多少味道，真是"所得不偿劳"。在昆明吃宜良石榴却无此感，觉得很满足，很值得。

昆明有石榴酒，乃以石榴米于白酒中泡成，酒色透明，略带浅红，稍有甜味，仍极香烈。

不知道为什么，昆明人把宜良叫成米良。

桃

昆明桃分为离核和"面核"两种。桃甚大，一个即可吃饱。我曾在暑假中，在桃子下来的时候，买一个很大的离核黄桃当早点。一掰两半，紫核黄肉，香甜满口，至今难忘。

杨梅

昆明杨梅名火炭梅，极大极甜，颜色黑紫，正如炽炭。卖杨梅的苗族女孩常用鲜绿的树叶衬着，炎炎熠熠，数十步外，摄人眼目。

木瓜

此所谓木瓜非华南的番木瓜。

《辞海》："木瓜，植物名……亦称'楙樝'。蔷薇科。

落叶灌木或小乔木。树皮常作片状剥落，痕迹鲜明。叶椭圆状卵形，有锯齿，嫩叶背面被绒毛。春末夏初开花，花淡红色。果实秋季成熟，长椭圆形，长十至十五厘米，淡黄色，味酸涩，有香气……"

木瓜我是很熟悉的，我的家乡有。每当炎暑才退，菊绽蟹肥之际，即有木瓜上市。但是在我的家乡，木瓜只是用米闻香的。或放在瓷盘里，作为书斋清供；或取其体小形正者于手中把玩，没有吃的。且不论其味酸涩，就是那皮肉也是硬得咬不动的。至于木瓜可以入药，那我是知道的。

我到昆明，才第一次知道木瓜可以吃。昆明人把木瓜切成薄片，浸泡在水里（水里不知加了什么东西），用一个桶形的玻璃罐子装着，于水果店的柜台上出卖。我吃过，微酸，不涩，香脆爽口，别有风味。

中国古代大概是吃木瓜的。唐以前我不知道，宋代人肯定是吃的。《东京梦华录·是月巷陌杂卖》有"药木瓜、水木瓜"。《梦粱录·果之品》："木瓜，青色而小；土人劈片爆熟，入香药货之；或糖煎，名爊木瓜。"《武林旧事·果子》有"爊木瓜"，《凉水》有"木瓜汁"。看来昆明市上所卖的木瓜当是"水木瓜"。浸泡木瓜的水即当是"木瓜汁"。至于"爊木瓜"，我于昆明尚未见过，这大概是以药物泡制，如广东的陈皮梅、泉州的霉姜一类的东西，木瓜的本味已经保存不多了。

我觉得昆明吃木瓜的方法可以在全国推广。吃木瓜，从某种意义上，也可以说是我们国家的一项文化遗产。

地瓜

地瓜不是水果，但对吃不起水果的穷大学生来说，它也就算是水果了。

地瓜，湖南、四川叫作凉薯或良薯。它的好处是可以不用刀削皮，用手指即可沿藤茎把皮撕净，露出雪白的薯肉。甜，多水。可以解渴，也可充饥。这东西有一股土腥气，但是如果没有这点土腥气，地瓜也就不成其为地瓜了，它就会是另外一种什么东西了。正是这点土腥气让我想起地瓜，想起昆明，想起我们那一段穷日子，非常快乐的穷日子。

胡萝卜

联大的女同学吃胡萝卜成风。这是因为女同学也穷，而且馋。昆明的胡萝卜也很好吃。昆明的胡萝卜是浅黄色的，长至一尺以上，脆嫩多汁而有甜味，胡萝卜味儿也不是很重。胡萝卜有胡萝卜素，含维生素C，对身体有益，这是大家都知道的。不知道是谁提出，胡萝卜还含有微量的砒，吃了可以驻颜。这一来，女同学吃胡萝卜的就更多了。她们常常一把一把地买来吃。一把有十多根。她们一边谈着克列斯丁娜·罗赛蒂的诗、布朗底的小说，一边咯吱咯吱地咬胡萝卜。

核桃糖

昆明的核桃糖是软的，不像稻香村卖的核桃粘或椒盐核桃。把蔗糖熬化，倾在瓷盆里，和核桃肉搅匀，反扣在木板上，就成了。卖的时候用刀沿边切块卖，就跟北京卖切糕似的。昆明核桃糖极便宜，便宜到令人不敢相信。华山南路口，青莲街拐角，直对逼死坡，有一家高台阶门脸，卖核桃糖。我们常常从市里回联大，路过这一家，花极少的钱买一大块，边吃边走，一直走进翠湖，才能吃完。然后在湖水里洗洗手，到茶馆里喝茶。核桃在有些地方是贵重的山果，在昆明不算什么。

糖炒栗子

昆明的糖炒栗子，天下第一。第一，栗子都很大。第二，炒得很透，颗颗裂开，轻轻一捏，外壳即破，栗肉进出，无一颗"护皮"。第三，真是"糖炒栗子"，一边炒，一边往锅里倒糖水，甜味透心。在昆明吃炒栗子，吃完了非洗手不可——指头上黏的都是糖。

呈贡火车站附近，有一大片栗树林，方圆数里。树皆合抱，枝叶浓密，树上无虫蚁，树下无杂草，干净至极，我曾几次骑马过栗树林，如入画境。

昆明年俗

铺松毛

昆明春节，很多人家铺松毛——马尾松的针叶。满地碧绿，一室松香。昆明风俗，亦如别处，初一至初五不扫地，一扫地就把财气扫出了。铺了松毛不唯有过节气氛，也显得干净。

昆明城外，遍地皆植马尾松，松毛易得。

贴唐诗

昆明有些店铺过年不贴春联，贴唐诗。

昆明较小的店铺的门面大都是这样：下半截是砖墙，上半截是一排四至八扇木板，早起开门卸下木板，收市后上上。

过年不卸板，板外贴万年红纸，上写唐诗各一首。此风别处未见。初一上街闲逛，沿街读唐诗，亦有趣。

劈甘蔗

春节街头常见人赌赛劈甘蔗。七八个小伙子，凑钱买一堆甘蔗，人备折刀一把，轮流劈。甘蔗立在地上，用刀尖压住甘蔗梢，急掣刀，小刀在空中画一圈，趁甘蔗未倒，一刀劈下。劈到哪里，切断，以上一截即归劈者。有人能一刀从梢劈通到根，围看的人都喝彩。

掷升官图

掷升官图几个人玩都可以。正方的皮纸上印回文的道道，两道之间印各种官职。每人持一铜钱。掷骰子，按骰子点数往里移动铜钱，到地后一看，也许升几级为某官，也可能降几级。升官图当是清代的玩意儿，因为有"笔贴式"这样的满官。至升为军机处大臣，即为赢家，大家出钱为贺。有的官是没有实权的，只是一种荣誉，如"紫禁城骑马"。我是很高兴掷到"紫禁城骑马"的，虽然只是纸上骑马，也觉得很风光。

嚼葛根

　　春节卖葛根。置木板上，上蒙湿了水的蓝布。葛根粗如人臂。给毛把钱，卖葛根的就用薄刃快刀横切几片给你。葛根嚼起来有点像生白薯，但无甜味，微苦。本地人说，吃了可以清火。管它清火不清火，这东西我没有尝过（在中药店里倒见过，但是切成棋子块的），得尝尝，何况不贵。

米线和饵块

　　未到昆明之前，我没有吃过米线和饵块。离开昆明以后，也几乎没有再吃过米线和饵块。我在昆明住了将近七年，吃过的米线饵块可谓多矣。大概每个星期都得吃个两三回。

　　米线是米粉像压饸饹似的压出来的那么一种东西，粗细也如张家口一带的莜面饸饹。口感可完全不同。米线洁白，光滑，柔软。有个女同学身材细长，皮肤很白，有个外号，就叫"米线"。这东西从作坊里出来的时候就是熟的，只需放入配料，加一点水，稍煮，即可食用。昆明的米线店都是用带把的小铜锅，一锅只能煮一两碗，多则三碗，谓之"小锅米线"。昆明人认为小锅煮的米线才好吃。米线配料有多种，除了爨肉之外，都是预先熟制好了的。昆明米线店很多，几乎每条街都有。文林街就有两家。

　　一家在西边，近大西门，坐南朝北。这家卖的米线花样多，有焖鸡米线、糁肉米线、鳝鱼米线、叶子米线。焖鸡其实不是鸡，是瘦肉，煸炒之后，加酱油香料煮熟。糁肉即鲜肉末。米线煮开，拨入肉末，见两开，即得。昆明人不知道为什么把这种做法叫作糁肉，这是个多么复杂难写的字！云南因有二糁（《糁宝子》《糁龙颜》）碑，很多人能认识这个字，外省人多不识。云南人把荤菜分为两类，大块炖猪肉以及鸡鸭牛羊肉，谓之"大荤"，炒蔬菜而加一点肉丝或肉末，谓之"糁荤"。"糁荤"者零碎肉也。糁肉米线的名称也许是这样引申出来的。鳝鱼米线的鳝鱼是鳝鱼切段，加大蒜焖酥了的。"叶子"即炸猪皮，这东西有的地方叫"响皮"，很多地方叫"假鱼肚"，叫作"叶子"，似只有云南一省。

街东的一家坐北朝南，对面是西南联大教授宿舍，沈从文先生就住在楼上临街的一间里面。这家房屋桌凳比较干净，米线的味道也较清淡，只有焖鸡和糁肉两种，不过备有鸡蛋和西红柿，可以加在米线里。巴金同志在纪念沈先生文中说沈先生经常以两碗米线，加鸡蛋西红柿，就算是一顿饭了，指的就是这一家。沈先生通常吃的是糁肉米线。这家还卖鸡头鸡脚（卤煮）和油炸花生米，小饮极便。

莃忠寺坡有一家卖肉米线。白汤。大块臀尖肥瘦肉煮得极烂，放大瓷盘中。米线烫热浇汤后，用包馄饨用的竹片扒下约半两肉，堆在米线上面。汤肥，味厚。全城卖肉米线者只此一家。

青云街有一家卖羊血米线。大锅两口，一锅开水，一锅煮着生的羊血。羊血并不凝结，只是像一锅嫩豆腐。米线放在漏勺里在开水锅中冒得滚烫，扛羊血一大勺盖在米线上，浇芝麻酱，撒上香菜蒜泥，吃辣的可以自己加。有的同学不敢问津，或望望然而去之，因为羊血好像不熟，我则以为是难得的异味。

正义路有一个奎光阁，门面颇大，有楼，卖凉米线。米线，加好酱油、酸甜醋（昆明的醋有两种，酸醋和甜醋，加醋时店伙都要问："吃酸醋嘛甜醋？"通常都答曰："酸甜醋。"即两样都要）、五辛生菜、辣椒。夏天吃凉米线，大汗淋漓，然而浑身爽快。奎光阁在我还在昆明时就关张了。

护国路附近有一条老街，有一家专卖干烧米线，门面甚小，座位靠墙，好像摆在一个半截胡同里，没几张小桌子。干烧米线放大量猪油、酱油，一点汤，加大量的辣椒面和川花椒末，烧得之后，无汁水，是盛在盘子里吃的。颜色深红，辣椒和花椒的香气冲鼻子。吃了这种米线得喝大量的茶——最好是沱茶，因为味道极其强烈浓厚，"叫水"；而且麻辣味在舌上久留不去，不用茶水涮一涮，得一直张嘴哈气。

最为名贵的自然是过桥米线。过桥米线和汽锅鸡堪称昆明吃食的代表作。过桥米线以正义路牌楼西侧一家最负盛名。这家也卖别的饭菜，但是顾客多是冲过桥米线来的。入门坐定，叫过菜，堂倌即在每人面前放一盘生菜（主要是豌豆苗）；一盘（九寸盘）生鸡片、腰片、鱼片、猪里脊片、宣威火腿片，平铺盘底，片大，而薄如纸；一碗白坯米线。随即端来一大碗汤。汤看来似无热气，而汤温高于一百摄氏度，因为上面封了厚厚的一层鸡油。我们初到昆明，就听到不止一个人的警告：这汤万万不能单喝。说有一个下江人司机，汤一上来，端起来就喝，竟烫死了。把生片推入汤中，即刻就都熟了；然后把米线、生菜拨入汤碗，就可以吃起来。鸡片、腰片、鱼片、肉片都极嫩，汤极鲜，真是食品中的尤物。过桥米线有个传说，说是有一秀才，在村外小河对岸书斋中苦读，秀才娘子每天给他送米线充饥，为保持鲜嫩烫热，遂想出此法。娘子送吃的，要过一道桥。秀才问："这是什么米线？"娘子说："过桥米线！""过桥米线"的名称就是这样来的。此恐是出于附会。"过桥"之名我于南宋人笔记中即曾见过，书名偶忘。

饵块有两种。

一种是汤饵块和炒饵块。饵块乃以米粉压成大坨，于大甑内蒸熟，长方形，一坨有七八寸长，五寸来宽，厚约寸许，四角浑圆，如一小枕头。将饵块横切成薄片，再加几刀，切如骨牌大，入汤煮，即汤饵块；亦可加肉片、青菜炒，即炒饵块。我们通常吃汤饵块，吃炒饵块少。炒饵块常在小饭馆里卖，汤饵块则在较大的米线店里与米线同卖。饵块亦可以切成细条，名曰饵丝。米线柔滑，不耐咀嚼，连汤入口，便顺流而下，一直通过喉咙入肚。饵块饵丝较有咬劲。不很饿，吃米线；倘要充腹耐饥，吃饵块或饵丝。汤饵块饵丝，配料与米线同。青莲街逼死坡下，有一家本来是卖甜品的，忽然别出心裁，添卖牛奶饵丝和甜酒饵丝，生意颇好。或曰：饵丝怎么可以吃甜的？然而，饵丝为什么不能吃甜的呢？既然可以有甜酒小汤圆，当然也可以有甜酒饵丝。昆明甜酒味浓，甜酒饵丝香，醇，甜，糯。据本省人说，饵块以腾冲的最好。腾冲炒饵块别名"大救驾"。传南明永历帝朱由榔，败走滇西，至腾冲，饥不得食，土人进炒饵块一器，朱由榔吞食罄尽，说："这可真是救了驾了！"遂有此名。腾冲的炒饵块我吃过，只觉得切得极薄，配料讲究，吃起来与昆明的炒饵块也无多大区别。据云腾冲的饵块乃专用某地出的上等大米舂粉制成，粉质精细，为他处所不及。只有本省人能品尝各地的米质精粗，外省人吃不出所以然。

烧饵块的饵块是米粉制的饼状物，"昆明有三怪，粑粑叫饵块……"指的就是这东西。饵块是椭圆形的，形如北方的牛舌饼大，比常人的手掌略长一些，边缘稍厚。烧饵块多在晚上卖。远远听见一声吆唤："烧饵块……"声音高亢，有点凄凉。走近了，就看到一个火盆，置于支脚的架子上，盆中炽着木炭，上面是一个横搭于盆口的铁箅子，饵块平放在箅子上，卖烧饵块的用一柄柿油纸扇扇着木炭，炭火更旺了，通红的。昆明人不用葵扇，扇火多用状如葵扇的柿油纸扇。铁箅子前面是几个搪瓷把缸，内装不同的酱，平列在一片木板上。不大一会儿，饵块烧得透了，内层绵软，表面微起薄壳，即用竹片从搪瓷缸中刮出芝麻酱、花生酱、甜面酱、泼了油的辣椒面，依次涂在饵块的一面，对折起来，状如老式木梳，交给顾客。两只手捏着，边吃边走，咸、甜、香、辣，并入饥肠。四十余年，不忘此味。我也忘不了那一声凄凉而悠远的吆唤："烧饵块……"

一九八六年，我重回了一趟昆明。昆明变化很大。就拿米线饵块来说，也有了很大的变化。我住在圆通街，出门到青云街、文林街、凤翥街、华山西路、正义路各处走了走。我没有见到焖鸡米线、爨肉米线、鳝鱼米线、叶子米线，问之本地老人，说这些都没有了。代之而起的是到处都卖肠旺米线。"肠"是猪肠子，"旺"是猪血，西南几省都把猪血叫作"血旺"或"旺子"。肠旺米线四十多年前昆明是没有的，这大概是贵州传过来的。什么时候传来的？为什么肠旺米线能把焖鸡、爨肉……都打倒，变成肠旺米线的一统天下呢？是焖鸡、爨肉没人爱吃？费工？不赚钱？好像也都不是。我实在百思不得其解。

我没有去吃过桥米线，因为本地人告诉我，现在的过桥米线大大不如从前了。没有那样的鸡片、腰片——没有那样的刀工。没有那样的汤。那样的汤得用肥母鸡才煨得出，现在没有那样的肥母鸡。

烧饵块的饵块倒还有，但不是椭圆的，变成了圆的。也不像从前那样厚实，镜子样的薄薄一个圆片，大概是机制的。现在还抹那么多种酱吗？还用栎炭火来烧吗？

这些变化是怎么发生的？为什么会发生？

昆明食菌

我在昆明住过七年，离开已经四十多年，忘不了昆明的菌子。

雨季一到，诸菌皆出，空气里到处是菌子气味。无论贫富，都能吃到菌子。

常见的是牛肝菌、青头菌。牛肝菌菌盖正面色如牛肝。其特点是背面无菌褶，是平的，只有无数小孔，因此菌肉很厚，可切成薄片，宜于炒食。入口滑细，极鲜。炒牛肝菌要加大量蒜片，否则吃了会头晕。菌香、蒜香扑鼻，直入脏腑，逗人食欲。牛肝菌极廉，西南联大的大食堂的饭桌上都能有一盘。青头菌稍贵一点。青头菌菌盖正面微带苍绿色，菌褶雪白。炒或烩，宜放盐，用酱油颜色就不好看了。一般都认为青头菌格韵较高，但也有人偏嗜牛肝菌，以其滋味更为强烈浓厚。

最名贵的是鸡枞。鸡枞之名甚奇怪，"枞"字别处少见，一般字典上查不到。为什么叫"鸡枞"，众说不一，有人说鸡的菌盖"开伞"后，样子像公鸡脖子上的毛——鸡鬃。没有根据。我见过未经熟制的鸡，样子并不像鸡鬃。若是如此，何不径写作"鸡鬃"？[①]

菌子里味道最深刻（请恕我用了这样一个怪字眼）、样子最难看的，是干巴菌。这东西像一个被踩破的马蜂窝，颜色如半干牛粪，乱七八糟，当中还夹杂了许多松毛（马尾松的针叶）、草茎，择起来很费事。择也择不出大片，只是螃蟹小腿肉粗细的丝丝。洗净后，与肥瘦相间的猪肉、青辣椒同炒，入口细嚼，半天说不出话来，只觉得：世界上还有这么好吃的东西？干巴菌，菌也，但有陈年宣威火腿香味、宁波曹白鱼鲞香味、苏州风鸡香味、南京鸭胗肝香味，且杂有松毛的清香气味。干巴菌晾干，与辣椒同腌，可久藏，味与鲜时无异。

样子最好看的是鸡油菌，个个正圆，银圆大，嫩黄色，但据说不好吃。干巴菌和鸡油菌，一个中吃不中看，一个中看不中吃。

---

① 此段与前文有重复之处，略作删减。

凤翥街

　　昆明大西门外有两条街，两条街的街名都起得富丽堂皇，一条叫凤翥街，另一条叫龙翔街。其实是两条很小的街，与龙、凤一点关系都没有。凤翥街是南北向的，从大西门前横过；龙翔街对着大西门，东西向，与凤翥街相交，呈"丁"字形。龙翔街比较宽，也干净一些，但不如凤翥街热闹。

　　凤翥街北口有一座砖砌的小牌楼，大概是所谓里门。牌楼外有一小块空地，是背炭的苗族人卖炭的地方。这些苗族人是很辛苦的。他们从几十里外的山里把烧好的栎炭背到昆明来，一驮子不下二百斤，一路休息时炭驮子不卸下，只是找一个岩头或墙壁，把炭驮靠着，下面支着一个"T"字形的木拐，人倚着一驮炭站一会儿，就算是休息了。他们吃的饭非常粗粝，只是通红的糙米饭，拌一点捣碎了的辣椒和盐。他们不用碗筷，饭装在一个本色白布口袋里，就着口袋吞食，边吃边把口袋口往外翻卷。吃完了，把口袋底翻过来，抖一抖，一顿饭就完事了。有学问的人讲营养，讲食物结构，人应该吃这个，需要吃那个，这些苗族人一辈子吃辣椒盐巴拌饭，也照样活。有一年日本飞机轰炸，这些苗族人没有防空意识，吓得四处乱跑，被机枪扫射，死伤了几个。

进这个小牌楼，才是正式的凤翥街。这条街主要是由茶馆、饭馆、纸烟店、骡马店、饼店和各色各样来来往往的行人构成的。

这条长约二百米的小街上倒有五家茶馆。

挨着小牌楼是一家很小的茶馆，只有三张茶桌。招呼茶座的是一个壮实而白皙的中年妇人。这女人很能生孩子，最小的一个已经四岁了，还不时自己解开妈妈的扣子，趴在胸前吸奶。她住家在街对面。丈夫是一个精瘦的老头子，他一天不露面，只在每天下午到茶馆里来，捧着一个蓝花大碗咕嘟咕嘟喝下一大碗牛奶。这家茶馆还卖草鞋，房梁、墙壁，到处都是一串一串的草鞋。

走过几家，是一个绍兴人开的茶馆。这位绍兴老板很重乡情，只要不是本地人，他觉得都是同乡，他对西南联大的学生很有感情，联大学生去喝茶，没带钱，可以赊账。空手喝了茶，临了还能跟老板借几个钱到城里南屏大戏院去看一场电影。

街东一家是后来开的，用的是有盖带把的白瓷茶缸，有点洋气——别家茶馆都用粗瓷青花盖碗。这一家是专卖西南联大学生的，本地人不来，喝不惯这种有把的茶缸，也听不懂这些大学生的高谈阔论。

从"洋"茶馆往南，隔一个牛肉馆、一个小饭馆，还有一家茶馆，茶桌茶具都很干净，给客人拿盖碗，冲开水的是一个十二三岁的半大孩子。这家孩子也多，三个，都是男孩子。这个小大人的身后老跟着一个弟弟，有时一边做生意，一边背上还用背笼背着一个小弟弟。这小大人手脚很勤快。他终年不穿鞋，赤脚在泥地上踏得吧嗒吧嗒响。西南联大有个同学给这个小大人起了一个名字："主任儿子"。

"主任儿子"茶馆斜对面是一家本街最大，也是地道昆明味儿的茶馆。这家茶馆在凤翥街的把角，茶馆的门面一边对着凤翥街，一边对着龙翔街，两街风景，往来行人，尽在眼底，真是一个闲看漫听的好地方。进门的都是每天必至的老茶客。他们落座后第一件事便是卷叶子烟，叶子烟装在一个牛皮制成、外涂黑漆的圆盒里，在家里预先剪成等长的一段一段，上面覆着一片菜叶，以使烟叶潮润。取出几根，外面选一片完整的叶子裹紧，一支一支排在桌上，依次燃吸。这工作做得十分细致。

茶馆里每天有一个盲人打扬琴说书，愿意听就听一会儿，不愿听尽可小声说话。偶尔也有看相的来，一只手执一个面贴红纸的朝笏似的硬纸片，上写"××山人""××子"，另一只手拈着一根纸媒子，口称"送看手相不要钱"，走了一个，又来一个，但都无人搭理，不时有女孩子来卖葵花子，小声吆唤："瓜子瓜。"这家茶馆每天要扫出许多瓜子皮。

凤翥街有三家纸烟店。一家挨着小牌楼，路东。架上没有几盒烟，主要卖花生米。卖东西的是姑嫂二人。小姑子脸盘和肩膀都很宽，涂脂抹粉，见人常作媚笑。她这儿卖花生米从来不上秤约，凭她的手抓，抓多少是多少。来买的如是个漂亮小伙子，就给得多；难看的，给得少。同样价钱，数量悬殊。联大同学发现了这个秘密，凡买花生米，都推一个"小生"去。嫂子也爱向人眉目传情，眼光狡黠，不像小姑子那么直露。

另两家纸烟店门对门，各有主顾。除了卖纸烟火柴，当中还挂着一排金堂叶子。纸烟店代卖零酒。昆明的白酒分升酒、市酒两种。升酒美其名曰"玫瑰重升"，大体相当于北京的二锅头，和玫瑰了不相涉。市酒比升酒要便宜一半。昆明人有一种喝法，叫作"升掺市"，即一半升酒，一半市酒掺起来喝。

这条街上共有五家饭馆。最南的一家是一个扬州人开的，光顾的多为联大师生，本地人实在吃不惯这位大师傅的淮扬口味。他的拿手菜是过油肉，确实炒得很嫩。

街中有一家牛肉馆。这是一家回民馆，只卖牛肉。有冷片——大块牛肉白水煮得极酥，快刀切为薄片，蘸甜酱油吃；汤片——即将冷片铺在碗中浇以滚汤；红烧——牛肉的带筋不成形的小块染以红曲，炖焖，连汤卖，所谓"红烧"，其实并不放酱油；牛肚——肚板、肚领整块煮熟，切薄片，浇汤。不知道为什么没有牛百叶。牛肚谓之"领肝"，不知道是不是对"肚"有什么忌讳？牛舌，亦煮熟切片浇汤，牛舌有个特别名称，叫作"撩青"。细想一下，是可以理解的，牛的舌头可不是"撩"青草的吗？不过这未免太费思索了。牛肉馆偶有"牛大筋"卖，牛大筋是牛鞭，这是非常好吃的。牛肉馆也卖米饭，要一碗白米饭、一个"冷片"、一碗汤菜，好吃实惠。

牛肉馆隔壁是一家汉民小饭馆，只卖爨荤小炒。昆明人把荤菜分为大荤和爨荤。大荤即煨炖的大块肉，爨荤是蔬菜加一点肉爆炒。这家的炒菜都是七寸盘，两三个人吃饭最为相宜。青椒炒肉丝、炒灯笼椒（红柿子椒）、炒菜花（昆明人叫椰花菜）、番茄炒鸡蛋，等等。菜的味道很好，因为肉菜新鲜，油多火大。有一个菜我在别处没有吃过——炒青苞谷（嫩玉米），稍放一点肉末，加一点青辣椒，极清香爽口。

街的南端有两家较大的饭馆，一家在街西，龙翔街口，大茶馆的对面；另一家在大西门右侧。这是两家地地道道的云南饭馆，顾客以马锅头为最多。

马锅头是凤翥街的重要人物。三五七八个人，二三十匹马，由昆明经富民往滇西运日用百货，又从滇西运土产回昆明。他们的装束一眼就看得出来。都穿白色的羊皮板的背心，不钉纽扣，对襟两边有细皮条编缀的图案，有点像美国的西部英雄。脚下是厚牛皮底，上边用宽厚的黑色布条缝成草鞋的样子，说草鞋不是草鞋，说布鞋不是布鞋的那么一种鞋，布条上大都绣几朵红花，有的还钉了"鬼眨眼"（亮片）。上路时则多戴了黑色漆布制的凉帽。

马锅头是很苦的，他们是在风霜里生活的人。沿途食宿，皆无保证。有时到了站头，只能拾一把枯柴焖一锅饭，用随身带的刀子削一点牛干巴——牛肉割成长条，盐腌后晒干下饭。他们有钱，运一趟货能得不少钱。他们的荷包里有钞票，有时还有银圆（滇西有的地方还使用银圆），甚至印度的"半开"（金币）。他们一路辛苦，到昆明，得痛快两天（他们连人带马都住在卖花生米那家隔壁的马店里）。这是一些豪爽剽悍的男人。他们喝酒、吸烟，都是大口。他们吸起烟来很猛，不经喉咙，由口里直接灌进肺叶，吸时带飕飕的风声，好像是喝，几口，一支烟就吸完了。他们走进那两家云南馆子，一坐下首先要一盘"金钱片腿"——火腿的肘部，煮熟切片，一层薄皮，包一圈肥肉，里面是通红的瘦肉，状如金钱；然后要别的菜：粉蒸肉、黄焖鸡、炸乳扇（羊奶浮面的薄皮，揭出、晾干）、烩乳饼（奶豆腐）……他们当然都是吃得盘光碗净的，但是吃相并不粗野，喝酒是不出声的，不狂呼乱叫。

街西那家云南馆子，晚市卖羊肉。昆明羊肉都是切成大块，用红曲染了，加料，煮在一口大锅里（只有护国路有一家，卖白汤羊肉）。卖时也是分门别类，如"拐骨"、"油腰"（昆明的羊腰子好像特别大，两个熟腰子切出后就够半碗）、"灯笼"（眼睛），羊舌是不是也叫"撩青"，我就记不清了。

我们的体育老师侯先生有一次上课讲话，讲了一篇羊肉论。我们的体育课，除了跑步、投篮、跳高之外，教员还常讲讲话。这位侯先生名叫侯洛苟，学生便叫他侯老狗。其实侯先生是个很好的人，学生并不恨他，只怪他的名字起得不好。侯先生所论之羊肉，即大西门外云南馆子之羊肉也。上体育课怎么会讲起羊肉来呢？这是可以理解的。当时的大学生都很穷，营养不足，而羊肉则是偶尔还能吃得起一碗的。吃了羊肉，可增精力，这实在与体育有莫大之直接关系焉。侯先生上体育课谈羊肉的好处（主要是便宜）确实是出自对学生的关心，这一点我们是都感觉到的（他自己就常去吃一碗羊拐骨）。至于另一次他在上体育课时讲了半天狂犬病，我就不知道出于什么目的了。昆明有一阵闹狂犬病，但是大多数学生是不会被疯狗咬了的。倒是他说狂犬病亦名恐水病，得病的人看到水就害怕，这是我以前没有听说过的，算是增长了一点知识。侯先生大概已经作古。这是个非常忠厚的人。

凤翥街有一家做一种饼，其实只是小酵的发面饼，在锅里先烙至半熟，再放在炉膛内两面烤一烤，炉膛里烧的是松毛——马尾松的针叶，因此有一点很特殊的香味。这种饼原来就叫作麦粑粑，因为联大的女生很爱吃这种饼，昆明人把女学生特别是外来的女学生叫"摩登"，有人便把这种饼叫作"摩登粑粑"。本是戏称，后来竟成了正式的名字。买两个摩登粑粑，到府甬道买四两叉烧肉夹着吃，喝一碗醅茶，真是上海人所说的"小乐胃"。

　　昆明的叉烧比较咸，不像广东叉烧那样甜；比较干，不像广东的那样油乎乎、黏糊糊的。有一个广东女同学，一张长而圆的脸，有点像个氢气球，我们背后就叫她"氢气球"。这位小姐上课总带着一个提包，别的女同学的提包里无非是粉盒、口红、手绢之类，她的提包里却装了一包叉烧肉。我和她同上经济学概论，是个大教室，我们几个老是坐在最后面，她就取出叉烧肉分发给几个熟同学，我们就一面吃叉烧，一面听陈岱孙先生讲"边际效用"。这位氢气球小姐现在也一定已经当了奶奶了。

　　一九八六年，我回了一趟昆明，特意去看了看龙翔街、凤翥街。龙翔街已经拆建，成了一条颇宽的马路。凤翥街还很狭小，样子还看得出来。有些房屋还是老的，但都摇摇欲坠，残破不堪了。旧有店铺，无一尚存。我那天是早晨去的，只有街的中段有很多卖菜的摊子，碧绿生鲜，还似当年。

昆明的雨

宁坤要我给他画一张画，要有昆明的特点。我想了一些时候，画了一幅：右上角画了一片倒挂着的浓绿的仙人掌，末端开出一朵金黄色的花；左下画了几朵青头菌和牛肝菌。题了这样几行字：

昆明人家常于门头挂仙人掌一片以辟邪，仙人掌悬空倒挂，尚能存活开花。于此可见仙人掌生命之顽强，亦可见昆明雨季空气之湿润。雨季则有青头菌、牛肝菌，味极鲜腴。

我想念昆明的雨。

我以前不知道有所谓雨季。"雨季"，是到昆明以后才有了具体感受的。

我不记得昆明的雨季有多长，从几月到几月，好像是相当长的。但是并不使人厌烦。因为是下下停停、停停下下，不是连绵不断，下起来没完。而且并不使人气闷。我觉得昆明的雨季气压不低，人很舒服。

昆明的雨季是明亮的、丰满的、使人动情的。城春草木深，孟夏草木长。昆明的雨季，是浓绿的。草木的枝叶里的水分都到了饱和状态，显示出过分的、近于夸张的旺盛。

我的那张画是写实的。我确实亲眼看见过倒挂着还能开花的仙人掌。旧日昆明人家门头上用以辟邪的多是这样一些东西：一面小镜子，周围画着八卦，下面便是一片仙人掌——在仙人掌上扎一个洞，用麻线穿了，挂在钉子上。昆明仙人掌多，且极肥大。有些人家在菜园的周围种了一圈仙人掌以代替篱笆——种了仙人掌，猪羊便不敢进园吃菜了。仙人掌有刺，猪和羊怕扎。

昆明菌子极多。雨季逛菜市场，随时可以看到各种菌子。最多，也最便宜的是牛肝菌。牛肝菌下来的时候，家家饭馆卖炒牛肝菌，连西南联大食堂的桌子上都可以有一碗。牛肝菌色如牛肝，滑、嫩、鲜、香，很好吃。炒牛肝菌须多放蒜，否则容易使人晕倒。青头菌比牛肝菌略贵。这种菌子炒熟了也还是浅绿色的，格调比牛肝菌高。菌中之王是鸡㙡，味道鲜浓，无可方比。鸡㙡是名贵的山珍，但并不真的贵得惊人。一盘红烧鸡㙡的价钱和一碗黄焖鸡不相上下，因为这东西在云南并不难得。有一个笑话：有人从昆明坐火车到呈贡，在车上看到地上有一棵鸡㙡，他跳下去把鸡㙡捡了，紧赶两步，还能爬上火车。这笑话用意在说明昆明到呈贡的火车之慢，但也说明鸡㙡随处可见。有一种菌子，中吃不中看，叫作干巴菌。乍一看那样子，真叫人怀疑：这种东西也能吃？颜色深褐带绿，有点像一堆半干的牛粪或一个被踩破了的马蜂窝。里头还有许多草茎、松毛，乱七八糟！可是下点功夫，把草茎松毛择净，撕成蟹腿肉粗细的丝，和青辣椒同炒，入口便会使你张目结舌：这东西这么好吃！还有一种菌子，中看不中吃，叫鸡油菌。都是一般大小，有一块银圆那样大，滴溜儿圆，颜色浅黄，恰似鸡油一样。这种菌子只能做菜时配色用，没什么味道。

雨季的果子，是杨梅。卖杨梅的都是苗族女孩子，戴一顶小花帽子，穿着扳尖的绣了满帮花的鞋，坐在人家阶石的一角，不时吆唤一声："卖杨梅——"声音娇娇的。她们的声音使得昆明雨季的空气更加柔和了。昆明的杨梅很大，有一个乒乓球那样大，颜色黑红黑红的，叫作"火炭梅"。这个名字起得真好，真是像一块烧得炽红的火炭！一点都不酸！我吃过苏州洞庭山的杨梅、井冈山的杨梅，好像都比不上昆明的火炭梅。

雨季的花是缅桂花。缅桂花即白兰花，北京叫作"把儿兰"（这个名字真不好听）。云南把这种花叫作缅桂花，可能最初这种花是从缅甸传入的，而花的香味又有点像桂花，其实这跟桂花实在没有什么关系——不过话又说回来，别处叫它白兰、把儿兰，它和兰花也挨不上呀，也不过是因为它很香，香得像兰花。我在家乡看到的白兰多是一人高，昆明的缅桂是大树！我在若园巷二号住过，院里有一棵大缅桂，密密的叶子，把四周房间都映绿了。缅桂盛开的时候，房东（是一个五十多岁的寡妇）和她的一个养女，搭了梯子上去摘，每天要摘下来好些，拿到花市上去卖。她大概是怕房客们乱摘她的花，时常给各家送去一些。有时送来一个七寸盘子，里面摆得满满的缅桂花！带着雨珠的缅桂花使我的心软软的，不是怀人，不是思乡。

　　雨，有时是会引起人一点淡淡的乡愁的。李商隐的《夜雨寄北》是为许多久客的游子而写的。我有一天在积雨少住的早晨和德熙从联大新校舍到莲花池去。看了池里的满池清水，看了着丘尼装的陈圆圆的石像（传说陈圆圆随吴三桂到云南后出家，暮年投莲花池而死），雨又下起来了。莲花池边有一条小街，有一个小酒店，我们走进去，要了一碟猪头肉、半斤市酒（装在上了绿釉的土瓷杯里），坐了下来。雨下大了。酒店有几只鸡，都把脑袋反插在翅膀下面，一只脚着地，一动也不动地在檐下站着。酒店院子里有一架大木香花。昆明木香花很多。有的小河沿岸都是木香。但是这样大的木香却不多见。一棵木香，爬在架上，把院子遮得严严的。密匝匝的细碎的绿叶，数不清的半开的白花和饱涨的花骨朵，都被雨水淋得湿透了。

　　我们走不了，就这样一直坐到午后。四十年后，我还忘不了那天的情味，写了一首诗：

　　　　莲花池外少行人，
　　　　野店苔痕一寸深。
　　　　浊酒一杯天过午，
　　　　木香花湿雨沉沉。

　　我想念昆明的雨。

采薇

*《七载云烟》节选

大学生大都爱吃，食欲很旺，有两个钱都吃掉了。

初到昆明，带来的盘缠尚未用尽，有些同学和家乡邮汇尚通，不时可以得到接济，一到星期天就出去到处吃馆子。汽锅鸡、过桥米线、新亚饭店的过油肘子、东月楼的锅贴乌鱼、映时春的油淋鸡、小西门马家牛肉馆的牛肉、厚德福的铁锅蛋、松鹤楼的乳腐肉、"三六九"（一家上海面馆）的大排骨面，全都吃了一个遍。

钱逐渐用完了，吃不了大馆子，就只能到米线店里吃米线、饵块。当时米线的浇头很多，有焖鸡（其实只是酱油煮的小方块瘦肉，不是鸡）、㸆肉（肉末、音川，云南人不知道为什么爱写这样一个笔画繁多的怪字）、鳝鱼、叶子（油炸肉皮煮软，有的地方叫"响皮"，有的地方叫"假鱼肚"）。米线上桌，都加很多辣椒——"要解馋，辣加咸"。如果不吃辣，进门就得跟堂倌说："免红！"

到连吃米线、饵块的钱也没有的时候，便只有老老实实到新校舍吃大食堂的"伙食"。饭是"八宝饭"，通红的糙米，里面有砂子、木屑、老鼠屎。菜，偶尔有一碗回锅肉、炒猪血（云南谓之"旺子"），常备的菜是盐水煮芸豆，还有一种叫"魔芋豆腐"，为紫灰色的，烂糊糊的淡而无味的奇怪东西。有一位姓郑的同学告诫同学：饭后不可张嘴——恐怕飞出只鸟来！

一九四四年，我在黄土坡一个中学教了两个学期。这个中学是联大办的，没有固定经费，薪水很少，到后来连一点极少的薪水也发不出来，校长（也是同学）只能设法弄一点米来，让教员能吃上饭。菜，对不起，想不出办法。学校周围有很多野菜，我们就吃野菜。校工老鲁是我们的技术指导。老鲁是山东人，原是个老兵，照他说，可吃的野菜简直太多了，但我们吃得最多的是野苋菜（比园种的家苋菜味浓）、灰菜（云南叫作灰藋菜，"藋"字见于《庄子》，是个很古的字），还有一种样子像一根鸡毛掸子的扫帚苗。野菜吃得我们真有些面有菜色了。

有一个时期附近小山上柏树林里飞来很多硬壳昆虫，黑色，形状略似金龟子，老鲁说这叫豆壳虫，是可以吃的，好吃！他捉了一些，撕去硬翅，在锅里干爆了，撒了一点花椒盐，就起酒来。在他的示范下，我们也爆了一盘，闭着眼睛尝了尝，果然好吃。有点像盐爆虾，而且有一股柏树叶的清香——这种昆虫只吃柏树叶，别的树叶不吃。于是我们有了就酒的酒菜和下饭的荤菜。这玩意儿多得很，一会儿的工夫就能捉一大瓶。

要写一写我在昆明吃过的东西，可以写一大本，撮其大要写了一首打油诗。怕读者看不明白，加了一些注解，诗曰：

> 重升肆里陶杯绿①，饵块摊来炭火红②。
>
> 正义路边养正气③，小西门外试撩青④。
>
> 人间至味干巴菌⑤，世上馋人大学生。
>
> 尚有灰藋堪漫吃⑥，更循柏叶捉昆虫。

---

① 昆明的白酒分市酒和升酒。市酒是普通的白酒，升酒大概是用市酒再蒸一次，谓之"玫瑰重升"，似乎有点玫瑰香气。昆明酒店都是盛在绿陶的小碗里，一碗可盛二小两。

② 饵块分两种，都是米面蒸熟了的。一种状如小枕头，可做烫饵块、炒饵块。一种是椭圆的饼，状如鞋底，在炭火上烤得发泡，一面用竹片涂了芝麻酱、花生酱、甜酱油、油辣子，对合而食之，谓之"烧饵块"。

③ 汽锅鸡以正义路牌楼旁一家最好。这家无字号，只有一块匾，上书大字：培养正气。昆明人想吃汽锅鸡，就说："我们今天去培养一下正气。"

④ 小西门马家牛肉极好。牛肉是蒸或煮熟的，不卖炒菜，分部位，如"冷片""汤片"……有的名称很奇怪，如"大筋"（牛鞭）、"领肝"（牛肚）。最特别的是"撩青"（牛舌），牛的舌头可不是撩青草的吗？但非懂行的人会觉得这很费解。"撩青"很好吃。

⑤ 昆明菌子种类甚多，如"鸡㙡"，这是菌中之王。但是有一点我至今不明白，它为什么只在白蚁窝上长"牛肝菌"（色如牛肝，生时熟后就像牛肝，有小毒，不可多吃，且须加大量的蒜，否则会昏倒。有个女同学吃多了牛肝菌，竟至休克）。"青头菌"，菌盖青绿，菌丝白色，味较清雅。味道最为隽永深长、不可名状的是干巴菌。这东西中吃不中看，颜色紫褐，不成模样，简直像一堆牛屎，里面又夹杂了一些松毛、杂草。可是收拾干净了，撕成蟹腿状的小片，加青辣椒同炒，一箸入口，酒兴顿涨，饭量猛开。这真是人间至味！

⑥ "藋"字云南读平声。

泡茶馆

　　"泡茶馆"是联大学生特有的语言。本地原来似无此说法，本地人只说"坐茶馆"。"泡"是北京话，其含义很难准确地解释清楚。勉强解释，只能说是持续长久地沉浸其中，像泡泡菜似的泡在里面。"泡蘑菇""穷泡"，都有长久的意思。北京的学生把北京的"泡"字带到了昆明，和现实生活结合起来，便创造出一个新的语汇。"泡茶馆"，即长时间地在茶馆里坐着。本地的"坐茶馆"也含有时间较长的意思。到茶馆里去，首先是坐，其次才是喝茶（云南叫吃茶）。不过联大的学生在茶馆里坐的时间往往比本地人长，长得多，故谓之"泡"。

　　有一个姓陆的同学，是一怪人，曾经骑自行车旅行半个中国。这人真是一个泡茶馆的冠军。他有一个时期，整天在一家熟识的茶馆里泡着。他的盥洗用具就放在这家茶馆里。一起来就到茶馆里去洗脸刷牙，然后坐下来，泡一碗茶，吃两个烧饼，看书。一直到中午，起身出去吃午饭。吃了饭，又是一碗茶，直到吃晚饭。晚饭后，又是一碗，直到街上灯火阑珊，才挟着一本很厚的书回宿舍睡觉。

昆明的茶馆共分几类，我不知道。大别起来，只能分为两类，一类是大茶馆，一类是小茶馆。

正义路原先有一家很大的茶馆，楼上楼下，有几十张桌子。都是荸荠紫漆的八仙桌，很鲜亮。因为在热闹地区，坐客常满，人声嘈杂。所有的柱子上都贴着一张很醒目的字条：莫谈国事。时常进来一个看相的术士，一只手捧一个六寸来高的硬纸片，上书该术士的大名（只能叫作大名，因为往往不带姓，不能叫"姓名"；又不能叫"法名""艺名"，因为他并未出家，也不唱戏），另一只手捏着一根纸媒子，在茶桌间绕来绕去，嘴里念说着"送看手相不要钱"！"送看手相不要钱"——他手里这根媒子即是看手相时用来指示手纹的。

这种大茶馆有时唱围鼓。围鼓即由演员或票友清唱。我很喜欢"围鼓"这个词。唱围鼓的演员、票友好像不是取报酬的。只是一群有同好的闲人聚拢来唱着玩。但茶馆却可借来招徕顾客，所以茶馆便于闹市张贴告条：某月日围鼓。到这样的茶馆里来一边听围鼓，一边吃茶，也就叫作"吃围鼓茶"。"围鼓"这个词大概是从四川来的，但昆明的围鼓似多唱滇剧。我在昆明七年，对滇剧始终没有入门。只记得不知什么戏里有一句唱词"孤王头上长青苔"。孤王的头上如何会长青苔呢？这个设想实在是奇绝，因此一听就永不能忘。

我要说的不是那种"大茶馆"。这类大茶馆我很少涉足，而且有些大茶馆，包括正义路那家兴隆鼎盛的大茶馆，后来大都陆续停闭了。我所说的是联大附近的茶馆。

从西南联大新校舍出来，有两条街，凤翥街和文林街，都不长。这两条街上至少有十家茶馆。

从联大新校舍，往东，折向南，进一座砖砌的小牌楼式的街门，便是凤翥街。街头右手第一家便是一家茶馆。这是一家小茶馆，只有三张茶桌，而且大小不等，形状不一的茶具也是比较粗糙的、随意画了几笔蓝花的盖碗。除了卖茶，檐下挂着大串大串的草鞋和地瓜（湖南人所谓的凉薯），这也是卖的。张罗茶座的是一个女人。这女人长得很强壮，皮色也颇白净。她生了好些孩子。身边常有两个孩子围着她转，手里还抱着一个孩子。她经常敞着怀，一边奶着那个早该断奶的孩子，一边为客人冲茶。她的丈夫，比她大得多，状如猿猴，而目光锐利如鹰。他什么事情也不管，但是每天下午却捧了一个大碗喝牛奶。这个男人是一头种畜。这情况使我们颇为不解。这个白皙强壮的妇人，只凭一天卖几碗茶，卖一点草鞋、地瓜，怎么能喂饱了这么多张嘴，还能供应一个懒惰的丈夫每天喝牛奶呢？怪事！中国的妇女似乎有一种天授的惊人的耐力，多大的负担也压不垮。

由这家往前走几步，斜对面，曾经开过一家专门招徕大学生的新式茶馆。这家茶馆的桌椅都是新打的，涂了黑漆。堂倌系着白围裙。卖茶用细白瓷壶，不用盖碗（昆明茶馆卖茶一般都用盖碗）。除了清茶，还卖沱茶、香片、龙井。本地茶客从门外过，伸头看看这茶馆的局面，再看看里面坐得满满的大学生，就会挪步另走一家了。这家茶馆没有什么值得一记的事，而且开了不久就关了。联大学生至今还记得这家茶馆是因为隔壁有一家卖花生米的。这家似乎没有男人，站柜卖货是姑嫂两人，都还年轻，成天涂脂抹粉。尤其是那个小姑子，见人走过，辄作媚笑。联大学生叫她"花生西施"。这"西施"卖花生米是看人行事的。好看的来买，就给得多；难看的给得少。因此我们每次买花生米都推选一个挺拔英俊的"小生"去。

　　再往前几步，路东，是一个绍兴人开的茶馆。这位绍兴老板不知怎么会跑到昆明来，又不知为什么在这条小小的凤翥街上开一爿茶馆。他至今乡音未改。大概他有一种独在异乡为异客的情绪，所以对待从外地来的联大学生异常亲热。他这茶馆里除了卖清茶，还卖一点芙蓉糕、萨其马、月饼、桃酥，都装在一个玻璃匣子里。我们有时觉得肚子里有点缺空而又不到吃饭的时候，便到他这里一边喝茶一边吃两块点心。有一个善于吹口琴的姓王的同学经常在绍兴人茶馆喝茶。他喝茶，可以欠账。不但喝茶可以欠账，我们有时想看电影而没有钱，就由这位口琴专家出面向绍兴老板借一点。绍兴老板每次都是欣然地打开钱柜，拿出我们需要的数目。我们于是欢欣鼓舞，兴高采烈，迈开大步，直奔南屏电影院。

再往前，走过十来家店铺，便是凤翥街口，路东路西各有一家茶馆。

路东一家较小，很干净，茶桌不多。掌柜的是个瘦瘦的男人，有几个孩子。掌柜的事情多，为客人冲茶续水，大都由一个十三四岁的大儿子担任，我们称他这个儿子为"主任儿子"。街西那家又脏又乱，地面坑洼不平，一地的烟头、火柴棍、瓜子皮。茶桌也是七大八小，摇摇晃晃，但是生意却特别好。从早到晚，人坐得满满的。也许是因为风水好。这家茶馆正在凤翥街和龙翔街交接处，门面一边对着凤翥街，一边对着龙翔街，坐在茶馆，两条街上的热闹都看得见。到这家吃茶的全部是本地人，本街的闲人、赶马的"马锅头"、卖柴的、卖菜的。他们都抽叶子烟。要了茶以后，便从怀里掏出一个烟盒——圆形，皮制的，外面涂着一层黑漆，打开来，揭开覆盖着的菜叶，拿出剪好的金堂叶子，一支一支地卷起来。茶馆的墙壁上张贴、涂抹得乱七八糟。但我却于西墙上发现了一首诗，一首真正的诗：

　　记得旧时好，
　　跟随爹爹去吃茶。
　　门前磨螺壳，

巷口弄泥沙。

是用墨笔题写在墙上的。这使我大为惊异了。这是什么人
写的呢？

每天下午，有一个盲人到这家茶馆来说唱。他打着扬琴，
说唱着。照现在的说法，这应是一种曲艺，但这种曲艺该叫什
么，我一直没有打听着。我问过"主任儿子"，他说是"唱扬
琴的"，我想不是。他唱的是什么？我有一次特意站下来听了
一会儿，是：

············

良田美地卖了，

高楼大厦拆了，

娇妻美妾跑了，

狐皮袍子当了，

············

我想了想，哦，这是一首劝诫鸦片的歌，他这唱的是鸦片
烟之为害。这是什么时候传下来的呢？说不定是林则徐时代某
一忧国之士的作品。但是这个盲人只管唱他的，茶客们似乎都
没有在听，他们仍然在说话，各人想自己的心事。到了天黑，
这个盲人背着扬琴，点着马杆，踽踽地走回家去。我常常想：

他今天能吃饱吗？

　　进大西门，是文林街，挨着城门口就是一家茶馆。这是一家最无趣味的茶馆。茶馆墙上的镜框里装的是美国电影明星的照片，蓓蒂·黛维丝·奥丽薇、德·哈弗兰、克拉克·盖博、泰伦宝华……除了卖茶，还卖咖啡、可可。这家的特点是：进进出出的除了穿西服和麂皮夹克的比较有钱的男同学外，还有把头发卷成一根一根香肠似的女同学；有时到了星期六，还开舞会。茶馆的门关了，从里面传出《蓝色的多瑙河》和《风流寡妇》舞曲，里面正在"嘣嚓嚓"。

　　和这家斜对着的一家，跟这家截然不同。这家茶馆除卖茶，还卖煎血肠。这种血肠是牦牛肠子灌的，煎起来一街都闻见一种极其强烈的气味，说不清是异香还是奇臭。这种西藏食品，那些把头发卷成香肠一样的女同学是绝对不敢问津的。

　　由这两家茶馆往东，不远几步，面南便可折向钱局街。街上有一家老式的茶馆，楼上楼下，茶座不少。说这家茶馆是"老式"的，是因为茶馆备有烟筒，可以租用。一段青竹，旁安一个粗如小指半尺长的竹管，一头装一个带爪的莲蓬嘴，这便是"烟筒"。在莲蓬嘴里装了烟丝，点以纸媒，把整个嘴埋在筒口内，尽力猛吸，筒内的水咚咚作响，浓烟便直灌肺腑，顿时觉得浑身通泰。吸烟筒要有点功夫，不会吸的吸不出烟来。茶馆的烟筒比家用的粗得多，高齐桌面，吸完就靠在桌腿边，吸时尤需底气充足。这家茶馆门前，有一个小摊，卖酸角

（不知什么树上结的，形状有点像皂荚，极酸，入口使人攒眉）、拐枣（也是树上结的，应该算是果子，状如鸡爪，一疙瘩一疙瘩的，有的地方即叫作鸡脚爪，味道很怪，像红糖，又有点像甘草）和泡梨（糖梨泡在盐水里，梨味本是酸甜的，昆明人却偏于盐水内泡而食之。泡梨仍有梨香，而梨肉极脆嫩）。过了春节则有人于门前卖葛根。葛根是药，我过去只在中药铺见过，切成四方的棋子块儿，是经过加工的了，原物是什么样子，我是在昆明才见到的。这种东西可以当零食来吃，我也是在昆明才知道。一截葛根，粗如手臂，横放在一块板上，外包一块湿布。给很少的钱，卖葛根的便操起有点像北京切涮羊肉的肉片用的那种薄刃长刀，切下薄薄的几片给你。雪白的。嚼起来有点像干瓢的生白薯片，而有极重的药味。据说葛根能清火。联大的同学大概很少人吃过葛根。我是什么奇奇怪怪的东西都要买一点尝一尝的。

大学二年级那一年，我和两个外文系的同学经常一早就坐在这家茶馆靠窗的一张桌边，各自看自己的书，有时整整坐一上午，彼此不交语。我这时才开始写作，我的最初几篇小说，即是在这家茶馆里写的。茶馆离翠湖很近，从翠湖吹来的风里，时时带有水浮莲的气味。

回到文林街。文林街中，正对府甬道，后来新开了一家茶馆。这家茶馆的特点一是卖茶用玻璃杯，不用盖碗，也不用壶。不卖清茶，卖绿茶和红茶。红茶色如玫瑰，绿茶苦如猪胆。第二是茶桌较少，且覆有玻璃桌面。在这样桌子上打桥牌实在是再适合不过了，因此到这家茶馆来喝茶的，大都是来打桥牌的，这茶馆实在是一个桥牌俱乐部。联大打桥牌之风很盛。有一个姓马的同学每天到这里打桥牌。新中国成立后，我才知道他是老地下党员，昆明学生运动的领导人之一。学生运动搞得那样热火朝天，他每天都只是很闲在、很热衷地在打桥牌，谁也看不出他和学生运动有什么关系。

文林街的东头，有一家茶馆，是一个广东人开的，字号就叫"广发茶社"——昆明的茶馆我记得字号的只有这一家，原因之一，是我后来住在民强巷，离广发很近，经常到这家去。原因之二是——经常聚在这家茶馆里的，有几个助教、研究生和高年级的学生。这些人多多少少有一点玩世不恭。那时联大同学常组织什么学会，我们对这些俨乎其然的学会微存嘲讽之意。有一天，广发的茶友之一说："咱们这也是一个学会——广发学会！"这本是一句茶余的笑话。不料广发的茶友之一，后来在一次运动中被整得不可开交，胡乱交代问题，说他曾参加过"广发学会"。这就惹下了麻烦。几次有人专程到北京来外调"广发学会"问题。被调查的人心里想笑，又笑不出来，因为来外调的政工人员态度非常严肃。广发茶馆代卖广东点心。所谓广东点心，其实只是包了不同味道的甜馅小酥饼，面上却一律贴了几片香菜叶子，这大概是这一家饼师的特有的手艺。我在别处吃过广东点心，就没有见过面上贴有香菜叶子的——至少不是每一块都贴。

或问：泡茶馆对联大学生有些什么影响？答曰：第一，可以养其浩然之气。联大的学生自然也是贤愚不等，但多数是比较正派的。那是一个污浊而混乱的时代，学生生活又穷困得近乎潦倒，但是很多人却能自许清高，鄙视庸俗，并能保持绿意葱茏的幽默感，用来对付恶浊和穷困，并不颓丧灰心，这跟泡茶馆是有些关系的。第二，茶馆出人才。联大学生上茶馆，并不是穷泡，除了瞎聊，大部分时间都是用来读书的。联大图书馆座位不多，宿舍里没有桌凳，看书多半在茶馆里。联大同学上茶馆很少不挟着一本乃至几本书的。不少人的论文、读书报告，都是在茶馆写的。有一年一位姓石的讲师的《哲学概论》期终考试，我就是把考卷拿到茶馆里去答好了再交上去的。联大八年，出了很多人才。研究联大校史，搞"人才学"，不能不了解联大附近的茶馆。第三，泡茶馆可以接触社会。我对各种各样的人、各种各样的生活都产生兴趣，都想了解了解，跟泡茶馆有一定关系。如果我现在还算一个写小说的人，那么我这个小说家是在昆明的茶馆里泡出来的。

炸弹和冰糖莲子

　　我和郑智绵曾同住一个宿舍。我们的宿舍非常简陋，草顶、土墼墙；墙上开出一个一个方洞，安几根带皮的直立的木棍，便是窗户。睡的是双层木床，靠墙两边各放十张，一间宿舍可住四十人。我和郑智绵是邻居。我住三号床的下铺，他住五号床的上铺。他是广东人，他说的话我"识听唔识讲"，我们很少交谈。他的脾气有些怪：一是痛恨京剧；二是不跑警报。

　　我那时爱唱京剧，而且唱的是青衣（我年轻时嗓子很好）。有爱唱京剧的同学带了胡琴到我的宿舍来，定了弦，拉了过门，我一张嘴，他就骂人：

　　"丢那妈！猫叫！"

　　那两年日本飞机三天两头来轰炸，一有警报，联大同学大都"跑警报"，从新校舍北门出去，到野地里待着，各干各的

289

事，晒太阳、整理笔记、谈恋爱⋯⋯直到"解除警报"拉响，才拍拍身上的草末，悠悠闲闲地往回走。"跑警报"有时时间相当长，得一两个小时。郑智绵绝对不跑警报。他干什么呢？他留下来煮冰糖莲子。

广东人爱吃甜食，郑智绵是其尤甚者。金碧路有一家广东人开的甜食店，卖绿豆沙、芝麻糊、番薯糖水⋯⋯番薯糖水有什么吃头？然而郑智绵说"好嘢！"不过他最爱吃的是冰糖莲子。

西南联大新校舍大图书馆西边有一座烧开水的炉子。一有警报，没有人来打开水，炉子的火口就闲了下来，郑智绵就用一个很大的白搪瓷漱口缸来煮莲子。莲子不易烂，不过到解除警报响了，他的莲子也就煨得差不多了。

一天，日本飞机在新校舍扔了一枚炸弹，离开水炉不远，就在郑智绵身边。炸弹不大，不过炸弹带了尖锐哨音往下落，在土地上炸了一个坑，还是挺吓人的。然而郑智绵照样用汤匙搅他的冰糖莲子，神色不动。到他吃完了莲子，洗了漱口缸，才到弹坑旁边看了看，捡起一个弹片（弹片还烫手），骂了一声：

"丢那妈！"

南瓜子豆腐和皂角仁甜菜

*《草木春秋》节选

在云南腾冲吃了一道很特别的菜。说豆腐脑不是豆腐脑，说鸡蛋羹不是鸡蛋羹。滑、嫩、鲜，色白而微微带点浅绿，入口清香。这是豆腐吗？是的，但是用鲜南瓜子去壳磨细"点"出来的。很好吃。中国人吃菜真能别出心裁，南瓜子做成豆腐，不知是什么朝代，哪一位美食家想出来的！

席间还有一道甜菜，冰糖皂角米。皂角我的家乡颇多，一般都用来泡水，洗脸洗头，代替肥皂。皂角仁蒸熟，妇女绣花，把线在皂仁上"光"一下，绒不散，且光滑，便于入针。没有吃它的。到了昆明，才知道这东西可以吃。昆明过去有专卖蒸菜的饭馆，蒸鸡、蒸排骨，都放小笼里蒸，小笼垫底的是皂角仁，蒸得晶莹透亮，嚼起来有韧劲，好吃。比用红薯、土豆衬底更有风味，但知道可以做甜菜，却是在腾冲。这东西很滑，进口略不停留，即入肠胃。我知道皂角仁的"物性"，警告大家不可多吃。一位老兄吃得口爽，弄了一饭碗，几口就喝了。未及终席，他就奔赴厕所，飞流直下起来。

皂角仁卖得很贵，比莲子、桂圆、西米都贵，只有卖干果、山珍的大食品店才有得卖，普通的副食店里是买不到的。

近几年时兴"皂角洗发膏"，皂角恢复了原来的功能，这也算是"以故为新"吧。

辑六

吃食和文学

寻常茶话

我对茶实在是个外行。茶是喝的，而且喝得很勤，一天换三次叶子。每天起来第一件事，便是坐水、沏茶。但是毫不讲究。对茶叶不挑剔。青茶、绿茶、花茶、红茶、沱茶、乌龙茶，但有便喝。茶叶多是别人送的，喝完了一筒，再开一筒，喝完了碧螺春，第二天就可以喝蟹爪水仙。但是不论什么茶，总得是好一点的。太次的茶叶，便只好留着煮茶叶蛋。《北京人》里的江泰认为喝茶只是"止渴生津利小便"，我以为还有一种功能：提神。《陶庵梦忆》记闵老子茶，说得神乎其神。我则有点像董日铸，以为"'浓''热''满'三字尽茶理"。我不喜欢喝太烫的茶，沏茶也不爱满杯。我的家乡说为客人斟茶斟酒"酒要满，茶要浅"，茶斟得太满是对客人不敬，甚至是骂人。于是就只剩下一个字："浓"。我喝茶是喝得很酽的。曾在机关开会，有女同志尝了我的一口茶，说是

"跟药一样"。

我读小学五年级那年暑假，我的祖父不知怎的忽然高了兴，要教我读书。"穿堂"的右侧有两间空屋。里间是佛堂，挂了一幅丁云鹏画的佛像，佛的袈裟是朱红的。佛像下，是一尊乌斯藏铜佛。我的祖母每天早晚来烧一炷香。外间本是个贮藏室，房梁上挂着干菜，干的粽叶。靠墙有一坛"臭卤"，面筋、百叶、笋头、苋菜秸都放在里面臭。临窗设一方桌，便是我的书桌。祖父每天早晨来讲《论语》一章，剩下的时间由我自己写大小字各一张。大字写《圭峰碑》，小字写《闲邪公家传》，都是祖父从他的藏帖里拿来给我的。隔日作文一篇。还不是正式的八股，是一种叫作"义"的文体，只是解释《论语》的内容。题目是祖父出的。我共做了多少篇"义"，已经不记得了。只记得有一题是"孟子反不伐义"。

祖父生活俭省，喝茶却颇考究。他是喝龙井的，泡在一个深栗色的扁肚子的宜兴砂壶里，用一个细瓷小杯倒出来喝。他喝茶喝得很酽，一次要放多半壶茶叶。喝得很慢，喝一口，还得回味一下。

他看看我的字，我的"义"，有时会另拿一个杯子，让我喝一杯他的茶，真香。从此我知道龙井好喝，我的喝茶浓酽，跟小时候的熏陶也有点关系。

后来我到了外面，有时喝到龙井茶，会想起我的祖父，想起孟子反。

我的家乡有"喝早茶"的习惯，或者叫作"上茶馆"。上茶馆其实是吃点心，包子、蒸饺、烧卖、千层糕……茶自然是要喝的。在点心未端来之前，先上一碗干丝。我们那里原先没有煮干丝，只有烫干丝。干丝在一个敞口的碗里堆成塔状，临吃，堂倌把装在一个茶杯里的作料——酱油、醋、麻油浇入。喝热茶、吃干丝，一绝！

　　抗日战争时期，我在昆明住了七年，几乎天天泡茶馆。"泡茶馆"是西南联大学生特有的说法。本地人叫作"坐茶馆"，"坐"，本有消磨时间的意思，"泡"则更胜一筹。这是从北京带过去的一个字，"泡"者，长时间地沉溺其中也，与"穷泡""泡蘑菇"的"泡"是同一语源。联大学生在茶馆里往往一泡就是半天，干什么的都有，聊天、看书、写文章。有一位教授在茶馆是读梵文。有一位研究生，可称泡茶馆的冠军。此人姓陆，是一怪人。他曾经旅行了半个中国，读书甚多，而无所著述，不爱说话。他简直是"长"在茶馆里，上午、下午、晚上，要一杯茶，独自坐着看书。他连漱洗用具都放在一家茶馆里，一起来就到茶馆里洗脸刷牙。听说他后来流落在四川，穷困潦倒而死，悲夫！

　　昆明茶馆里卖的都是青茶，茶叶不分等次，泡在盖碗里。文林街后来开了一家"摩登"茶馆，用玻璃杯卖绿茶、红茶——滇红、滇绿。滇绿色如生青豆，滇红色似"中国红"葡萄酒，茶叶都很厚。滇红尤其经泡，三开之后，还有茶色。我觉得滇红比祁（门）红、英（德）红都好，这也许是我的偏见。当然比斯里兰卡的"利普顿"要差一些——有人喝不来"利普顿"，说是味道很怪。人之好恶，不能勉强。我在昆明喝过烤茶。把茶叶放在粗陶的烤茶罐里，放在炭火上烤得半焦，倾入滚水，茶香扑人。几年前在大理街头看到有烤茶罐卖，犹豫一下，没有买。买了，放在煤气灶上烤，也不会有那样的味道。

一九四六年冬，开明书店在绿杨邨请客。饭后，我们到巴金先生家喝工夫茶。几个人围着浅黄色的老式圆桌，看陈蕴珍（萧珊）"表演"：濯器、炽炭、注水、淋壶、筛茶。每人喝了三小杯。我第一次喝工夫茶，印象深刻。这茶太酽了，只能喝三小杯。在座的除巴先生夫妇，有靳以、黄裳。一转眼，四十三年了，靳以、萧珊都不在了。巴老衰病，大概没有喝一次工夫茶的兴致了。那套紫砂茶具大概也不在了。

我在杭州喝过一杯好茶。

一九四七年春，我和几个在一个中学教书的同事到杭州去玩。除了"西湖景"，使我难忘的两样方物，一是醋鱼带把。所谓"带把"，是把活草鱼脊肉剔下来，快刀切为薄片，其薄如纸，浇上好秋油，生吃。鱼肉发甜，鲜脆无比。我想这就是中国古代的"切脍"。二是在虎跑喝的一杯龙井。真正的狮峰龙井雨前新芽，每蕾皆一旗一枪，泡在玻璃杯里，茶叶皆直立不倒，载浮载沉，茶色颇淡，但入口香浓，直透脏腑，真是好茶！只是太贵了，一杯茶一块大洋，比吃一顿饭还贵。狮峰茶名不虚传，但不得虎跑水不可能有这样的味道。我自此方知道，喝茶，水是至关重要的。

我喝过的好水有昆明的黑龙潭泉水。骑马到黑龙潭，疾驰之后，下马到茶馆里喝一杯泉水泡的茶，真是过瘾。泉就在茶馆檐外地面，一个正方的小池子，看得见泉水咕嘟咕嘟往上冒。井冈山的水也很好，水清而滑。有的水是"滑"的，"温泉水滑洗凝脂"并非虚语。井冈山水洗被单，越洗越白；以泡"狗古脑"茶，色味俱发，不知道水里含了什么物质。天下第一泉、第二泉的水，我没有喝出什么道理。济南号称"泉城"，但泉水只能供观赏，用以泡茶，不觉得有什么特点。

有些地方的水真不好。比如盐城。盐城真是"盐城"，水是咸的。中产以上人家都吃"天落水"。下雨天，在天井上方张了布幕，以接雨水，存在缸里，备烹茶用。最不好吃的水是菏泽水。菏泽牡丹甲天下，因为菏泽土中含碱，牡丹喜碱性土。我们到菏泽看牡丹，牡丹极好，但是茶没法喝。不论是青茶、绿茶，沏出来一会儿就变成红茶了，颜色深如酱油，入口咸涩。由菏泽往梁山，住进招待所后，第一件事便是赶紧用不带碱味的甜水沏一杯茶。

老北京早起都要喝茶，得把茶喝"通"了，这一天才舒服。无论贫富，皆如此。一九四八年，我在午门历史博物馆工作。馆里有几位看守员，岁数都很大了。他们上班后，都是先把带来的窝头片在炉盘上烤上，然后轮流用水汆坐水沏茶。茶喝足了，才到午门城楼的展览室里去坐着。他们喝的都是花茶。北京人爱喝花茶，以为只有花茶才算是茶（很多人把茉莉花叫作"茶叶花"）。我不太喜欢花茶，但好的花茶例外，比如老舍先生家的花茶。

老舍先生一天离不开茶。他到莫斯科开会，苏联人知道中国人爱喝茶，倒是特意给他预备了一个热水壶。可是，他刚沏了一杯茶，还没喝几口，一转脸，服务员就给倒了。老舍先生很愤慨地说："他不知道中国人喝茶是一天喝到晚的！"一天喝茶喝到晚，也许只有中国人如此。外国人喝茶都是论"顿"的，难怪那位服务员看到多半杯茶放在那里，以为老先生已经喝完了，不要了。

龚定庵以为碧螺春天下第一。我曾在苏州东山的"雕花楼"喝过一次新采的碧螺春。"雕花楼"原是一个华侨富商的住宅，楼是进口的硬木造的，到处都雕了花，八仙庆寿、福禄寿三星、龙、凤、牡丹……真是集恶俗之大成，但碧螺春真是好。不过茶是泡在大碗里的，我觉得这有点煞风景。后来问陆文夫，文夫说碧螺春就是讲究用大碗喝的。茶极细，器极粗，亦怪！

在湖南桃源喝过一次擂茶。茶叶、老姜、芝麻、米，加盐放在一个擂钵里，用硬木的擂棒"擂"成细末，用开水冲开，便是擂茶。

茶可入馔，制为食品。杭州有龙井虾仁，想来不恶。裘盛戎曾用龙井茶包饺子，可谓别出心裁。日本有茶粥。《俳人的食物》说俳人小聚，食物极简单，但"唯茶粥一品，万不可少"。茶粥是啥样的呢？我曾用粗茶叶煎汁，加大米熬粥，自以为这便是"茶粥"了。有一阵子，我每天早起喝我所发明的茶粥，自以为很好喝。四川的樟茶鸭子乃以柏树枝、樟树叶及茶叶为熏料，吃起来有茶香而无茶味。曾吃过一块龙井茶心的巧克力，这简直是恶作剧！用上海人的话说：巧克力与龙井茶实在完全"弗搭界"。

吃食和文学

咸菜和文化

偶然和高晓声谈起"文化小说",晓声说:"什么叫文化?——吃东西也是文化。"我同意他的看法。这两天自己在家里腌韭菜花,想起咸菜和文化。

咸菜可以算是一种中国文化。西方似乎没有咸菜,我吃过"洋泡菜",那不能算咸菜。日本有咸菜,但不知道有没有中国这样盛行。"文革"前《福建日报》登过一则猴子腌咸菜的新闻,一个新华社归侨记者用此材料写了一篇对外的特稿:"猴子会腌咸菜吗?"被批评为"资产阶级新闻观点"——为什么这就是资产阶级新闻观点呢?猴子腌咸菜,大概是跟人学的。于此可以证明咸菜在中国是极为常见的东西。中国不出咸菜的地方大概不多。各地的咸菜各有特点,互不雷同,北京的水疙瘩、天津的津冬菜、保定的春不老。"保定有三宝，铁球、面酱、春不老"。我吃过苏州的春不老，是用带缨子的很小的萝卜腌制的，腌成后寸把长的小缨子还是碧绿的，极嫩，微甜，好吃，名字也起得好。保定的春不老想来也是这样的。周作人曾说他的家乡经常吃的是咸极了的咸鱼和咸极了的咸菜。鲁迅《风波》里写的蒸得乌黑的干菜很诱人。腌雪里蕻南北皆有。上海人爱吃咸菜肉丝面和雪笋汤。云南曲靖的韭菜花风味绝佳。曲靖韭菜花的主料其实是细切晾干的萝卜丝，与北京作为吃涮羊肉的调料的韭菜花不同。贵州有冰糖酸，乃以芥菜加醪糟、辣子腌成。四川咸菜种类极多，据说必以自流井的粗盐腌制乃佳。行销（真是"行销"）全国，远至海外(有华侨的地方)，堪称咸菜之王的，应数榨菜。朝鲜辣菜也可以算是咸菜。延边的腌蕨菜北京偶有卖的，人多不识。福建的黄萝卜很有名，可惜未曾吃过。我的家乡每到秋末冬初，多数人家都腌萝卜干。到店铺里学徒，要"吃三年萝卜干饭"，言其缺油水也。中国咸菜多矣，此不能备载。如果有人写一本《咸菜谱》，将是一本非常有意思的书。

咸菜起于何时，我一直没有弄清楚。古书里有一个"菹"字，我少时曾以为是咸菜。后来看《说文解字》，"菹"字下注云："酢菜也。"不对了。汉字凡从酉者，都和酒有点关系。酢菜现在还有。昆明的"茄子酢"、湖南乾城的"酢辣子"，都是密封在坛子里使之酒化了的，吃起来都带酒香。这不能算是咸菜。有一个"蘁"字，则确乎是咸菜了。这是切碎了腌的。这东西的颜色是发黄的，故称"黄蘁"。腌制得法，"色如金钗股"云。我无端地觉得，这恐怕就是酸雪里蕻。蘁似乎不是很古的东西。这个字的大量出现好像是在宋人的笔记和元人的戏曲里。这是穷秀才和和尚常吃的东西。"黄蘁"成了嘲笑秀才和和尚，亦为秀才和和尚自嘲的常用的话头。中国咸菜之多，制作之精，我以为跟佛教有一点关系。佛教徒不茹荤，又不一定一年四季都能吃到新鲜蔬菜，于是就在咸菜上打主意。我的家乡腌咸菜腌得最好的是尼姑庵。尼姑到相熟的施主家去拜年，都要备几色咸菜。关于咸菜的起源，我在看杂书时还要随时留心，并希望博学而好古的馋人有以教我。

　　和咸菜相伯仲的是酱菜。中国的酱菜大别起来，可分为北味的与南味的两类。北味的以北京为代表。六必居、天源、后门的"大葫芦"都很好。——"大葫芦"门悬大葫芦为记，现在好像已经没有了。保定酱菜有名，但与北京酱菜区别实不大。南味的以扬州酱菜为代表，商标为"三和""四美"。北方酱菜偏咸，南则偏甜。中国好像什么东西都可以拿来酱。萝卜、瓜、莴苣、蒜苗、甘露、藕，乃至花生、核桃、杏仁，无不可酱。北京酱菜里有酱银苗，我到现在还不知道究竟是什么东西。只有荸荠不能酱。我的家乡不兴到酱园里开口说买酱荸荠，那是骂人的话。

酱菜起于何时，我也弄不清楚。不会很早。因为制酱菜有个前提，必得先有酱——豆制的酱。酱——酱油，是中国一大发明。"柴米油盐酱醋茶"，酱为开门七事之一。中国菜多数要放酱油。西方没有。有一个京剧演员出国，回来总结了一条经验，告诫同行，以后若有机会出国，必须带一盒固体酱油！没有郫县豆瓣，就做不出"正宗川味"。但是中国古代的酱和现在的酱不是一回事。《说文》"酱"字注云从肉、从酉、爿声。这是加盐、加酒、经过发酵的肉酱。《周礼·天官·膳夫》："凡王之馈，酱用百有二十瓮。"郑玄注："酱，谓醯醢也。"醯、醢，都是肉酱。大概较早出现的是豉，其后才有现在的酱。汉代著作中提到的酱，好像已是豆制的。东汉王充《论衡》："作豆酱恶闻雷。"明确提到豆酱。《齐民要术》提到酱油，但其时已至北魏，距现在一千五百多年——当然，这也相当古了。酱菜的起源，我现在还没有查出来，俟诸异日吧。

考察咸菜和酱菜的起源，我不反对，而且颇有兴趣。但是，也不一定非得寻出它的来由不可。

"文化小说"的概念颇含糊。小说重视民族文化，并从生活的深层追寻某种民族文化的"根"，我以为是未可厚非的。小说要有浓郁的民族色彩，不在民族文化里腌一腌、酱一酱，是不成的，但是不一定非得追寻得那么远，非得追寻到一种苍苍莽莽的古文化不可。古文化荒邈难稽(连咸菜和酱菜的来源我们还不清楚)。寻找古文化，是考古学家的事，不是作家的事。从食品角度来说，与其考察太子丹请荆轲吃的是什么，不如追寻一下"春不老"；与其查究楚辞里的"蕙肴蒸"，不如品味品味湖南豆豉；与其追溯断发文身的越人怎样吃蛤蜊，不如蒸一碗霉干菜，喝两杯黄酒。我们在小说里要表现的文化，首先是现在的，活着的；其次是昨天的，消逝不久的。理由很简单，因为我们可以看得见，摸得着，尝得出，想得透。

口味·耳音·兴趣

我有一次买牛肉。排在我前面的是一个中年妇女，看样子是个知识分子，南方人。轮到她了，她问卖牛肉的："牛肉怎么做？"我很奇怪，问："你没有做过牛肉？"——"没有。我们家不吃牛、羊肉。"——"那您买牛肉？"——"我的孩子大了，他们会到外地去。我让他们习惯习惯，出去了好适应。"这位做母亲的用心良苦。我于是尽了一趟义务，把她请到一边，讲了一通牛肉做法，从清炖、红烧、咖喱牛肉，直到广东的蚝油炒牛肉、四川的水煮牛肉、干煸牛肉丝……

有人不吃羊肉。我们到内蒙古去体验生活，有一位女同志不吃羊肉——闻到羊肉气味都恶心，这可苦了。她只好顿顿吃开水泡饭，吃咸菜。看见我吃手抓羊肉、羊贝子（全羊）吃得那样香，直生气！

有人不吃辣椒。我们到重庆去体验生活。有几个女演员去吃汤圆，进门就嚷嚷："不要辣椒！"卖汤圆的冷冷地说："汤圆没有放辣椒的！"

许多东西不吃，"下去"，很不方便。到一个地方，听不懂那里的话，也很麻烦。

我们到湘鄂赣去体验生活。在长沙，有一个同志的鞋坏了，去修鞋，鞋铺不收。"为什么？"——"修鞋的不好过。"——"什么？"——"修鞋的不好过！"我只得给他翻译一下，告诉他修鞋的今天病了，他不舒服。上了井冈山，更麻烦了：井冈山人说的是客家话。我们听一位队长介绍情况，他说这里没有人肯当干部，他挺身而出，他老婆反对，说："辣子毛补，两头秀腐。"——"什么什么？"我又得给他翻译："辣椒没有营养，吃下去两头受苦。"这样一翻译可就什么味道也没有了。

我去看昆曲，"打虎游街""借茶活捉"……好戏。小丑的苏白尤其传神，我听得津津有味，不时发出笑声。邻座是一个唱花旦的京剧女演员，她听不懂，直着急，老问："他说什么？说什么？"我又不能逐句翻译，她很遗憾。

我有一次到民族饭店去找人，身后有几个少女在叽里呱啦地说很地道的苏州话。一边的电梯来了，一个少女大声招呼她的同伴："乖面乖面！"（这边这边）我回头一看，说苏州话的是几个美国人!

我们那位唱花旦的女演员在语言能力上比这几个美国少女可差多了。

一个文艺工作者、一个作家、一个演员的口味最好杂一点，从北京的豆汁到广东的龙虱都尝尝（有些吃的我也招架不了，比如贵州的鱼腥草）；耳音要好一些，能多听懂几种方言，四川话、苏州话、扬州话（有些话我也一句不懂，比如温州话）。否则，是个损失。

口味单调一点、耳音差一点，也还不要紧，最要紧的是对生活的兴趣要广一点。

苦瓜是瓜吗

昨天晚上，家里吃白兰瓜。我的一个小孙女，还不到三岁，一边吃，一边说："白兰瓜、哈密瓜、黄金瓜、华莱士瓜、西瓜，这些都是瓜。"我很惊奇了：她已经能自己经过归纳，形成"瓜"的概念了（没有人教过她）。这表示她的智力已经发展到了一个重要的阶段。凭借概念，进行思维，是一切科学的基础。她奶奶问她："黄瓜呢？"她点点头。"苦瓜呢？"她摇摇头。我想：她大概认为"瓜"是可吃的，并且是好吃的（这些瓜她都吃过）。今天早起，又问她："苦瓜是不是瓜？"她还是坚决地摇了摇头，并且说明她的理由："苦瓜不像瓜。"我于是进一步想：我对她的概念的分析是不完全的。原来在她的"瓜"概念里除了好吃不好吃，还有一个像不像的问题（苦瓜的表皮疙疙瘩瘩的，也确实不大像瓜）。我翻了翻《辞海》，看到苦瓜属葫芦科。那么，我的孙女认为苦瓜不是瓜，是有道理的。我又翻了翻《辞海》的"黄瓜"条：黄瓜也属葫芦科。苦瓜、黄瓜习惯上都叫作瓜；而另一种很"像"是瓜的东西，在北方却称之为"西葫芦"。瓜乎？葫芦乎？苦瓜是不是瓜呢？我倒糊涂起来了。

前天有两个同乡因事到北京，来看我。吃饭的时候，有一盘炒苦瓜。同乡之一问："这是什么？"我告诉他是苦瓜。他说："我倒要尝尝。"夹了一小片入口："乖乖！真苦啊！——这个东西能吃？为什么要吃这种东西？"我说："酸甜苦辣咸，苦也是五味之一。"他说："不错！"我告诉他们这就是癞葡萄。另一同乡说："'癞葡萄'，那我知道的。癞葡萄能这个吃法？"

"苦瓜"之名，我最初是从石涛的画上知道的。我家里有不少有正书局珂罗版印的画集，其中石涛的画不少。我从小喜欢石涛的画。石涛的别号甚多，除石涛外有释济、清湘道人、大涤子、瞎尊者和苦瓜和尚。但我不知道苦瓜为何物。到了昆明，一看：哦，原来就是癞葡萄！我的大伯父每年都要在后园里种几棵癞葡萄，不是为了吃，是为成熟之后摘下来装在盘子里看着玩的。有时也剖开一两个，挖出籽儿来尝尝。有一点甜味，并不好吃。而且颜色鲜红，如同一个一个血饼子，看起来很刺激，也使人不大敢吃它。当作菜，我没有吃过。有一个西南联大的同学，是个诗人，他整了我一下子。我曾经吹牛，说没有我不吃的东西。他请我到一个小饭馆吃饭，要了三个菜：凉拌苦瓜、炒苦瓜、苦瓜汤！我咬咬牙，全吃。从此，我就吃苦瓜了。

苦瓜原产于印度尼西亚，中国最初种植是在广东、广西。现在云南、贵州都有。据我所知，最爱吃苦瓜的似是湖南人。有一盘炒苦瓜——加青辣椒、豆豉，少放点猪肉，湖南人可以吃三碗饭。石涛是广西全州人，他从小就是吃苦瓜的，而且一定很爱吃。"苦瓜和尚"这别号可能有一点禅机，有一点独往独来，不随流俗的傲气，正如他叫"瞎尊者"，其实并不瞎；但也可能是一句实在话。石涛中年流寓南京，晚年久住扬州。南京人、扬州人看见这个和尚拿癫葡萄来炒了吃，一定会觉得非常奇怪的。

北京人过去是不吃苦瓜的。菜市场偶尔有苦瓜卖，是从南方运来的。买的也都是南方人。近两年北京人也有吃苦瓜的了，有人还很爱吃。农贸市场卖的苦瓜都是本地的菜农种的，所以格外鲜嫩。看来人的口味是可以改变的。

由苦瓜我想到几个有关文学创作的问题：

一、应该承认苦瓜也是一道菜。谁也不能把苦从五味里开除出去。我希望评论家、作家——特别是老作家，口味要杂一点，不要偏食。不要对自己没有看惯的作品轻易地否定、排斥。不要像我的那位同乡一样，问道："这个东西能吃？为什么要吃这种东西？"提出："这样的作品能写？为什么要写这样的作品？"我希望他们能习惯类似苦瓜一样的作品，能吃出一点味道来，如现在的某些北京人。

二、《辞海》说苦瓜"未熟嫩果作蔬菜，成熟果瓤可生食"。对于苦瓜，可以各取所需，愿吃皮的吃皮，愿吃瓤的吃瓤。对于一个作品，也可以见仁见智。可以探索其哲学意蕴，也可以踪迹其美学追求。北京人吃凉拌芹菜，只取嫩茎，西餐馆做罗宋汤则专要芹菜叶。人弃人取，各随尊便。

三、一个作品算是现实主义的也可以，算是现代主义的也可以，只要它真是一个作品，作品就是作品。正如苦瓜，说它是瓜也行，说它是葫芦也行，只要它是可吃的。苦瓜就是苦瓜——如果不是苦瓜，而是狗尾巴草，那就另当别论。截至现在为止，还没有人认为狗尾巴草很好吃。

闹市闲民

　　我每天在西四倒101路公共汽车回甘家口。直对101站牌有一户人家。一间屋，一个老人。天天见面，很熟了。有时车老不来，老人就搬出一个马扎儿来："车还得会子，坐会儿。"

　　屋里陈设非常简单（除了大冬天，他的门总是开着），一张小方桌、一个方杌凳、三个马扎儿、一张床，一目了然。

　　老人七十八岁了，看起来不像，顶多七十岁。气色很好。他经常戴一副老式的圆镜片的浅茶晶的养目镜——这副眼镜大概是他身上唯一值钱的东西。他眼睛很大，一点没有混浊，眼角有深深的鱼尾纹。跟人说话时总带着一点笑意，眼神如一个天真的孩子。上唇留了一撮疏疏的胡子，花白了。他的人中很长，唇髭不短，但是遮不住他的微厚而柔软的上唇——相书上说人中长者多长寿，信然。他的头发也花白了，向后梳得很整齐。他长年穿一套很宽大的蓝制服，天凉时套一件黑色粗毛线

312

的很长的背心。圆口布鞋，草绿色线袜。

从攀谈中我大概知道了他的身世。他原来在一个中学当工友，早就退休了。他有家，有老伴。儿子在石景山钢铁厂当车间主任。孙子已经上初中了。老伴跟儿子。他不愿跟他们一起过，说是："乱！"他愿意一个人。他的女儿出嫁了。外孙也大了。儿子有时进城办事，来看看他，给他带两包点心，说会子话。儿媳妇、女儿隔几个月来给他拆洗拆洗被褥。平常，他和亲属很少来往。

他的生活非常简单。早起扫扫地，扫他那间小屋，扫门前的人行道。一天三顿饭。早点是干馒头就咸菜喝白开水，中午、晚上吃面。一年三百六十五天，天天如此。他不上粮店买切面，自己做，抻条，或是拨鱼儿。他的拨鱼儿真是一绝。小锅里坐上水，用一根削细了的筷子把稀面顺着碗口"赶"进锅里。他拨的鱼儿不断，一碗拨鱼儿是一根，而且粗细如一。我为看他拨鱼儿，宁可误一趟车。我跟他说："你这拨鱼儿真是个手艺！"他说："没什么，早一点把面和上，多搅搅。"我学着他的法子回家拨鱼儿，结果成了一锅面糊糊疙瘩汤。他吃的面总是一个味儿！浇炸酱。黄酱，很少一点肉末。黄瓜丝、小萝卜，一概不要。白菜下来时，切几丝白菜，这就是"菜码儿"。他饭量不小，一顿半斤面。吃完面，喝一碗面汤（他不大喝水），涮涮碗，坐在门前的马扎儿上，抱着膝盖看街。

我有时带点新鲜菜蔬，青蛤、海蛎子、鳝鱼、冬笋、木耳菜,他总要过来看看:"这是什么?"我告诉他是什么,他摇摇头:"没吃过。南方人会吃。"他是不会想到吃这样的东西的。

他不种花,不养鸟,也很少遛弯儿。他的活动范围很小,除了上粮店买面,上副食店买酱,很少出门。

他一生经历了很多大事。远的不说,敌伪时期,吃混合面。傅作义。解放军进城,扭秧歌,呛呛喊呛喊。开国大典,放礼花。没完没了的各种运动。三年困难时期,大家挨饿。"文化大革命"。"四人帮"垮台。华国锋。改革开放……

然而这些都与他无关,没有在他身上留下多少痕迹。他每天还是吃炸酱面——只要粮店还有白面卖,而且北京的粮价长期稳定——坐在门口马扎儿上看街。

他平平静静,没有大喜大忧,没有烦恼,无欲望亦无追求,天然恬淡,每天只是吃抻条面、拨鱼儿,抱膝闲看,带着笑意,用孩子一样天真的眼睛。

这是一个活庄子。

宋朝人的吃喝

唐宋人似乎不怎么讲究大吃大喝。杜甫的《丽人行》里列叙了一些珍馐，但多系夸张想象之辞。五代顾闳中所绘《韩熙载夜宴图》主人客人面前案上所列的食物不过八品，四个高足的浅碗，四个小碟子。有一碗是白色的圆球形的东西，有点像外面滚了米粒的蓑衣丸子。有一碗颜色是鲜红的，很惹眼，用放大镜细看，不过是几个带蒂的柿子！其余的看不清是什么。苏东坡是个有名的馋人，但他爱吃的好像只是猪肉。他称赞"黄州好猪肉"，但还是"富者不肯吃，贫者不解煮"。他爱吃猪头，也不过是煮得稀烂，最后浇一勺杏酪——杏酪想必是酸里咕叽的，可以解腻。有人"忽出新意"，以山羊肉为玉糁羹，他觉得好吃得不得了。这是一种什么东西？大概只是山羊肉加碎米煮成的糊糊罢了。当然，想象起来也不难吃。

宋朝人的吃喝好像比较简单而清淡。连有皇帝参加的御宴也并不丰盛。御宴有定制，每一盏酒都要有歌舞杂技，似乎这是主要的，吃喝在其次。幽兰居士《东京梦华录》载《宰执亲王宗室百官入内上寿》，使臣诸卿只是"每分列环饼、油饼、枣塔为看盘，次列果子。唯大辽加之猪羊鸡鹅兔连骨熟肉为看盘，皆以小绳束之。又生葱韭蒜醋各一碟。三五人共列浆水一桶，立杓数枚"。"看盘"只是摆样子的，不能吃的。"凡御宴至第三盏，方有下酒肉、咸豉、爆肉、双下驼峰角子。"第四盏下酒是禽子骨头、索粉、白肉胡饼；第五盏是群仙禽、天花饼、太平毕罗、干饭、缕肉羹、莲花肉饼；第六盏假圆鱼、密浮酥捺花；第七盏排炊羊、胡饼、炙金肠；第八盏假沙鱼、独下馒头、肚羹；第九盏水饭、簇饤下饭。如此而已。

宋朝市面上的吃食似乎很便宜。《东京梦华录》云："吾辈入店，则用一等琉璃浅碗，谓之'碧碗'，亦谓之'造羹'，菜蔬精细，谓之'造齑'，每碗十文。"《会仙楼》条载"止两人对坐饮酒……即银近百两矣"，初看吓人一跳。细看，这是指餐具的价值——宋人餐具多用银。

几乎所有记两宋风俗的书无不记"市食"。钱塘吴自牧《梦粱录·分茶酒店》最为详备。宋朝的肴馔好像多是"快餐"，是现成的。中国古代人流行吃羹。"三日入厨下，洗手做羹汤"，不说是洗手炒肉丝。《水浒传》林冲的徒弟说自己"安排得好菜蔬，端整得好汁水"，"汁水"也就是羹。《东京梦华录》云"旧只用匙今皆用箸矣"，可见本都是可喝的汤水。其次是各种燎菜，燎鸡、燎鸭、燎鹅。最后是半干的肉脯和全干的肉犯。几本书里都提到"影戏犯"，我觉得这就是四川的灯影牛肉一类的东西。炒菜也有，如炒蟹，但极少。

宋朝人饮酒和后来有些不同的，是总要有些鲜果干果，如柑、梨、蔗、柿，炒栗子、新银杏，以及莴苣、"姜油多"之类的菜蔬和玛瑙饧、泽州饧之类的糖稀。《水浒传》所谓"铺下果子按酒"，即指此类东西。

宋朝的面食品类甚多。我们现在叫作主食，宋人却叫"从食"。面食主要是饼。《水浒传》动辄说"回些面来打饼"。饼有门油、菊花、宽焦、侧厚、油砣、新样满麻……《东京梦华录》载武成王庙前海州张家、皇建院前郑家最盛，每家有五十余炉。五十几个炉子一起烙饼，真是好家伙！

遍检《东京梦华录》《都城纪胜》《西湖老人繁胜录》《梦粱录》《武林旧事》，都没有发现宋朝人吃海参、鱼翅、燕窝的记载。吃这种滋补性的高蛋白的海味，大概从明朝才开始。这大概和明朝人的纵欲有关系，记得鲁迅好像曾经说过。

宋朝人好像实行的是"分食制"。《东京梦华录》云"用一等琉璃浅棱碗……每碗十文"，可证。《韩熙载夜宴图》上画的也是各人一份，不像后来大家合坐一桌，大盘大碗，筷子勺子一起来。这一点是颇合卫生的，因不易传染肝炎。

昆明的叫卖缘起

　　尝读《一岁货声》而爱之。我们的国民之中竟有人用认真其事的感情留心叫卖的声音，用不大灵便的、有限制的工具——仅用文字——传状得那么好，那么有声有色：从字的排列自然产生起落抑扬，游转摇曳，拖长与顿逗，因而想见种种风尘辛苦和透露出来的聪明黠巧，爱美及一个尚能维持的生命在游戏中表现的欢愉，濒于饥寒代替哭泣的歌呼，那么准确，那么朴素无华而那么点动无尽的思念存惜，感怀触怅，怎么可以不涌出谢意呢。小时候我们多半都爱模仿某一种或几种叫卖。我们在折纸船纸鸟的时候，在下河游了一会儿起来穿衣服的时候，在挨了骂的伤心气愤消去之后，在无所事事，无聊与兴致勃勃的时候，要是没有一两句新熟或者重温的歌占据我们的喉舌，我们常常自得其乐的哼哼起卖糖卖萝卜的调子来了。有一回从昆明坐了火车到呈贡去看一个先生，一进门，刚坐定，先生问我话，我没听进去，到发现了自己的失态，才赶紧用力追捕那些漂失的字音，我的心在他的孩子身上了，他们学火车站卖面包鸡蛋糕的学得那么神似，那么快乐。从活动里生出的声音在寂静里听起来每多感动，然而我们的市声中要是除去了吆喝还剩下多少颜色呢？那么恐怕对于货卖的腔调的喜爱许是天性，不必是始于读了《一岁货声》之后了。但对于货声的兴趣更浓一点，懒惰笨拙如旧，懒惰笨拙但不能忘情，有时颇起记述昆明的几种声音的妄想，当是读了《货声》之所赐。我要是不是我，我完全的是我，这个工作也许在昆明的时候就做好了。离开昆明之后，我对于香港的太急躁刺激，近乎恐吓劫持的叫卖发过埋怨，他们大都是冒冒失失、不加修饰地报出货品名称，接着狂吼一嗓子两嗓子，几门几十门，用起毛发裂的声音无情地鞭打过路的人。上海的叫卖我学到的不多，有些太逶迤婀娜，男人作女人腔；有些又重浊中杂着不自然的油滑；毛里毛气，洋里洋气，恐怕大都是从苏州的、宁波的、无锡或杭州的腔调脱胎嬗化且简漏堕落而成的，真是本乡本土的本色的极少。叫卖在上海实在可怜极了，在汽车、电车、三轮车、八灯收音机和五光十色的霓虹灯的喧闹中，冲撞挤压得没有余地了。只有清晨倒马桶的、深夜卖白糖莲心粥的，还能惊心动魄地、凄楚悲凉地叫。秋冬之际卖炒白果，是比较头脑清醒的时候，西风北风吹落法国梧桐，可得的温暖显得那么可爱的时候，然而里巷之间动情地听着卖白果的念叨的孩子已经渐渐更少了。

阿要吃糖炒熟白果。

香是香来糯是糯。

一粒白果鹅蛋大。

底下没来由地接了一句：

"要吃白果！钱拿出来！"

甚至有的更糟：

"要吃白栗！钞票拿出来！"

这实在太不客气，太不讲交情了。上海人总是那么实际又那么爱时髦。钱就是就是了，何必一定要指明现在通行的货币。既已知道要想从你手里得到碧绿如玉、娇黄微软、香是香来糯是糯的白果一定是摸过自己的口袋而走上来的，料想掏出来的还会是一把青铜钱吗？为了达到目的，连最后一句的韵脚都不顾了吗？你们叫着时不觉得别扭吗？即使押韵稳当，话也说得更和气有礼，大概这一类的叫卖不久也就会失传了吧，上海大概从来没有游客对它的叫卖存过希望。北平是以货声出名的地方了，许多吆喝声我们在没有身历其境时就知道怎么叫了，然而"萝卜赛梨辣来换"极少配上不沙哑的嗓子，"硬面饽饽"在我的楼下也远不如我们外乡人在演曹禺的戏的时候所作的效果更有效果。而在揣摩着他们把"硬"字都念得开口过

320

大成为"漾"字的时候，我想北平我们真是初来，乃不禁想起在昆明我们住了多久啊。"骄傲于被问路于自己，异乡人懂得水里的微笑"，对不起，那实在不算得什么。昆明的一条条街，一条条弯弯曲曲巷子，高高下下的坡，都说着就和盘托出来了，有去有来，有左有右，有光暗，有颜色，有感觉，有气味，而且升起飘出来各种声音，那么丰富，那么亲切，那么自然，那么现现成成的，在我们的腹下，我们的喉头，我们的烟灰缸的上空，我们头靠着椅子的背后，教我们眼睛眯着，有光亮，我们的手指交握，搓揉，我们虚胸缩颈，舔掠唇舌，摩挲下巴，吞咽唾水，简直不在乎自己是憨态可掬了。这些声音真是入于肺腑，深在意识之中，随时与我们同在了。那么我们很有理由毫无顾忌地坚持着对于昆明的叫卖的偏爱了。——是偏爱，但世上若是除去了偏爱，剩下来的即使还有，那种爱是一种不可想象的什么样子呢？——以后我要随时想起，随时记录下来了。其实我更希望有常识与专常的有心人，利用假期，以其余力，做这件事。如果他要，我可以把我的几则一齐送给他去。那当然不限定昆明一个地方，好！我连我的偏爱都可以捐弃。我有什么话想跟他说吗？没有，除了一点，是不是可以弄得不太有条理？我的意思是说，噢，弄得好玩一点。

食道旧寻

中国的饮食艺术源远流长、千年不坠，和学人的著述是有关系的。现存的古典食谱，大都是学人的手笔。但是学人一般比较穷，他们爱谈吃，但是不大吃得起。

抗日战争以前，学人的生活相当优裕，大学教授一个月可以拿到三四百元，有的教授家里是有厨子的。抗战以后，学人生活一落千丈。我认识一些学人正是在抗战以后。我读的大学是西南联大，西南联大是名教授荟萃的学府。这些教授肚子里有学问，却少油水。昆明的一些名菜，如"培养正气"的汽锅鸡、东月楼的锅贴乌鱼、映时春的油淋鸡、新亚饭店的过油肘子、小西门马家牛肉馆的牛肉、甬道街的红烧鸡枞……能够偶尔一吃的，倒是一些"准学人"——学生或助教。这些准学人两肩担一口，无牵无挂，有一点钱——那时的大学生大都在校外兼职，教中学、当家庭教师、做会计……不时有微薄的薪水，多是三朋四友，一顿吃光。有一次一个四川同学，家里给他寄了一件棉袍来，我们几个人和他一块到邮局去取。出了邮局，他把包裹拆了，把棉袍搭在胳臂上，站在文明街上，大声喊："谁要这件棉袍？"当场有人买了。我们几个人钻进一家小馆子，风卷残云，一会儿的工夫，就把这件里面三新的棉袍吃掉了。教授们有家，有妻儿老小，当然不能这样放诞。有一位名教授，外号"二云居士"，谓其所嗜之物为云土与云腿，我想这不可靠。走进大西门外凤翥街的本地馆子，一屁股坐下来，毫不犹豫地先叫一盘"金钱片腿"的，只有赶马的马锅头。教授只能看看。唐立厂①（兰）先生爱吃干巴菌，这东西是不贵的，但必须有瘦肉、青辣椒同炒，而且过了雨季，鲜干巴菌就没有了，唐先生也不能老吃。沈从文先生经常在米线店就餐，巴金同志的《怀念从文》中提道："我还记得在昆明一家小饭食店里几次同他相遇，一两碗米线作为晚餐，有西红柿，还有鸡蛋，我们就满足了。"这家米线店在文林街他的宿舍对面，我就陪沈先生吃过多次米线。文林街上除了米线店，还有两家卖牛肉面的小馆子。西边那一家有一位常客，是吴雨僧（宓）先生，他几乎每天来。老板和他很熟，也对他很尊敬。那时物价以惊人的速度飞涨，牛肉面也随时要涨价。每涨一次价，老板都得征求吴先生的同意。吴先生听了老板的

_____

① 这个字读庵，不是工厂的厂。

陈述，认为有理，就用一张红纸，毛笔正楷，写一张新订的价目表，贴在墙上。穷虽穷，不废风雅。云南大学成立了一个曲社，定期举行"同期"。参加拍曲的有陶重华（光）、张宗和、孙凤竹、崔芝兰、沈有鼎、吴征镒诸先生，还有一位在民航公司供职的许茹香老先生。"同期"后多半要聚一次餐。所谓"聚餐"，是到翠湖边一家小铺去吃一顿馅儿饼，费用公摊。不到吃完，谁该多少钱账已经算得一清二楚。掌柜的直纳闷，怎么算得这么快？他不知道算账的是许宝骈先生。许先生是数论专家，这点小九九还在话下？！许家是昆曲世家，他的曲子唱得细致规矩是不难理解的，从本书俞平伯先生文中，我才知道他的字也写得很好。昆明的学人清贫如此，重庆、成都的学人也好不到哪里去。我在观音寺一中学教书时，于金启华先生壁间见到胡小石先生写给他的一字条，是胡先生自作的有点打油味道的诗。全诗已忘，前面说广文先生如何如何，有一句我是一直记得的："斋钟顿顿牛皮菜。"牛皮菜即莙荙菜，茎叶可炒食或做汤，北方叫作"根头菜"，也还不太难吃，但是顿顿吃牛皮菜，是会叫人"嘴里淡出鸟来"的！

抗战胜利，大学复员。我曾在北大红楼寄住过半年，和学人时有接触，他们的生活比抗战时要好一些，但很少于吃喝上用心的。谭家菜近在咫尺，我没有听说有哪几位教授在谭家菜预订过一桌鱼翅席去解馋。北大附近只有松公府夹道拐角处有一家四川馆子，就是本书李一氓同志文中提到过许倩云、陈书舫曾照顾过的，屋小而菜精。李一氓同志说是这家的菜比成都还做得好，我无从比较。除了鱼香肉丝、炒回锅肉、豆瓣鱼……之外，我一直记得这家的泡菜特别好吃——而且是不算钱的。掌柜的是个矮胖子，他的儿子也上灶。不知为了什么事，父子俩后来闹翻了。常到这里来吃的，以助教、讲师为多，教授是很少来的。除了这家四川馆，红楼附近只有两家小饭铺，卖筋面炒饼，还有一种叫作"炒和菜戴帽"或"炒和菜盖被窝"的菜——菠菜炒粉条，上面摊一层薄薄的鸡蛋盖住。从大学附近饭铺的菜蔬，可以大体测量出学人和准学人的生活水平。

教授、讲师、助教忽然阔了一个时期。国民党政府改革币制，从法币改为金圆券，这一下等于增加薪水十倍。于是，我们几乎天天晚上到东安市场去吃。吃森隆、五芳斋的时候少，常吃的是"苏造肉"——猪肉及下水加砂仁、豆蔻等药料共煮一锅，吃客可以自选一两样，由大师傅夹出，剁块，以及黄宗江在《美食随笔》里提到的言慧珠请他吃过的爆肚和白汤杂碎。东安市场的爆肚真是一绝，脆，嫩，绝对干净，爆散丹、爆肚仁都好。白汤杂碎，汤是雪白的。可惜好景不长，阔也就是阔了一个月光景。金圆券贬值，只能依旧回沙滩吃炒和菜。

教授很少下馆子。他们一般都在家里吃饭，偶尔约几个朋友小聚，也在家里。教授夫人大都会做菜。我的师娘，三姐张兆和是会做菜的。她做的八宝糯米鸭，酥烂入味，皮不破，肉不散，是个杰作。但是她平常做的只是家常炒菜。四姐张充和多才多艺，字写得极好，曲子唱得极好——我们在昆明曲会学唱的《思凡》就是用的她的腔，曾听过她的《受吐》的唱片，真是细腻婉转；她善写散曲，也很会做菜。她做的菜我大都忘了，只记得她做的"十香菜"。"十香菜"苏州人过年吃的常菜耳，只是用十种咸菜丝，分别炒出，置于一盘。但是充和所制，切得极细，精致绝伦，冷冻之后，于鱼肉饫饱之余上桌，拈箸入口，香留齿颊！

　　新中国成立后，我在北京市文联工作过几年。那时文联编着两个刊物：《北京文艺》和《说说唱唱》。每月有一点编辑费，而编辑费都是吃掉的。编委、编辑，分批开向饭馆。那两年，我们几乎把北京的有名的饭馆都吃遍了。预订包桌的时候很少，大都是临时点菜。"主点"的是老舍先生，执笔写菜单的是王亚平同志。有一次，菜点齐了，老舍先生又斟酌了一次，认为有一个菜不好，不要。亚平同志掏出笔来在这道菜四边画了一个方框，又加了一个螺旋形的小尾巴。服务员接过菜单，端详了一会儿，问："这是什么意思？"亚平真是个老编辑，他把校对符号用到菜单上来了！

　　老舍先生好客，他每年要把文联的干部约到家里去喝两次酒，一次是菊花开的时候，赏菊；一次是腊月二十三，他的生日。菜是地道老北京的味儿，很有特点。我记得很清楚的是芝麻酱炖黄花鱼，是一道汤菜。我以前没吃过这个菜，以后也没有吃过。黄花鱼极新鲜，而且是一般大小，都是八寸。装这个菜得一个特制的器皿——瓷盛子，即周壁直上直下的那么一个家伙。这样黄花鱼才能一条一条顺顺溜溜平躺在汤里。若用通常的大海碗，鱼即会拗弯甚至断碎。老舍夫人胡絜青同志善做"芥末墩"，我以为是天下第一。有一次老舍先生宴客的是两个盒子菜。盒子菜已经绝迹多年，不知他是从哪一家订来的。那种里面分隔的填雕的朱红大圆漆盒现在大概也找不到了。

学人中有不少是会自己做菜的，但都只能做一两个拿手小菜。学人中真正精于烹调的，据我所知，当推北京王世襄。世襄以此为一乐。据说有时朋友请他上家里做几个菜，主料、配料、酱油、黄酒……都是自己带去。听黄永玉说，有一次有几个朋友在一家会餐，规定每人备料去表演一个菜。王世襄来了，提了一捆葱。他做了一个菜：焖葱。结果把所有的菜全压下去了。此事不知是否可靠。如不可靠，当由黄永玉负责！

客人不多，时间充裕，材料凑手，做几个菜是很愉快的事。成天伏案，改换一下身体的姿势，也是好的——做菜都是站着的。做菜，得自己去买菜。买菜也是构思的过程。得看菜市上有什么菜，琢磨一下，才能搭配出几个菜来。不可能在家里想做几个什么菜，菜市上准有。想炒一个雪里蕻冬笋，没有冬笋，菜架上却有新到的荷兰豆，只好"改戏"。买菜，也多少是运动。我是很爱逛菜市场的。到了一个新地方，有人爱逛百货公司，有人爱逛书店，我宁可去逛逛菜市。看看生鸡活鸭、鲜鱼水菜、碧绿的黄瓜、通红的辣椒，热热闹闹、挨挨挤挤，让人感到一种生之乐趣。

学人所做的菜很难说有什么特点，但大都存本味，去增饰，不勾浓芡，少用明油，比较清淡，和馆子菜不同。北京菜有所谓"宫廷菜"（如仿膳）、"官府菜"（如谭家菜、"潘鱼"），学人做的菜该叫个什么菜呢？叫作"学人菜"，不大好听，我想为之拟一名目，曰"名士菜"，不知王世襄等同志能同意否。*

---

*注：本文略有删减。

《知味集》征稿小启（代序）

编完了这本书的稿子，说几句有关的和无关的话。

这本书还是值得看看的。里面的文章，风格各异，有的人书俱老，有的文采翩翩，都可读。不过书名起得有点冒失了。"人莫不饮食也，鲜能知味也"。知味实不容易，说味就更难。从前有人没有吃过葡萄，问人葡萄是什么味道，答曰"似软枣"，我看不像。"千里莼羹，末下盐豉"，和北方的酪可谓毫不相干。山里人不识海味，有人从海边归来盛称海错之美，乡间人争舐其眼。此人大概很能说味。我在福建吃过泥蚶，觉得好吃得不得了，但是回来之后，告诉别人，只能说非常鲜、嫩，不用任何作料，剥了壳即可入口，而五味俱足，且不会使人饱餍，越吃越想吃，而已。但是大家还是很爱谈吃。常听到的闲谈的话题是"精神会餐"。说的人津津有味，听的人倾耳入神。但是"精神会餐"者，精神也，只能调动人对某种食物的回忆和想象，谈是当不得吃的。此集所收文章所能达到的效果，也只是这样，使谈者对吃过的东西有所回味，对没吃过的有所向往，"吊吊胃口"罢了。读了一篇文章，跟吃过一盘好菜毕竟不一样（如是这样，就可以多开出版社，少开餐馆）。作家里有很会做菜的。本书的征稿小启中曾希望会做菜的作家将独得之秘公之于众。本书也有少数几篇是涉及菜的做法的。做菜是有些要领的。炒多种物料放一起的菜，比如罗汉斋，要分别炒，然后再入锅混合，如果冬菇、冬笋、山药、白果、油菜……同时下锅，则将一塌糊涂，生的生，烂的烂。但是做菜主要靠实践，总要失败几次，才能取得经验。想从这本书里学几手，大概是不行的。这本书不是菜谱食单，只是一本作家谈吃的散文集子，读者也只宜当散文读。

数了数文章的篇数，觉得太少了。中国是一个吃的大国，只有这样几篇，实在是挂一漏万。而且谈大菜、名菜的少，谈小吃的多。谈大菜的只有王世襄同志的谈糟溜鱼片一篇。"八大菜系"里，只有一篇谈苏帮菜的，其余各系均付阙如。霍达的谈涮羊肉，只能算是谈了一种中档菜（她的文章可是高档的）。谈豆腐的倒有好几篇，豆腐是很好吃的东西，值得编一本专集，但和本书写到的和没有写到的肴馔平列，就有点过于突出，不成比例。这是什么原因呢？一是大菜、名菜很不好写。山东的葱烧海参，只能说是葱香喷鼻而不见葱；苏州松鹤楼的乳腐肉，只能说是"嫩得像豆腐一样"；四川的樟茶鸭子，只能说是鸭肉酥嫩，而有樟树茶叶香；镇江刀鱼，只能说：鲜！另外，这本书编得有点不合时宜。名菜细点，如果仔细揣摩，能就近取譬，还是可以使人得其仿佛的，但是有人会觉得：这是什么时候，谈吃！再有，就是使人有"今日始知身孤寒"之感。我们的作家大都还是寒士。鲥鱼卖到一斤百元以上，北京较大的甲鱼七十元一斤，作家，谁吃得起？名贵的东西，已经成了走门子行贿的手段。买的人不吃，吃的人不买。而这些受贿者又只吃而不懂吃，瞎吃一通，或懂吃又不会写。于是，作家就只能写豆腐。

中国烹饪的现状到底如何？有人说中国的烹饪艺术出现危机。我看这不无道理。时常听到：什么什么东西现在没有了，什么什么菜不是从前那个味儿了。原因何在？很多。一是没有以前的材料。前几年，我到昆明，吃了汽锅鸡，索然无味；吃过桥米线，也一样。一问，才知道以前的汽锅鸡用的是武定壮鸡（武定特产，阉了的母鸡），现在买不到。过桥米线本来也应该是武定壮鸡的汤。我到武定，吃汽锅鸡，也不是"壮鸡"！北京现在的"光鸡"只有人工饲养的"西装鸡"和"华都肉鸡"，怎么做也是不好吃的。二是赔不起那工夫。过去北京的谭家菜要几天前预订，因为谭家菜是火候菜，不能咄嗟立办。张大千做一碗清炖吕宋黄翅，要用十四天。吃安徽菜，要能等。现在大家都等不及。镇江的肴肉过去精肉肥肉都是实在的，现在的肴肉是软趴趴的，切不成片，我看是卤渍和石压的时间不够。淮扬一带的狮子头，过去讲究"细切粗斩"，先把肥瘦各半的硬肋肉切成石榴米大，再略剁几刀。现在是一塌刮子放进绞肉机里一绞，求其鲜嫩，势不可能。再有，我看是经营管理和烹制的思想有问题。过去的饭馆都有些老主顾，他们甚至常坐的座位都是固定的。菜品稍有逊色，便会挑剔。现在中、大城市活动人口多，采购员、倒爷，吃了就走。馆子里不指望做回头生意，于是萝卜快了不洗泥，偷工减料，马马虎虎。近年来大餐馆的名厨都致力于"创新菜"。菜本来是应该不断创新的。我们现在不会回到把整牛放在毛公鼎里熬得稀烂的时代。看看《梦粱录》《东京梦华录》，宋朝的菜的做法比现在似乎简单得多，但是创新要在色香味上下功夫，现在的创新菜却多在形上做文章。有一类菜叫作"工艺菜"。这本来是古已有之的。晋人雕卵而食，可以算是工艺菜。宋朝有一位厨娘能用菜肴在盘子里摆出"辋川小景"，这可真是工艺。不过就是雕卵、"辋川小景"，也没有多大意思。鸡蛋上雕有花，吃起来还不是鸡蛋的味道吗？"辋川小景"没法吃。王维死后有知，一定会摇头：辋川怎么能吃呢？现在常见的工艺菜，是用鸡片、腰片、黄瓜、山楂糕、小樱桃、罐头豌豆……摆弄出来的龙、凤、鹤，华而不实。用鸡茸捏出一个一个椭圆的球球，安上尾巴，是金鱼，实在叫人恶心。有的工艺菜在大盘子里装成一座架空的桥，真是匪夷所思。还有在工艺菜上装上彩色小灯泡的，闪闪烁烁，这简直是：胡闹！中国烹饪确是有些问题。如何继承和发扬传统，使中国的烹饪艺术走上一条健康的正路，需要造一点舆论。此亦弘扬民族文化之一端。而作家在这方面是可以尽一点力的：多写一点文章。看来《知味集》有出续集、三集的必要。然而有什么出版社会出呢？吁。

王磐的《野菜谱》

　　我对王西楼很感兴趣。他是明代的散曲大家。我的家乡会出一个散曲作家，我总觉得是奇怪的事。王西楼写散曲，在我的家乡可以说是空前绝后，在他以前、他的同时和以后，都不曾听说有别的写散曲的。西楼名磐，字鸿渐，少时薄科举，不应试，在高邮城西筑楼居住，与当时文士谈咏其间，自号西楼。高邮城西濒临运河，王西楼的名曲《朝天子·咏喇叭》说"官船来往乱如麻，全仗你抬声价"，正是运河堤上所见。我小时还在堤上见过接送官船的"接官厅"。高邮很多人知道王西楼，倒不是因为他写散曲。我在亲戚家的藏书中没有见过一本《王西楼乐府》，不少人甚至不知"散曲"为何物。大多数市民知道王西楼是个画家。高邮到现在还流传一句歇后语："王西楼嫁女儿——画（话）多银子少。"关于王西楼的画，有一些近乎神话似的传说，但是他的画一张也没有留下来。早就听说他还著了一部《野菜谱》，没有见过，深以为憾。近承朱延庆君托其友人于扬州师范学院图书馆所藏陶埏重编《说郛》中查到，影印了一册寄给我，快读一遍，对王西楼增加了一分了解。

留心可以度荒的草木，绘成图谱，似乎是明朝人的一种风气。朱元璋的第五个儿子朱橚就曾搜集了可以充饥的草木四百余种，在自己的园圃里栽种，叫画工依照实物绘图，加了说明，编了一部《救荒本草》。王磐是个庶民，当然不能像朱橚那样雇人编绘了那样卷帙浩繁的大书。编了，也刻不起。他的《野菜谱》只收了五十二种，不过那都是他目验、亲尝、自题、手绘的。而且多半是自己掏钱刻印的——谁愿意刻这种无名利可图的杂书呢？他的用心是可贵的，也是感人的。

《野菜谱》卷首只有简单的题署：

野菜谱

高邮王鸿渐

无序跋，亦无刊刻的年月。我以为这书是可信的，这种书不会有人假冒。

五十二种野菜中，我所认识的只有：白鼓钉（蒲公英）、蒲儿根、马兰头、青蒿儿（茵陈蒿）、枸杞头、野豆、蒌蒿、荠菜儿、马齿苋、灰条。其余的不但不识，连听都没听说过，如"燕子不来香""油灼灼"……

《野菜谱》上文下图。文约占五分之三，图占五分之二。"文"，在菜名后有两三行说明，大都是采食的时间及吃法，如：

白鼓钉

名蒲公英，四时皆有，唯极寒天小而可用，采之熟食。

后面是近似谣曲的通俗的乐府短诗，多是以菜名起兴，抒发感慨，嗟叹民生的疾苦。穷人吃野菜是为了度荒，没有为了尝新而挑菜的。我的家乡很穷，因为多水患，《野菜谱》几处提及，如：

眼子菜

眼子菜，如张目，年年盼春怀布谷，犹向秋来望时熟。何事频年俭不开，愁看四野波漂屋。

猫耳朵

猫耳朵，听我歌，今年水患伤田禾，仓廪空虚鼠弃窝，猫兮猫兮将奈何！

灾荒年月，弃家逃亡，卖儿卖女，是常见的事。《野菜谱》有一些小诗，写得很悲惨，如：

江荠

　江荠青青江水绿，江边挑菜女儿哭。爷娘新死兄趁熟，只存我与妹看屋。

抱娘蒿

　抱娘蒿，结根牢，解不散，如漆胶。君不见昨朝儿卖客船上，儿抱娘哭不肯放。

　读了这样的诗，我们可以理解王磐为什么要写《野菜谱》，他和朱橚编《救荒本草》的用意是不相同的。同时也让我们知道，王磐怎么会写出《朝天子·咏喇叭》那样的散曲。我们不得不想到一个多年来人们不爱用的一个词儿："人民性"。我觉得王磐与和他被并称"南曲之冠"的陈大声有所不同。陈大声不免油滑，而王磐的感情是诚笃的。

　《野菜谱》的画不是作为艺术作品来画的，只求形肖。但是王磐是画家，昔人评其画品"天机独到"，原作绝不会如此毫无笔力。《说郛》本是复刻的，刻工不佳，我非常希望能看到初刻本。

　我觉得对王西楼的评价应该调高一些，这不仅是因为我是高邮人。

《吃的自由》序

　　符中生先生《吃的自由》可以说是一本奇书。

　　中国谈饮食的书很多。有些是讲烹饪方法的，可以照着做。比如苏东坡说炖猪头，要水少火微，"功夫到时它自美"，是不错的。东坡云须浇杏酪。"杏酪"不知是怎么一种东西，想是带酸味的果汁。酸可解腻，是不错的，这和外国人吃煎鱼和牛排时挤一点柠檬汁是一样的。东坡所说的"玉糁羹"不过是山羊肉煮碎米粥。想来是不难吃的，但做法并不复杂。中国过去重吃羹汤。"三日入厨下，洗手做羹汤"，不说"洗手炒肉丝"。"宋嫂鱼羹"也是羹，我无端地觉得这有点像宁波、上海人吃的黄鱼羹。《水浒传》林冲的徒弟也是"调和得好汁水"，"汁水"当亦是羹汤一类。"造羹"是不费事的，但《饮膳正要》里的驴皮汤却是气派很大：驴皮一张、草果若干斤。整张的驴皮炖烂，是很费事的。《饮膳正要》的作者不是一名厨师，而是一位官位很高的官员。驴皮汤是给元朝的皇上吃的，这本书可以说是御膳食谱，使官员监修，可见重视。但做法并不讲究，驴皮加草果，能好吃吗？看来元朝的皇帝食量颇大，而口味却很粗放。《正要》只列菜品，不说做法，更说不出什么道理。中国谈饮食的书写得较好的，我以为还得数《随园食单》。袁子才是个会吃的人，他自己并不下厨，但在哪一家吃了什么好菜，都要留心其做法，而且能总结、概括出一番"道理"，如"有味者使之出，无味者使之入"，"荤菜素油炒，素菜荤油炒"，这都是很有见地的。符先生谈河豚、熊掌，都曾亲尝，并非耳食，故真实，且有趣。

我喜欢看谈饮食的书。

但这本《吃的自由》和一般食单、食谱不同，是把饮食当作一种文化现象来看的，谈饮食兼及其上下四旁，其所感触，较之油盐酱醋、鸡鸭鱼肉要广泛深刻得多。

看这本书可以长知识。比如中国的和尚为什么不吃肉？有的和尚是吃肉的。比如《金瓶梅》送春药给西门庆的胡僧，"贫僧酒肉皆行"。他是"胡僧"，自然可以"胡来"。有名的吃肉的中国和尚是鲁智深。我在小说《受戒》中写和尚在佛殿上杀猪、吃肉，是我亲眼所见，并非造谣。但是大部分和尚是不吃肉的，至少在人前是这样。和尚为什么不吃肉？我一直没有考查过。看了符先生的文章，才知道这出于萧衍的禁令。萧衍这个人我略有所知，而且"见"过。苏州角直的一个庙里有一壁泥塑，罗汉皆参差趺坐，正中一僧，着赭衣、风帽，据说即萧衍——梁武帝，鲁迅小说中的"梁五弟"，也看不出有什么特点。萧衍虔信佛律，曾三次舍身入寺为僧，这我是知道的，但他由戒杀生引申至不许和尚吃肉，法令极严，我以前却不知道。萧衍是个怪人，他对农民残酷压迫，多次镇压农民起义，却又疯狂地信佛，不许和尚吃肉，性格很复杂，值得研究。符先生倘有时间，不妨一试，能找到更多的有关他的资料，包括他的关于禁僧食肉的诏令"文本"最好。

符先生谈喝工夫茶文，材料丰富。我是很爱喝福建茶的，乌龙、铁观音，乃至武夷山的小红袍都喝过——大红袍不易得，据说武夷山只有几棵真的大红袍茶树。工夫茶的茶具很讲究，但我只见过描金细瓷的小壶、小杯，好茶须有好茶具，一般都是凑起来的。张岱记闵老子茶，说官窑、汝窑"皆精绝"，既"皆"精绝，则不是一套矣。《红楼梦》拢翠庵妙玉拿出来的也是各色各样的茶杯。符文说"玉书碨"、"孟臣罐"、风炉和"若深瓯"合称"烹茶四宝"。"四宝"当也是凑集起来的，并非原配，但称"四宝"，也可以说是"一套"了。中国论茶具似无专书，应该有人写一写，符先生其有意乎？

《卤锅》最后说：

　　　　这种消灭个性、强制一致的卤锅文化，到底好不好呢？如果不好，为什么还有那么多人喜欢卤锅呢？想来想去，还是想不明白。

看后不禁使人会心一笑。符先生哪里是想不明白呢，他是想明白的，不过有点像北京人所说"放着明白的说糊涂的"。我想不如把话挑明了：有些人总想把自己的一套强加于人，不独卤锅，不独文化，包括其他的东西。比如文学，就不必要求大家都写"主旋律"。

《吃的自由》将付排，征序于我。我原来能做几个家常菜，也爱看谈饮食的书，最近两年精力不及，已经"挂铲"，由儿女下厨，我的老伴说我已经"退出烹坛"，对符先生的书实在说不出什么，只能拉拉杂杂写这么一点，算是序。

作家谈吃第一集序

浙中清馋，无过张岱，白下老饕，端让随园。中国是一个很讲究吃的国家，文人很多都爱吃，会吃，吃得很精；不但会吃，而且善于谈吃。中外文化出版公司要编一套作家谈生活艺术的丛书，其中有一本是作家谈饮食文化的，说白了，就是作家谈吃。这是理所当然的事。

作家谈吃，时时散见于报刊，但是向无专集，现在把谈吃的文章集中成一本，相当有趣。凡不厌精细的作家，盍兴乎来；八大菜系、四方小吃、生猛海鲜、新摘园蔬、暨酸豆汁儿、臭千张，皆可一谈。或小市烹鲜，欣逢多年之故友；佛院烧笋，偶得半日之清闲。婉转亲切，意不在吃，而与吃有关者，何妨一记？

作家中不乏烹调高手，卷袖入厨，咄嗟立办；颜色饶有画意，滋味别处酸咸；黄州猪肉、宋嫂鱼羹，不能望其项背。凡有独得之秘者，尚能公之于世，传之久远，是所望也。

　　道路阻隔，无由面请，谨奉牍以闻，此启。

《旅食与文化》题记

　　"旅食"作为词语见于杜甫诗。杜甫《奉赠韦左丞丈二十二韵》：

　　　　…………
　　　　骑驴十三载，
　　　　旅食京华春。
　　　　朝扣富儿门，
　　　　暮随肥马尘。
　　　　残杯与冷炙，
　　　　到处潜悲辛。

　　我没有杜甫那样悲辛，这里的"旅食"只是说旅行和吃食。

我是喜欢旅行的，但是近年脚力渐渐不济。人老先从腿上老。六十岁时就有年轻人说我走路提不起脚后跟。七十岁生日作诗抒怀，有句云：

　　　　悠悠七十犹耽酒，

　　　　唯觉登山步履迟。

　　七十以后有相邀至外边走走，我即声明，"遇山而止，逢高不上"了。前年重到雁荡，我就不能再登观音阁，只是在山下平地上看看，走走。即使司马光的见道之言："登山亦有道，徐行则不蹶。"也不能奉行。甚矣吾衰也！岁数不饶人，不服老是不行的。

　　老了，胃口就差。有人说装了假牙，吃东西就不香了。有人不以为然，说：好吃不好吃，决定于舌上的味蕾，与牙无关。但是剥食螃蟹，咔嚓一声咬下半个心里美萝卜，总不那么利落，那么痛快了。虽然前几年在福建云霄吃血蚶，我还是兴致勃勃，吃了的空壳在面前堆成一座小山，但这样的时候不多矣。因为这里那里有点故障，医生就嘱咐这也不许吃，那也不许吃，立了很多戒律。肝不好，白酒已经戒断。胆不好，不让吃油炸的东西。前几个月做了一次"食道造影"，坏了！食道有一小静脉曲张，医生命令不许吃硬东西，怕碰破曲张部分流血，连烙饼也不能吃，吃苹果要搅碎成糜。这可怎么活呢？不过，幸好还有"世界第一"的豆腐，我还是能鼓捣出一桌豆腐席来的，不怕！

舍伍德·安德森的《小城畸人》记一老作家："他的躯体是老了，不再有多大用处了，但他身体内有某种东西却是全然年轻的。"我希望我能像这位老作家，童心常绿。我还写一点东西，还能陆陆续续地写更多的东西，这本《旅食与文化》会逐年加进一点东西。

活着多好呀。我写这些文章的目的也就是使人觉得：活着多好呀！

辑七

杂著

如意楼和得意楼 *

扬州人早上皮包水（上茶馆），晚上水包皮（上澡堂子）。扬八属（扬州所属八县）莫不如此，我们那个小县城就有不少茶楼。竺家巷是一条不很长，也不宽的巷子，巷口就有两家茶馆。一家叫如意楼，另一家叫得意楼。两家茶馆斜对门。如意楼坐西朝东，得意楼坐东朝西。两家离得很近。下雨天，从这家到那家，三步就能跳过去。两家的楼上的茶客可以凭窗说话，不用大声，便能听得清清楚楚。如要隔楼敬烟，把烟盒轻轻一丢，对面便能接住。如意楼的老板姓胡，人称胡老板或胡老二。得意楼的老板姓吴，人称吴老板或吴老二。

上茶馆并不是专为喝茶。茶当然是要喝的。但主要是去吃点心。所以"上茶馆"又称"吃早茶"。"明天我请你吃早

_____

＊小说。

349

茶。"——"我的东，我的东！"——"我先说的，我先说的！"茶馆又是人们交际应酬的场所。摆酒请客，过于隆重。吃早茶则较为简便，所费不多。朋友小聚，店铺与行客洽谈生意，大都是上茶馆。间或也有为了房地纠纷到茶馆来"说事"的。有人居中调停，两下拉拢；有人仗义执言，明辨是非，有点类似江南的"吃讲茶"。上茶馆是我们那一带人生活里的重要项目，一个月里总要上几次茶馆。有人甚至是每天上茶馆的，熟识的茶馆里有他的常座和单独给他预备的茶壶。

扬州一带的点心是很讲究的，世称"川菜扬点"。我们那个县里茶馆的点心不如扬州富春那样齐全，但是品目也不少，计有：

包子。这是主要的。包子是肉馅的（不像北方的包子往往掺了白菜或韭菜）。到了秋天，螃蟹下来的时候，则在包子嘴上加一撮蟹肉，谓之"加蟹"。我们那里的包子是不收口的。捏了褶子，留一个小圆洞，可以看到里面的馅。"加蟹"包子每一个的口上都可以看到一块通红的蟹黄，油汪汪的，逗引人们的食欲。野鸭肥壮时，有几家大茶馆卖野鸭馅的包子，一般茶馆没有。如意楼和得意楼都未卖过。

蒸饺。皮极薄，皮里一包汤汁。吃蒸饺须先咬破一小口，将汤汁吸去。吸时要小心，否则烫嘴。蒸饺也是肉馅，也可以加笋——加切成米粒大的冬笋细末，则须于正价之外，另加笋钱。

烧卖。烧卖通常是糯米肉末为馅。别有一种"清糖菜"烧卖，乃以青菜煮至稀烂，菜叶菜梗，都已煮化，略无渣滓，少加一点盐，加大量的白糖、猪油，搅成糊状，用为馅。这种烧卖蒸熟后皮子是透明的，从外面可以看到里面碧绿的馅，故又谓之翡翠烧卖。

千层油糕。

糖油蝴蝶花卷。

蜂糖糕。

开花馒头。

在点心没有上桌之前，先喝茶，吃干丝。我们那里茶馆里吃点心都是现要，现包，现蒸，现吃。笼是小笼，一笼蒸十六只。不像北方用大笼蒸出一屉，拾在盘子里。因此要了点心，得等一会儿。喝茶、吃干丝的时候，也是聊天的时候，干丝是扬州镇江一带特有的东西。压得很紧的方块豆腐干，用快刀劈成薄片，再切为细丝，即为干丝。干丝有两种。一种是烫干丝，干丝在开水里烫后，加上好秋油、小磨麻油、金钩虾米、姜丝、青蒜末。上桌一拌，香气四溢。一种是煮干丝，乃以鸡汤煮成，加虾米、火腿。煮干丝较俗，不如烫干丝清爽。吃干丝必须喝浓茶。吃一筷干丝，呷一口茶，这样才能各有余味，相得益彰。有爱喝酒的，也能就干丝喝酒。早晨喝酒易醉。常言说："莫饮卯时酒，昏昏直至酉。"但是我们那里爱喝"卯酒"的人不少。这样喝茶、吃干丝、吃点心，一顿早茶要吃两个来小时。我们那里的人，过去的生活真是够悠闲的。——一九八一年我回乡一次，吃早茶的风气还有，但大家吃起来都是匆匆忙忙的了。恐怕原来的生活节奏也是需要变一变。

如意楼的生意很好。一大清早，小徒弟就把铺板卸了，把两口炉灶升起来——一口烧开水，另一口蒸包子，巷口就弥漫了带硫黄味道的煤烟。一个师傅剁馅。茶馆里剁馅都是在一个高齐人胸的粗大的木墩上剁。师傅站在一个方木块上，两只手各执一把厚背的大刀，抡起胳膊，乒乒乓乓地剁。一个师傅就一张方桌边切干丝。另外三个师傅揉面。"打到的媳妇揉到的面"，包子皮有没有咬劲，全在揉。他们都很紧张，很专注，很卖力气。一天就这样开始了。

如意楼的胡二老板有三十五六了。他是个矮胖子，生得五短，但是很精神。双眼皮，大眼睛，满面红光，一头乌黑的短头发。他是个很勤勉的人。每天早起，店门才开，他即到店。各处巡视，尝尝肉馅咸淡，切开揉好的面，看看蜂窝眼的大小。我们那里包包子的面不能发得太大，不像北方的包子，过于暄腾，得发得只起小孔，谓之"小酵面"。这样才筋道，而且不会把汤汁渗进包子皮。然后，切下一小块面，在烧红的火叉上烙一烙，闻闻面香，看兑碱兑得合适不合适。其实师傅们调馅兑碱都已很有经验，准保咸淡适中，酸碱合度，不会有差。但是胡老二还是每天要视验一下，方才放心。然后，就坐下来和师傅们一同擀皮子、刮馅儿、包包子、烧卖、蒸饺（他是学过这行手艺的，是城里最大的茶馆小蓬莱出身）……茶馆的案子都是比较矮的，他一坐下，就好像短了半截。如意楼做点心的有三个人，连胡老二自己，四个。胡二老板坐在靠外的一张矮板凳上，为的是有熟客来时，好欠起屁股来打个招呼："您来啦！您请楼上坐！"客人点点头，就一步一步登上了楼梯。

胡老二在东街不算是财主，他自己总是很谦虚地说他的买卖本小利微，经不起风雨。他和开布店的、开药店的、开酱园的、开南货店的、开棉布店的……自然不能相比。他既是财东，又是耍手艺的。他穿短衣时多，很少有穿了长衫，摇着扇子从街上走的时候。但是大家都知道他手里很足实，这些年正走旺字。屋里有金银，外面有戥秤。他一天卖了多少笼包子、下多少本、看多少利，本街的人是算得出来的。"如意楼"这块招牌不大，但是很亮堂。招牌下面缀着一个红布条，迎风飘摆。

相形之下，对面的得意楼就显得颇为暗淡。如意楼高朋满座，得意楼茶客不多。上得意楼的多是上城完粮的小乡绅、住在五湖居客栈的外地人，本街的茶客少。有些是上了如意楼楼上一看，没有空座，才改主意上对面的。其实两家卖的东西差不多，但是大家都爱上如意楼，不爱上得意楼。这真是没有办法的事。

得意楼的老板吴老二有四十多了，是个细高挑儿，疏眉细眼。他自己不会做点心的手艺，整天只是坐在账桌边写账——其实茶馆是没有多少账好写的。见有人来，必起身为礼："楼上请！"然后扬声吆喝："上来×位！"这是招呼楼上的跑堂的。他倒是穿长衫的。账桌上放着一包哈德门香烟，不时点火抽一根，蹙着眉头想心事。

得意楼年年亏本，混不下去了。吴老二只好改弦更张，另辟蹊径。他把原来做包点的师傅辞了，请了一个厨子，茶馆改酒馆。旧店新开，不换招牌，还叫作得意楼。开张三天，半卖半送。鸡鸭鱼肉，煎炒烹炸，面饭两便，气象一新。同街店铺送了大红对子，道喜兼来尝新的络绎不绝，颇为热闹。过了不到二十天，就又冷落下来了。门前的桌案上摆了几盘煎熟了的鱼，看样子都不怎么新鲜。灶上的铁钩上挂了两只鸡，颜色灰白。纱橱里的猪肝、腰子，全都瘪塌塌地摊在盘子里。吴老二脱去了长衫，穿了短袄，系了一条白布围裙，从老板降格成了跑堂的了。他肩上搭了一条抹布，围裙的腰里别了一把筷子。——这不知是一种什么规矩，酒馆的跑堂的要把筷子别在腰里。这种规矩，别处似少见。他脚上有脚垫，又是"踩趾"——脚指头撇着，走路不利索。他就这样一拐一拧地招呼座客。面色黄白，两眼无神，好像害了一种什么不易治疗的慢性病。

得意楼酒馆看来又要开不下去。一街的人都预言，用不了多久，就会关张的。

吴老二蹙着眉头想：我怎么就这么不走运呢？

他不知道，他的买卖开不好，原因就是他的精神萎靡。他老是这么拖拖沓沓，没精打采，吃茶吃饭的顾客，一看见他的呆滞的目光，就倒了胃口了。

一个人要兴旺发达，得有那么一点精气神。

谈吃诗作三首

成都小吃

十载成都无小吃，年丰次第尽重开。

麻辣酸甜滋味别，不醉无归好汉来。（皆餐馆名）

热汤面

擀面条的声音，

切白菜的声音，

下雪天的声音。

这种天气，怎么出去买菜？

卖菜的也不出摊。

楼上楼下，

好几家，

今天都吃热汤面。

"牛牛！牛牛！

到副食店去买两块臭豆腐！"

野餐

野餐得野趣，山果佐山泉。

人世一杯酒，浮生半日闲。

在喧嚣的世界里，
坚持以匠人心态认认真真打磨每一本书，
坚持为读者提供
有用、有趣、有品位、有价值的阅读。
愿我们在阅读中相知相遇，在阅读中成长蜕变！

好读，只为优质阅读。

汪曾祺谈吃大全

策划出品：好读文化　　　　　　监　　制：姚常伟

责任编辑：钱　丛　　　　　　　产品经理：罗　元　张　翠

特邀编辑：王　戬　　　　　　　营销编辑：陈可心

装帧设计：朱　琳　　　　　　　内文制作：鸣阅空间

图书在版编目（CIP）数据

汪曾祺谈吃大全 / 汪曾祺著. —杭州：浙江人民
出版社，2023.9
ISBN 978-7-213-11112-9

Ⅰ．汪… Ⅱ．①汪… Ⅲ．①汪曾祺（1920-1997）
—文集 Ⅳ．① I217.2

中国国家版本馆 CIP 数据核字（2023）第107797号

汪曾祺谈吃大全
WANG ZENGQI TAN CHI DAQUAN
汪曾祺　著

出版发行	浙江人民出版社（杭州市体育场路347号　邮编　310006）
责任编辑	钱　丛
责任校对	杨　帆
封面设计	朱　琳
电脑制版	鸣阅空间
印　　刷	北京联兴盛业印刷股份有限公司
开　　本	880 毫米 × 1230 毫米　1/32
印　　张	11.5
字　　数	320 千字
版　　次	2023 年 9 月第 1 版
印　　次	2023 年 9 月第 1 次印刷
书　　号	ISBN 978-7-213-11112-9
定　　价	59.80 元

如发现图书质量问题，可联系调换。质量投诉电话：010－82069336